LLEIDR DA

Lleidr Da

Gareth Miles

Argraffiad cyntaf: 2005

ⓗ *Gareth Miles/Gwasg Carreg Gwalch*

Rhif Llyfr Safonol Rhyngwladol:
1-84527-005-3

Cyhoeddir dan gynllun comisiwn Cyngor Llyfrau Cymru

Clawr: Anthony Evans/Sian Parri

Argraffwyd a chyhoeddwyd gan Wasg Carreg Gwalch,
12 Iard yr Orsaf, Llanrwst, Dyffryn Conwy, LL26 0EH.
☎ *01492 642031*
🖷 *01492 641502*
llyfrau@carreg-gwalch.co.uk
Lle ar y we: www.carreg-gwalch.co.uk

Ond os na fynnwn ni na hen ffydd Cymru erioed, na Chymru ei hunan chwaith, na brwydro dros y pethau a wnaeth Gymru yn Gymru, ac os amhosibl inni edrych gydag Engels dros y bryniau tywyll, niwlog ar ryw ddyddiau braf gerllaw – a ddywedwch chi wrthyf wedyn beth sy'n afresymol ym mywyd ac yn newis fy Newi i?

Rhagair Saunders Lewis i *Cymru Fydd*

Yr Angladd

'. . . for many a time
I have been half in love with easeful death . . .'

Mi fydd y geiria yna'n dŵad i'n meddwl i ym mhob angladd oni bai bod yr ymadawedig yn blentyn, yn hogyn neu'n hogan ifanc, neu wedi marw mewn damwain neu oherwydd cancr neu salwch difrifol arall ac wedyn *'rage, rage against the dying of the light'* ddaw. Felly hefyd wrth fynd heibio i fynwant, neu weld hers â chynffon o geir yn ei dilyn. Neu gerddad hyd ymyl clogwyn, neu edrach i lawr o dŵr uchel, neu ddisgwyl i'r goleuada newid a theimlo awydd i sbarduno'r car i ganol y fflyd sy'n sbydu dros y groeslon.

'. . . To die, to sleep –
No more – and by a sleep to say we end
The heartache and the thousand natural shocks
That flesh is heir to.'

Ond yn enwedig yng nghynhebrwng dyn da sy wedi hen basio oed yr addewid ac wedi'n gadal ni, wedi oes faith a defnyddiol, yn weddol ddiboen. Yn enwedig mewn capal mawr â'i barwydydd o'n chwsu wrth i gannoedd o alarwyr yn eu lifrai du gyflwyno i ofal y duwia tanddaearol – oherwydd yno yr â'r lludw a wasgerir ar adenydd y gwynt

– tad, taid, tad-yng-nghyfraith, cyfaill, gweinidog yr Efengyl, diwinydd, llenor, beirniad, a gwlatgarwr a wasanaethodd ei gymdeithas ar bwyllgorau a chyrff cyhoeddus dirifedi. Rydan ni'n ymgynnull ar orora Annwn i ffarwelio â'n hanwylyn ac er cymaint ydy'n hiraeth ac er cymaint ydy hud y deyrnas dywyll, fentrwn ni'r un cam dros y ffin ar ei ôl o neu hi.

Yn enwedig yn angladd y Parch. Deiniol Thomas. Oni bai amdano fo, fyddwn i erioed wedi clŵad am Keats, na'r Thomas arall hwnnw, na Hamlet, nac yn hel meddylia fel hyn i gyfeiliant canu cynulleidfaol lleddf mewn pedwar llais a geiria cysurlon emyna, darlleniada o'r Ysgrythur a theyrngeda teimladwy cyfoedion a chyfeillion.

Pump o weinidogion yr Efengyl yn y pulpud, fel rhesiad o wydra Guinness dirwestol. Pob un yn codi yn ei dro i weddïo, ledio emyn neu ddarllan o'r Beibil mawr ag angerdd disgybledig ac â dwyster proffesiynol. Mi ga'n nhwtha ymadawiad mawr, crand ond iddyn nhw beidio ag oedi gormod cyn dilyn eu brawd.

'Y gŵr ifanc dwy ar hugain oed, swil a thawel oedd ar y pryd yn ymgeisydd am y weinidogaeth.'

'Gwyn eu byd y rhai pur o galon oherwydd cânt hwy weld Duw . . .'

'Tydi a roddaist liw i'r wawr a hud i'r machlud mwyn . . .'

'Mi ddisgleiriodd Deiniol Tomos mewn sawl maes, ac mi allasa fod wedi dilyn gyrfa lwyddiannus fel ysgolhaig, diwinydd, athronydd, darlledwr neu wleidydd . . .'

'Efe a dynnodd i lawr y cedyrn o'u heisteddfâu, ac a ddyrchafodd y rhai isel radd . . .'

'Dros Gymru'n gwlad . . .'

'Nid bwyta ac yfed yw teyrnas Dduw ond cyfiawnder, heddwch a llawenydd yn yr Ysbryd Glân . . .'

'Er ei fod o'n ddemocrat i'r carn, roedd Deiniol Tomos yn bendefig. Yn un o uchelwyr y Gymru Anghydffurfiol y mae ei map hi wedi crebachu mor drychinebus o gyflym yn ystod yr hanner canrif ddiwethaf. Ac yn ymgorfforiad gwiw o'r meddwl a'r argyhoeddiad a luniodd ac a lywiodd ein gwlad ers canol y ddeunawfed ganrif. 'Pwy fydd yma 'mhen can mlynedd?' oedd cwestiwn y bardd hanner canrif yn ôl . . . Mi atebodd ei gwestiwn ei hun yn ffyddiog gan gyhoeddi y byddai cyfeillion yr Iesu'n dal i dystiolaethu i ddilysrwydd yr Efengyl yn ein dyddiau ni. Fedrwn ni ddarogan y bydd hynny'n wir ymhen hanner canrif arall? Neu a fydd adfeilion addoldai fel hwn yn gymaint o ddirgelwch i Gymry diwedd yr unfed ganrif ar hugain ag yw temlau 'pobloedd anghofiedig' a ddarganfuwyd yn fforestydd De America?'

'Pan oeddwn i'n hogyn ym Mrynrodyn ers talwm, fy uchelgais oedd cael bod yn aelod o deulu Mr Tomos Gweinidog a Mrs Tomos. Cael eu galw'n 'Dad' a 'Mam', cael Owain, fy arwr i, yn frawd mawr, Hywel yn efaill a Luned yn chwaer fach – hyd nes ein bod ni'n ddigon hen i briodi a finna wedyn yn aelod go iawn o'r teulu, am byth. Mi fyddwn i'n dychmygu Mam yn marw yn ei chwsg, a 'nhad hefyd. Mi fydda hynny'n gneud imi deimlo'n euog. Ond fel arall, yn lle mynd i fyw i nefoedd-ar-y-ddaear Tegfan, mi fyddwn wedi gorfod mudo i Ellesmere Port i ganol y Seuson . . .' medda finna yn 'y nheyrnged ddychmygol.

'O Iesu mawr, rho d'anian bur . . .'

Mi gafodd un rhan o'r freuddwyd ei gwireddu pan ddes i a Luned yn gariadon. Tasan ni wedi priodi, fel roedd hi isio, fyddwn i'n ista wrth ei hymyl hi a'n plant ni yn sêt y teulu? Neu, ar ôl priodas stormus ac anhapus, yn alarwr cyffredin fel John, neu wedi sorri'n bwt fel Steve, a chadw draw? Ysgaru ma pawb dyddia hyn.

Gwasanaeth byr yn yr Amlosgfa: gweddi gwta'r 'prif weinidog'; geiria dethol Owain yn diolch inni ar ran y teulu; 'O Fryniau Caesalem ceir gweled . . . '; Owain a Margaret, Hywel a Beti ac Eluned yn sefyll wrth borth yr adeilad i ysgwyd cannoedd o ddwylo a gwrando ar yr un ystrydeba caredig gannoedd o weithia. Dim ond ysgwyd llaw 'nes i, rhag imi neud ffŵl o'n hun.

'Cofia alw acw heno,' medda Owain.

'W't ti'n siŵr?'

'Ddest ti o bellach na neb. Roedd yr Hen Ddyn yn meddwl amdanach chdi fel un o'r teulu, cofia.'

'Diolch ichdi am ddŵad, Dei,' medda Luned efo gwên fasa'n anweledig i rywun oedd ddim yn ei nabod hi. Y tro cynta ers cantoedd iddi siarad efo fi heb fod hen chwenc yn ei llais. Dyna pan benderfynis i alw ym Mhlas-y-Fron yn lle ffonio esgus.

Cyn symud ymlaen mi sylwis ar ddynas glws, bryd gola, yn ysgwyd llaw efo Hywel ac yn ei gusanu o ar ei geg. Roedd gyni hi het ddu, gantal lydan a chôt laes o baneli du a phorffor, a hogyn tua chwech oed yn gafal yn ei llaw. Siaradodd y ddynas a Hywel â'i gilydd mewn lleisia isal, fwythodd o ben yr hogyn ac mi dywysodd hi hwnnw i ganol y galarwyr heb dorri gair efo aeloda erill y teulu.

'Pwy oedd hon'na?' medda fi wrth Lun.

'Ryw actoras fuo'n gweithio hefo Hywal,' oedd ei hatab swta hi. 'Yn gor-actio. Fel byddan nhw. Ddoth Barbara ddim hefo chdi?'

'Oedd 'na ryw strach yn y gwaith,' medda fi'n glwyddog.

Lle hwyliog oedd y festri. Pawb yn teimlo rhyddhad o gael dŵad yn yn hola i dir y byw ac yn dathlu hynny trwy sglaffio brechdana ham a samon, bara brith a sgons a llowcio paneidia o de chwilboeth wedi'u tollti o debotia anfarth gin chwiorydd clên i gwpana a soseri'r capal. Er nad o'n i'n nabod neb jest, neu ella oherwydd hynny, mi ges flas ar y te festri a'r clebar Cymraeg o 'nghwmpas.

'Dwrnod mawr, Gwyn,' medda un gweinidog wrth weinidog arall hefo ochenaid fodlon.

'Ia, John,' medda'r llall, wrth ei fodd. 'Dwrnod mawr.'

'Anghofia'i byth mo'i bregath o ar "Y Croeshoeliad yn Ddyrchafiad".'

'Ioan, yr wythfed bennod a'r wythfed adnod ar hugain.'

'Does gin i gynnig i *central-heating* gwynt cynnas. 'Nes i ddim sdopio tisian tra buo fo acw. A drud oedd yr un newydd! Gwerth pob dima, cofia!'

'Tan y blynyddoedd dwytha 'ma, mi fyddwn i'n mynd hefo'r hen D.T. i'r cae cicio bob pnawn Sadwrn bydda tîm y Dre'n chwara gartra.'

'Dre 'ma wedi mynd yn lle anwaraidd.'

'Nenwedig ar nos Wenar a nos Sadwrn. Hen betha ifanc yn 'mosod ar ddynion heb ddim rheswm yntôl.'

'Os troediodd sant balmentydd y Dre 'ma rioed, Deiniol Tomos oedd hwnnw!'

'Ges i sgert lyfli yn sêl Marks Llandudno wsnos dwytha. Llai na hannar pris, cofia, a'n ffitio fel manag.'

'Fasa hi ddim yn well tasa hi'n ffitio fel sgert?'

''Tw't ti'n gesan?'

'Toedd 'na ddim byd yn dduwiol yn'o fo, nac oedd? Dyna be o'n i'n lecio am Mr Tomos.'

Ma Plas y Fron ryw ddwy filltir a hannar i'r de-orllewin o'r Dre, ar un o lethra Arfon, a'i ffenestri llydan yn gwylio'r Fenai, y Foryd, Dre a'r castall a Sir Fôn. Un o flaenoriaid (yn nau ystyr y gair) y fasnach lechi gododd y tŷ, ddiwadd y bedwaradd ganrif ar bymthag. Tydy'i wedd allanol ddim wedi newid llawar er hynny ond fasa'r perchennog gwreiddiol ddim yn teimlo'n gartrefol tasa fo'n croesi'r trothwy hiddiw. Mi oedd Margaret Thomas, gwraig Owain, wedi moderneiddio'r tŷ drwyddo, pob stafall, cilfach, twll a chornal ond stydi ei gŵr; arhosodd 'cysegr sancteiddiolaf' Owain Thomas yn batrwm o'r hyn y dyla stydi twrna fod, efo'i phaneli derw, desg fawr fahogani, silffeidia destlus o gyfrola trymion a thair cadar ledar, goch tywyll, dwy o rai esmwyth o boptu'r lle tân gwreiddiol, teilsiog, Fictoraidd ac un arall, *executive*, awdurdodol y tu ôl i'r ddesg.

Ges i'r cynnig cynta ar yr hen ddodran, atodiada ac addurniada. Roedd llawar o'r rheini'n llawar hŷn na'r tŷ ei hun ac mi ges brisia da am gynnwys y ddwy lond lori a'u cariodd nhw i Lundain. Dyna pryd y trawodd o fi bod chwaeth yr oes yn newid a bod gin hynny oblygiada all deliwr mewn hen betha mo'u hanwybyddu.

Wrth yrru tua'r Plas, gyda'r nos, fedrwn i ddim peidio â meddwl am yn ymweliad dwytha, bedair blynadd yn ôl, a Barbara hefo fi. Ym mharti pen-blwydd Owain yn hanner cant, dynnodd hi ferchaid y teulu yn ei phen a pheri i ddau o'r dynion gythru am yddfa'i gilydd. Pump ar hugian oedd hi ar y pryd a'i hienctid, ei dengarwch, ei deallusrwydd, ei diwylliant, ei thras a'i Chymraeg yn gyfuniad meddwol i D.T. a'i feibion. A mi oedd Owain, Hywel a hitha'n drwm dan ddylanwad y moddion confensiynol yn barod.

Roedd Barbara wedi pechu Mrs Thomas y pnawn hwnnw, pan alwon ni am banad yn yr Odyn, y bynglo cysurus ar gwr dwyreiniol y Dre ond heb fod yn rhy bell o'r canol, brynodd Owain i'w rieni ar ymddeoliad ei dad. Ddeudodd Barbara betha mawr – e.e. bod Iesu Grist yn gweld ei hun fel Meseia Iddewig ac nid fel Brenin ar bawb o bobol y byd, mai'r Apostol Paul oedd gwir sylfaenydd yr Eglwys Gristnogol, mai Cristnogaeth a greodd wrth-Iddewiaeth – ond yn waeth na hynny, mi gytunodd Mr Tomos efo llawar o'i dadleuon hi a phan ofynnodd hi 'Odych chi yn credu yn Nuw, Mr Thomas?' mi atebodd o 'Ydw, 'mechan i, ond nid fel rydach chi'n meddwl amdano Fo.'

Yn y parti – pen-blwydd Owain yn hanner cant – yr ath hi'n flêr rhwng y meibion. Unwaith eto, Iddewiaeth Barbara oedd asgwrn y gynnan/y drwg yn y caws/*catalyst*/*casus belli*. Er i Barbara fyw yn Israel am dros flwyddyn, amwys ac anwadal ydy'i hagwedd hi at y wlad; weithia'n amddiffynnol, weithia'n feirniadol. A fydda hi ddim yn honni bod yn fwy o arbenigwr ar y 'Sefyllfa yn y Dwyrain Canol' nag unrhyw un arall sy'n darllan y *Guardian* a'r *Observer* ac yn gwrando ar y newyddion yn rheolaidd. Owain a Hywel fynnodd godi'r pyncia hynny efo hi ac yn fuan iawn mi drodd y trafod yn daeru rhwng Owain y

Seionydd selog a Hywel, un o 'Gyfeillion Palesteina'.

Toes gen i ddim argyhoeddiada crefyddol na gwleidyddol ac er nad ydw i'n T.T. fel D.T. a Mrs T, rydw i yn eithafol o gymedrol mewn perthynas ag unrhyw gyffur neu arferiad alla 'nghaethiwo i. Adewis iddyn nhw daeru a mynd i grwydro o amgylch y tŷ, fel y bydda i mewn partïon, gan ddal pen rheswm efo hwn a hon, clustfeinio ar sgyrsia pobol erill a bwrw golwg broffesiynol dros y dodran, y llunia, y paentiada a'r papur wal. Rydw i yn hoff iawn, er fy ngwaetha, o'r foderniaeth gyfoes. Ar ei gora, ma hi'n lanwaith, ysgafn a gola ac yn osgoi llymdra annynol yr un arddull mewn degawda blaenorol. Lecis i'r llunia dyfrlliw ac olew o olygfeydd lleol gin artistiaid o'r ardal a phrintia da o weithia gin Kandinsky a Chagall. Ac un, yn arbennig, o un o fodins Modigliani; dynas dal efo gwallt cochlyd a llgada llwynogaidd oedd yn f'atgoffa'i o Margaret ei hun.

Cyfreithwyr, cynghorwyr, swyddogion y Cyngor, athrawon neu bobol y cyfrynga a'u partneriaid oedd y gwahoddedigion erill i gyd ond un; Cymry neu ddysgwyr i gyd ond un hefyd. Charley, fel roedd o'n galw'i hun, oedd yr eithriad. Boi ifanc o Estonia hefo gwynab di-liw a gwallt gwelw yn gneud i rywun ama nad oedd yr haul yn twynnu'n amal iawn yn y rhan honno o'r byd. Roedd Charley'n gwisgo siwt dywyll, crys gwyn, tei nefi blw a sgidia duon, sgleiniog, tra oedd y dynion erill, heblaw am ŵr y tŷ, oedd yn edrach fel *cabinet minister*, ar ddechra'r noson, o leia, mewn be oeddan nhw'n feddwl oedd yn *smart casual*. Pwrpas ymweliad Charley â Chymru oedd perswadio *'members of the Welsh business community'* i ffurfio partneriaetha efo cwmnïa yn Estonia er mwyn datblygu mentra masnachol a thwristaidd yno. Roedd Estonia'n berwi o gyfleoedd i ddynion busnas o orllewin Ewrop neud eu ffortiwn trwy fuddsoddi cyfalaf ac *entrepreneurial expertise* mewn gwlad oedd wedi cael ei hamddifadu o'r rheini ac o'i democratiaeth gin y Comiwnyddion. Ond roedd gin y

Cymry fantais bwysig arall – roeddan ni'n perthyn i wlad fach sydd â'i hiaith, ei hanas ei diwylliant a'i thraddodiada'i hun ac yn dalld pam bod y petha hynny'n bwysig i'r Estoniaid; yn wahanol iawn i *entrepreneurs* o'r gwledydd mawr – Almaenwyr, Americanwyr, Ffrancwyr a Seuson.

Roedd Charley wedi gwirioni hefo'r croeso gafodd o gin 'sentwar' y Dre. Feddylis i mai'r gair Estoneg am *élite* oedd 'sentwar' nes imi ddallt mai dyna'i ffor o o ddeud 'Seintwar', consortiwm o ddynion busnas lleol ac Owain Thomas yn gadeirydd arno fo. Roedd Estonia a Chymru'n mynd i elwa ar y cysylltiad rhwng y ddwy wlad pan fydda Seintwar yn buddsoddi mewn ysgol neu goleg oedd yn dysgu Estoneg i Rwsiaid oedd wedi mudo yno, er mwyn i'r rheini ddŵad yn ddinasyddion llawn o'r Estonia newydd. Mi fydda Seintwar hefyd yn trefnu i athrawon o Gymru fynd draw i egluro sut oedd y cynllun 'wlpan' a Nantgwrtheyrn a ballu'n gweithio.

Pan glywodd Charley am 'y musnas cyfreithlon i, gynigiodd fynd hefo fi i Rwsia lle'r oedd pobol yn gorfod gwerthu trysora teuluol fel baw o rad rhag llwgu ac amgueddfeydd yn gwerthu henebion gwerthfawr am y nesa peth i ddim er mwyn talu am drwsio tylla'n y to.

Roeddwn i'n gwrando ar Charley'n canmol ei groeso Cymreig ac yn brolio hynny fel addewid o ragor o gydweithredu rhwng dwy wlad fach Ewropeaidd efo problema tebyg a hanas maith o fod dan orthrwm cymdogion mwy pwerus, pan sylwis i fod herian Owain a Hywel wedi poethi'n ffrae. Holodd Charley am be oeddan nhw'n taeru. A medda fo, pan egluris i, a gwên fach gam ar ei wefusa cul:

'Wherever they go, those people cause trouble. That attractive young lady's one of them if I'm not mistaken?'

'She's my partner and she's one of what, Charley?' medda fi fel taswn i ddim yn dallt.

Ath o i'r pot yn llwyr.

'Oh! I'm sorry! I didn't mean . . . I was just being flippant . . . '

Fasa fo wedi ca'l twll clust tasa Owain a Hywel heb fynd

i'r afal â'i gilydd. Ruthris i a ffrindia erill i'w gwahanu nhw, eu cael nhw i gallio, ysgwyd llaw ac yfad iechyd da i'w gilydd. Roedd y parti yn ei anterth swnllyd, meddw erbyn hyn a fennodd yr helynt ar fawr neb ond gwragadd y ddau, oedd o'u coua. Wrth imi lywio Barbara tua'r ystafell gerdd lle'r oedd arweinydd côr meibion lleol yn pwyo cyfeiliant ar y grand piano i haid o feddwon oedd yn bloeddio emyna a chaneuon Dafydd Iwan, mi glywis Beti'n cyhuddo Hywel o 'ddangos dy hun i neud argraff ar yr hen hogan wirion yna'. Ma'n siŵr bod Margaret wedi rhoid ramdam i Owain ar ôl inni madal, am ei fod o, wrth ffarwelio, wedi lapio'i freichia am Barbara a tharo cusan grasboeth ar ei gwefusa hi yng ngwydd Mr a Mrs Dirprwy-Gyfarwyddwr Addysg, Mr a Mrs Maer *et al.*

Dyna pam na ddath Barbara hefo fi i angladd y Parch. Deiniol Thomas nac i un Mrs Thomas chwaith, flwyddyn ynghynt.

Roedd yr wylnos wedi'r angladd yn sobrach na'r parti; pawb ond Owain a fi yn sipian te neu goffi wedi iddo fo 'mherswadio i: 'Cym joch bach o wisgi hefo fi, gwael, rhag i'r hen bobol feddwl 'mod i'n alci!'

Llai yno hefyd:

Owain a Margaret, eu merch, Gwenno, 28, *social worker* yng Nghasnewydd, a'u mab fenga, Rhys 23, oedd yn gneud erthygla yng Nghaer i fod yn dwrna'r un fath â'i dad. Roedd Geraint, gafodd ei eni rhwng y ddau, yn Ostrelia ar daith rownd y byd;

Hywel a Beti, eu merch Eurgain, 21 oedd yn fyfyrwraig ym Mhrifysgol Aberyswyth ac am fynd yn actoras, a Gwion oedd yn gobeithio 'studio Busnes a/neu Seicoleg yng Nghaerdydd ar ôl pasio'i arholiada Lefel A a gweithio i TeliCo, cwmni cynhyrchu ffilm a theledu ei rieni, ar ôl graddio;

Luned a'i mab o'i phriodas gynta, Iolo, 15, a'i merch o'i hail briodas, Manon, 9. Ges i hi'n anodd peidio â rhythu arnyn nhw. Fo wedi etifeddu llgada gwyrddlas a gwynab tlws ei fam, heb fod hynny'n ei neud o i edrach yn ferchetaidd, a chroen lliw coffi Steve ei dad o Jamaica. Hitha'r un sbit â'i mam heblaw am y gwallt coch gafodd hi gin ei thad hi, John, ffarmwr o Lŷn.

Dau frawd a chefndar i Mr Thomas a brawd a chneithar i Mrs Thomas, i gyd yn eu saithdegau a'u hwythdegau;

A fi.

'Dyma seiat felys iawn', fel basa fo'i hun yn deud, i hel atgofion am Mr Thomas. Yr 'hen bobol' yn sôn am y llanc a'r gŵr ifanc dawnus, cydwybodol ac am y gweinidog ymroddgar; ei blant am dad 'â'i ddyneiddiaeth yn lliniaru'i dduwioldeb' chwadal Hywel. Mi glywon ni'r stori am Owain yn mynd i guddiad yn llofft yr hen stabal ym mhen draw rar gefn Tegfan wedi i un arall o *experiments* 'yr hen *chemistry set* felltith' fynd o chwith ac andwyo bwr y gegin, ac yn dechra gweddïo fel y clywodd o'i dad yn dringo'r ystol ar ei ôl:

'O Dad Nefol, pechais yn dy erbyn Di ac yn erbyn fy rhieni hefyd!'

'Mi wyddwn i 'mod i'n saff,' medda Owain, 'pan glywis i'r Hen Ddyn yn piffian chwerthin.'

Y Parch. Deiniol Thomas o flaen 'ei well' ar gyhuddiad o yrru ar gyflymdar o 45 millitir lle'r oedd 'na gyfyngiad i 30, ac yn cynnig, o ddifri calon, fel amddiffyniad, bod hynny'n amhosib am mai siwrna ddeg munud oedd hi! Pan gafwyd o'n euog, mi dderbyniodd y ddedfryd yn raslon gan longyfarch Cadeirydd y Fainc, Clerc y Llys a'r plisman a dystiodd yn ei erbyn o ar safon eu Cymraeg ac am brofi ei bod hi'n iaith y gyfraith a llywodraeth yn ogystal â chapel ac aelwyd. Roedd gin Hywel ofn basa'i dad yn gorffan ei anerchiad trwy ddatgan ei bod hi'n 'fraint, yn bleser ac yn anrhydedd i gymryd rhan mewn achlysur mor waraidd'.

'Diolch yn fawr ichi am eich geiria caredig, Mr Thomas,' meddai'r Clerc. 'Y gosb fydd dirwy o bum punt ar hugian ac arnodi eich trwydded.'

'Arnodi?' medda'r Cymreigiwr gora'n y lle.

'*Endorsment*, Mr Thomas.'

'Beth? Rydach chi'n mynd i farcio leisians sydd wedi bod yn ddilychwin er pan gyflwynwyd hi gynta imi, dros ddeng mlynadd ar hugain yn ôl? A hynny oherwydd trosedd honedig nad oedd yn peryglu na dyn nac anifail! Mae hyn yn warth ac yn sarhad ac yn esiampl o ymyrraeth orthrymus y Wladwriaeth Brydeinig yn ein bywyda ni'r Cymry!'

Sonis i, heb fanylu, am garedigrwydd Mr a Mrs Thomas ata i a Mam.

Wedi imi fod yno tuag awr a hanner, mi roddwyd caniatâd i'r bobol ifanc ymneilltuo a mi fanteisis inna ar y cyfla i madal am fod 'gin i siwrna bell o 'mlaen fory.'

Roedd bar mawr y Brython yn fwy na hannar llawn o bobol yn yfad, sgwrsio, chwerthin, malu awyr a chwara peirianna gamblo a mi deimlis awydd i weiddi: 'Hei! Sgynnoch chi ddim parch?' Be 'nes i oedd ista ar stôl dal wrth y cowntar a gofyn i Barry'r barman, am *malt* a diferyn o ddŵr. Ro'dd blas mwy ar yr un ges i'n y Plas a mi feddylis bydda fo'n help imi gysgu.

'Dwrnod tyff?' medda Barry dros ei ysgwydd wrth osod y gwydryn trwm a jwgiad bach o ddŵr o 'mlaen i. Roedd o'n ddigon cyhyrog i fod yn fownsar, yn ddigon tywyll i fod yn Eidalwr ac yn ddigon smart yn ei *tux* wen a'i dicibô coch i fod yn stiward ar leinar.

'Oedd a nac oedd,' medda fi. Dwi'n falch bo fi wedi mynd.'

'Sud oedd y teulu?'

'Urddasol.'

'Gin ti Gymraeg da 'toes? *Especially considering* bo chdi'n byw'n Llundan.'

'Diolch yn fawr.'

'Boi iawn ydy Hywal Tomos. 'Wraig o'n ddynas neis hefyd. Fyddan nhw yma neu'n y restront reit amal hefo cyfryngis erill. Fydd Luned twrna yn dŵad yma hefo'i ffrindia weithia, ond ddim mor amal. Y brawd mawr, OTT, dwi'n nabod ora. Boi da. Nath o uffar o ffafr i mi, ia . . . Faswn i ddim yma'n siarad hefo chdi rŵan 'blaw amdano fo.'

'Sut felly?' medda fi.

'Helynt ges i ryw dair, bedair blynadd yn ôl. Rhyw fastad yn rhoid clec i'n chwaer i, hi'n sicstîn, fynta'n twenti-ffeif. Gwadu na fo oedd y tad wrthi hi ac wrthan ni a mynd o gwmpas pybs a clybia Dre'n brolio na fo oedd. R'es i glec o fath gwahanol iddo fo, do? Fuo fo'n *intensive care* am dridia a finna'n cwrt chwe mis wedyn. Faswn i wedi mynd i lawr 'blaw bod Mr Tomos wedi gneud job mor *brilliant* o'r *defence*. Ca'l rhes o dystion i brofi *provocation* gin boi arall a *self-defence*, hunan-amddiffyniad gin i. Brolio boi mor dda o'n i. Meddwl byd o 'nheulu, nenwedig Sheena'n chwaer. Ro'n i'n "fyfyriwr cydwybodol yn astudio Rheolaeth Arlwyaeth/*Catering Managment*" yn Tec, a 'nyfodol i o 'mlaen i. Ges i ffein hegar ond dim "dedfryd o garchar" a hynny oedd yn bwysig. Dwi'n nabod ei wraig o hefyd. Fuo hi'n dysgu *English* imi cyn iddi fynd yn *deputy head* i ysgol yn Sir Fôn. *Mrs T, the Iron Lady*, fyddan ni'n ei galw hi.

'Oedd hi'n gas efo chi?' medda fi, wedi'n synnu braidd.

'*Strict*,' medda Barry. 'Oedd hi'n ditsiar da a lot o hwyl i gael hefo hi ond toedd hi ddim yn cymryd lol gin neb. Sgiwsia fi.'

Ath Barry i weini ar gwsmar arall. Lyncis inna'r *Glen Morangie*, heb ddiferyn o ddŵr, ar 'y nhalcan ac ymlwybro rhwng y byrdda hurt o hapus am yn stafall.

Faswn i wedi cysgu'n well taswn i wedi yfad mwy o wisgi neu ddim o gwbwl. Roedd dau lasiad yn ddigon i sychu 'ngheg, i 'ngyrru i'r lle chwech berfeddion nos ac i beri imi droi a throsi wrth ail-fyw digwyddiada'r dydd a llawar o brofiada diflasa'r 38 o flynyddoedd roeddwn i wedi bod ar y ddaear. Mi freuddwydis hefyd. Un o'r breuddwydion

hynny sy'n diflannu i ebargofiant gyntad w't ti'n deffro ond
mi wyddwn i fod Barbara Miller yn'o fo a'i bod hi yn ei
dagra.

Barbara

Roedd Barbara a fi wedi bod yn eitem ers jest i bum mlynadd pan fu farw'r Parch. Deiniol Thomas. Naethon ni glicio tro cynta cwarfon ni pan alwodd hi'n y siop i'n holi i fel rhan o'i hymchwil ar gyfar erthygl ar *early English salt-glaze stoneware* oedd i'w chyhoeddi yn *Antiques Review*. Roeddan ni'n dau efo pobol erill ar y pryd ond byr iawn parodd hynny ar ôl y pnawn rhyfadd hwnnw.

Roedd 'na atyniad corfforol cry o'r ddwy ochr. Ond be arall? Ma Barbara'n mynnu mai 'Nghymreictod i a'i Hiddewiaeth hi oedd y ffactora llywodraethol er nad ydy hi'n Iddewig iawn na finna'n llawar o Gymro. Ma gin yn cenhedloedd ni, medda hi, yr hyn alwodd yr Iddew Sigmund Freud a'r Cymro Ernest Jones, ei ddisgybl ffyddlon o Gasllwchwr, yn *instant recognition*, sef greddf gynhenid sy'n yn galluogi ni i wbod o'r eiliad cynta y cwarfwn ni rywun yn bod ni'n ni'n mynd i'w garu neu i'w gasáu o neu hi am byth. Neu bod gynnon ni ddim diddordab.

Dwi'n meddwl bod 'na rwbath arall hefyd. Be fydda'r Parch. Deiniol Thomas yn alw'n 'Gwacter Ystyr'. Peth drwg iawn oedd hwnnw, yn ôl Mr Thomas. Y peth oedd wrth wraidd y rhan fwya o ddryga 'yr oes fodern' a'r 'byd truenus sydd ohoni'. Fel arall oeddan ni'n ei gweld hi. Bod rhieni, athrawon, gwleidyddion, cyfryngis, barnwyr, plismyn, sgriws mewn jêl a phawb sydd â mymryn o awdurdod swyddogol, i gyd am y gora i'n perswadio ni bod 'na ystyr i fywyd. Eu hystyr nhw, siŵr iawn. Unwaith y llwyddan nhw, mi fedran dy fanipiwleiddo di.

Ma'r un peth yn digwydd mewn perthynas rywiol hefyd. Y naill yn mynnu trwy hudo neu fwlio neu ffyrdd mwy dandin, i gael y llall i dderbyn ei ystyr o neu hi. Fuo Barbara a fi rioed fel 'na. Yr atyniad mwya oedd yn bod ni'n parchu gwacter ystyr yn gilydd. Roedd hynny'n yn cadw ni hefo'n gilydd am yn bod ni'n gwbod o brofiad chwerw, ill dau, mor anodd fasa dŵad o hyd i rywun arall felly.

Beth bynnag am hynny, un tebygrwydd pwysig a diddorol ydy yn bod ni'n dau'n cael yn derbyn fel Seuson er nad ydan ni ddim nac isio bod. Ma'r ffaith inni gael yn geni a'n magu yng Nghymru, yn rhwbath arall sy'n gyffredin inni'n dau er bod y Sowth mor ddiarth i mi ag ydy *North Wales* iddi hi. Ma'n nhw'n ddwy wlad wahanol iawn i'w gilydd 'tydyn? Rydan ni'n dau'n medru siarad Cymraeg ond Seusnag fyddwn ni'n siarad hefo'n gilydd fel arfar. Yn ôl Barbara, yr aelod cynta o'i theulu hi i gael unrhyw gysylltiad efo Cymru oedd ei thaid, Moses Miller a gafodd ei hun rhyw bnawn Sadwrn yn 1936 yn ystod brwydr enwog rhwng Iddewon yr East End a'r Comiwnyddion, ar y naill law, ac Oswald Mosley a'i *British Union of Fascists* a'r *Metropolitan Police* ar y llall, ar do *dairy* Cymreig yn Cable Street, yn taflu poteli llefrith at y gelyn yn y stryd odano fo.

Mi etifeddodd Harry, mab Moses, bolitics ei dad a'i dempar. A'r un fath â Moses mi gollodd swydd ar ôl swydd a chael ei enw ar restr ddu'r bòsys er bod galw mawr am *machine-tool engineers* yn y blynyddoedd wedi'r Ail Ryfel Byd.

Dyna sut aeth y Comi rhonc yn *entrepreneur*; yn gwerthu dillad, sgidia a llestri rhad, tegana brau a geriach o bob math mewn marchnadoedd yn ardaloedd tlota Llundan a deddwyrain Lloegar. Mi fydda'n prynu ei nwydda mewn warws fawr yn Bow oedd yn eiddo i *gangsters* Iddewig.

Roedd y rheini'n fwy na pharod i roid coel i gwsmar, yn enwedig cyd-Iddew, pan oedd y tywydd neu salwch yn atal ei fasnach o, ond yn mynnu llog Shylockaidd am y gymwynas ac yn troi tu min os bydda'r taliad yn hwyr.

Pan gafodd Harry Miller ei hun yn y sefyllfa honno, mi ddengodd efo'i deulu i Blackpool a'i gneud hi'n o lew yn hwrjo sothach glan môr i'r miloedd fydda'n tyrru yno'n y dyddia hynny, nes i'r credidwyr gael ei hanas o a gyrru tri dihiryn i'w atgoffa fo o'i ddyléd. Talu rhywfaint ohoni, symud i Gernyw a chael llonydd am sbel arall cyn i'r un peth ddigwydd eto. Codi pac a ffoi liw nos am dde Cymru. Roedd fan'no'n fwy anghysball cyn codi'r pontydd, roedd marchnadoedd y Cymoedd yn ffynnu ac roedd gin Harry ffrindia yno.

Ym mhumdega a chwedega'r ganrif ddwytha mi oedd y Blaid Gomiwnyddol yn gry yn y Sowth, yn enwedig ymhlith y coliars, ac er gwaetha'i 'alwedigaeth', roedd Harry'n dal yn Stalinydd o argyhoeddiad. Felly, pan gyrhaeddodd y ddirprwyaeth o Lundan a bygwth petha mawr i Harry a'i deulu oni bai ei fod o'n setlo'i gownt unwaith ac am byth, mi drodd at y *comrades* am help.

Eu cyngor nhw oedd i Harry gytuno i dalu pob dima oedd arno fo a threfnu i'r tri bwli alw'n ei warws o yn 12 Station Road, Trefabon ar noson arbennig i nôl y pres. Yno i'w croesawu roedd dwsin o 'arwyr glew erwau'r glo', pob un â choes caib yn ei law. Mi aeth y *comrades* â'r Cocnis i fyny i foelydd y Rhigos, rhoi cweir gofiadwy i'r tri, eu stripio'n noethlymun groen a'u gadael yn y gwynt a'r glaw a'r tywyllwch am awr go dda cyn rhoid eu dillad a'u car yn ôl iddyn nhw a'u cynghori nhw i hel hi'n ôl am Lundain a pheidio â chroesi Clawdd Offa byth eto ar boen eu bywyda.

Mi fydda Harry wedi dengid eto 'blaw i'w wraig wrthod symud. Roedd Tabitha Miller wedi setlo yn y Rhondda Fach. Wedi dŵad yn ffrindia efo gwragadd a mama ifanc o'r un oed â hi ac yn mwynhau cynhesrwydd cymdogol phrofodd hi rioed mono fo o'r blaen. Er ei bod hi a Harry o'r un hil, toeddan nhw ddim yn perthyn i'r un dosbarth. Taeogion gafodd eu herlid o Rwsia ganol y bedwaradd ganrif ar bymthag a throi'n *proletarians* yn Lloegr oedd teulu Harry ond academwyr, doctoriaid, bancwyr a chyfreithwyr oedd ei rhei hi; Almaenwyr cefnog, parchus a gwladgarol cyn i'r Natsïaid eu dadrithio. Mi fu farw'r rhan fwya ohonyn nhw'n y Gwersylloedd, rhei erill yn mudo i Balesteina, a chyrhaeddodd Tabitha Loegar efo'i rhieni a'i brodyr a'i chwiorydd *via*'r Iseldiroedd a Ffrainc ychydig wsnosa cyn dechra'r Ail Ryfel Byd. Mi fuon fyw mewn tlodi cyn i'r tad a'r meibion gael swyddi teilwng o'u tras a dyna sut y bu raid i Tabi fynd i weini yn un o'r Lyons Corner Houses enwog (ar y pryd) nes iddi gwarfod Harry a'i briodi o, a hitha'n ddeunaw oed a fynta dipyn hŷn.

Cymysglyd iawn, a deud y lleia, oedd teimlada rhieni'r briodferch. Er bod Harry'n Iddew, un coman iawn oedd o'n eu barn geidwadol nhw ac yn waeth fyth yn arddal syniada peryglus. Toedd 'na ddim llawar o Hebraeg rhwng Harry Miller a'i deulu-yng-nghyfrath, nac o Seusnag na *Yiddish* chwaith.

Roedd rhei o ffrindia newydd Tabi'n gyrru'u plant i ysgolion Cymraeg a dyna wnaeth hi hefo'i chyw melyn ola, Barbara, er gwaetha gwrthwynebiad ei gŵr. Roedd Harry yn erbyn pob cenedlaetholdeb gan gynnwys, ac yn enwedig, Seioniaeth ac yn meddwl bod gwahaniaetha cenhedlig yn arf yn llaw'r bòsys am eu bod nhw'n tanseilio undod y dosbarth gweithiol. Ond mi fynnodd Tabi fod yr hogan yn mynd i'r un ysgol â'i ffrindia ac ildio fu raid iddo fo a chyfiawnhau hynny trwy ddeud bod gan yr ysgolion cynradd ac uwchradd Cymraeg well enw am addysg a disgyblaeth na'r rhai Seusnag.

Nath o na Tabi ddim dyfaru. Mi fu dyddia ysgol Barbara'n rhai hapus iawn a'i llwyddiant academaidd yn ardderchog. Wedyn yr aeth hi'n flêr rhyngddi hi a'i thad. Plan Harry Miller ar gyfar ei ferch beniog oedd iddi ddilyn cwrs gradd mewn astudiaethau busnes ym Mhrifysgol Caerdydd er mwyn ei helpu o a dau o'r meibion i ddatblygu eu busnas nhw'n fentar fwy sylweddol na hwrjo mewn marchnadoedd, oedd ar i lawr erbyn hyn. Lwyddodd Barbara i'w berswadio fo bod cyrsia Prifysgol Llundan yn well na rhei Caerdydd ac y bydda 'studio yno'n lledu ei gorwelion hi ac yn ei gneud hi'n *au fait* hefo beth oedd yn digwydd yn y byd mawr y tu allan i Gymru oedd mor gul a phlwyfol ac ati.

Dim ond ar ddiwadd ei hail flwyddyn y dalltodd Harry mai celf gain a llenyddiaethau Ewropeaidd oedd ei ferch yn 'studio ac nid busnes. Mi aeth yn gandryll a gwrthod cyfrannu'r un geiniog arall at ei haddysg. Ond hefo cymorth teulu ei mham, oedd yn bobol gefnog eto, mi orffennodd Barbara y cwrs a graddio yn anrhydeddus dros ben.

Dim ond yn ddiweddar iawn, â'i rhieni'n tynnu mlaen ac ill dau'n ddigon cwla y daeth Barbara a nhw i fod ar delera gweddol eto. Fydd hi'n galw i'w gweld nhw ddwywaith y flwyddyn ac mi fydd y tri'n weddol sifil hefo'i gilydd ond tydy Harry ddim wedi madda iddi hi am ei dwyllo fo na hitha iddo fynta am fod yn gymaint o deyrn pan oedd hi'n ei harddega. Ac er ei bod hi a'i mham wedi closio at ei gilydd yn ddiweddar, ma Barbara'n dal i feio Tabi am fethu â chadw ei phart hi pan fydda'r tad a'r ferch yn ffraeo ynglŷn â hogia, dillad, miwsig pop, ffilmia Americanaidd ac yn y blaen.

Roedd Tabitha wrth ei bodd bod Barbara'n gneud tipyn hefo'i theulu hi yn Llundan er ei bod hi'n cymryd arni fel arall efo Harry. Toedd llid yr hen foi wedi pylu dim hefo treigl y blynyddoedd. I'r gwrthwynab, wrth i'r Steins ddringo'n ôl i blith y crachach. Yn sgil yr Holocost, mi oeddan nhw wedi troi'n ôl at grefydd ac wedi'u hargyhoeddi bod rhaid i'r Iddewon gael eu gwladwriaeth eu hunain hefo'i bomia atomig ei hun i stopio'r fath beth rhag digwydd eto. Mi ymddiddorodd Barbara yn y grefydd, y diwylliant a'r politics er mwyn dallt hi'i hun yn well a chymryd arni mewn llythyra at ei mam ei bod hi'n fwy o ddifri nag oedd hi, er mwyn gwylltio'i thad.

Ath hi i Israel am wylia gan aros efo cefndar i'w mam a'i deulu. Roedd o'n Athro Archaeoleg a'i wraig o'n llawfeddyg a'u plant yn bobol ifanc ddifyr a deniadol. Am y tro cynta rioed deimlodd Barbara ei bod yn ei gwlad ei hun hefo'i phobol ei hun. Mi gafodd waith fel newyddiadurwraig ac ma'n debyg y basa hi wedi setlo a byw yno am weddill ei hoes tasa'r Arabiaid ddim wedi dechra cicio dros y tresi a'r Israeliaid wedi eu camdrin nhw'n saith gwaeth am feiddio gwrthryfela. Roedd hi'n canlyn Dov yn selog erbyn hyn: pishyn peniog a diwylliedig iawn er ei fod o'n swyddog yn *Shin Bet*, yr Heddlu Cudd. Ryw bnawn crasboeth a hitha'n gorfadd wrth ei ymyl o ar y tywod gwyn ar lan y Môr Coch dan barasol binc ac awyr las mi ddeudodd Barbara wrth ei chariad: 'Fedar petha ddim mynd ymlaen fel hyn am byth, Dov. Fydd raid ichi neud rhwbath, rywbryd i ddŵad â'r helynt yma rhyngddoch chi a'r Palestiniaid i ben.'

'Bydd,' medda fynta'n ddioglyd.

'Be?' medda hitha'n ddiamynadd.

'Be faswn i'n neud,' medda Dov a chodi ar un benelin, 'fasa torri ffoes ddofn ar hyd y ffin rhyngddan ni a'r Aifft, gneud y 'Palestiniaid', fel rw't ti'n mynnu eu galw nhw, bob un wan jac, i sefyll â'u cefna at y ffoes, eu saethu i gyd a'u claddu nhw. Wedyn mi gaen ni heddwch a throi'r wlad 'ma'n nefoedd ar y ddaear.'

'Twyt ti ddim o ddifri?' medda Barbara.

'Ydw.'

'Pawb? Dynion, merched, plant a hen bobol?'

'Pawb. Diawl o beth. Ond dyna'r unig ffor.'

Roedd hi'n dal i feddwl nad oedd o ddim o ddifri ond mi oedd o a phan sylweddolodd hi hynny mi adawodd hi fo ac Israel.

Fel deudis i, newyddiadura oedd Barbara pan gwarfon ni, a hitha wedi galw'n y siop i'n holi i am *early English salt-*

glaze pottery', yn enwedig mygia o ganol y ddeunawfad ganrif wedi'u haddurno hefo patryma a llunia Tsieinïaidd. Roedd 'na record o Jacques Loussier yn chwara'n y cefndir; ma'r cyfuniad o foderniaeth a chlasuriaeth yn creu *ambience* sy'n llesol i fusnas sy'n trio bod yn ffasiynol ac yn henffasiwn yr un pryd. Cyn iddi ddechra holi ynglŷn â'r llestri roedd hi'n deud hanas ei thad yn gneud iddi wrando ar Louis Armstrong *et al.* er mwyn profi bod y cyfalafwyr sy'n rheoli cerddoriaeth boblogaidd yr *USA* wedi dwyn a llurgunio miwsig y bobol dduon. Finna'n sôn am Owain Thomas yn gneud i Hywel a fi wrando ar John Coltrane, Miles Davies a Thelonius Monk a sut 'mod i'n mwynhau'r rheini rŵan er nad oeddwn i ddim ar y pryd. "Run fath â Shakespeare,' medda Barbara. 'Ia, ma'n debyg,' medda fi. 'Tad Owain ddysgodd fi i werthfawrogi hwnnw.'

Ond ma pum mlynadd yn oes mewn perthynas, yn hwy na dega o briodasa, a ma pobol yn newid. Pan gwarfon ni gynta, roeddan ni'n dau'n fodlon ar yn byd yn Llundan ond bellach roeddan ni'n dau isio symud o'no a gneud rhwbath arall. Roedd Barbara wedi laru ar weithio i gylchgrona merchaid sy'n cymryd arnyn fod yn *liberated* ond, fel y rhei fydda'i mam yn 'darllan, yn seilio'u gwerthiant ar awydd merchaid i blesio dynion. Roedd hi isio sgwennu go iawn, h.y. nofela. Roedd hi isio babi hefyd ac yn meddwl y medra hi neud y ddau beth yng nghefn gwlad de-orllewin Ffrainc; lle brafiach na gogledd-orllewin Llundan i mi ddelio mewn hen betha. Medda hi. Ro'n inna wedi syrffedu ar Lundan ac isio rhoid y gora i'r ddau fusnas cyn i'n lwc i ddarfod ond toeddwn i ddim isio bod yn *ex-pat* o Gymro yng nghanol *ex-pats* o Seuson. O'n i wedi dechra meddwl ella baswn i'n lecio bod yn dad ond nid i ryw Jake neu Penny.

Awgrymodd Barbara ein bod ni'n prynu hen dŷ ffarm yn Sir Benfro.

'Well gin i Ffrainc,' medda fi. 'Gwell tywydd a llai o Seuson.'

'Lle 'ta?'

'Gwynedd.'

'Driwn ni Ffrainc gynta a Gwynedd os cawn ni'n siomi.'

Gytunis i er mwyn mestyn amsar.

Roedd Barbara wedi trefnu inni fynd yr wsnos ar ôl angladd y Parch. Deiniol Thomas i aros hefo ffrindia iddi oedd wedi prynu hotel mewn pentra wrth ymyl Cahors. Yrrodd John a Greg doman o lenyddiath *estate agents* atan ni a'n gwadd ni i aros hefo nhw nes bysan ni'n ffendio y lle i'n siwtio ni.

Ond roedd y deuddydd dwytha wedi bod yn gyfla i mi gnoi cil ar betha. Fasa raid imi ddeud wrthi gyntad ag y cyrhaeddwn i adra nad oeddwn i am fynd am wylia at John a Greg. Toeddwn i ddim isio mudo i Ffrainc, na hyd yn oed fynd yno am holides, rhag imi gymryd 'y mherswadio.

Wyddwn i be ddeuda Barbara a sut bydda'r sgwrs yn mynd.

'Lle awn ni 'ta?'

A be ddeudwn i:

'Rwla yng nghyffinia'r Dre.'

'Ma'r teulu 'na wedi bod yn dy ben di eto!'

'Naddo.'

'Wedi dylanwadu arnat ti.'

'Ma'u dylanwad nhw wedi bod er lles, fel arfar. Wn i ddim be fydda'n hanas i 'blaw am D.T. a Mrs Thomas. Naethon nhw ledu'n meddwl i. Ehangu 'ngorwelion i. Fel w't ti wedi gneud. Yn gneud.'

'Ma teulu D.T. Thomas a fi'n dy dynnu di i gyfeiriada gwahanol. Fydd raid iti ddewis rhyngddan ni ac i le'r w't ti isio mynd.'

Fydda Barbara'n deud petha cas iawn am y teulu Thomas.

Mi fu Mr a Mrs Thomas yn ffeind wrtha'i, yn wahanol i'r rhan fwya o bobol barchus ac mi addysgon nhw fi. Hywal oedd y ffrind gora ges i rioed. Luned oedd 'y nghariad cynta i a'n unig gariad nes imi gwarfod Barbara. 'Nes i ddim gymaint â hynny hefo Owain. Roedd o'n llawar hŷn na Hywal a fi ac i ffwr yn rysgol. Ond o'n i'n ei edmygu o. Oedd o mor *cool*. Ddim ofn neb. Fydda fo'n chwara rygbi i dîm Dre pan fydda fo adra, ar y *wing*, ac yn sgorio o leia unwaith bob tro. Mi ddysgodd Hywal a fi (a'i dad) i lecio jazz ac i sbeitio'r Rolling Stones, Eric Clapton a ballu fel 'hogia gwyn, dosbarth canol yn gneud eu hunan yn filionêrs wrth watwar miwsig y bobol dduon.'

Ddeudodd Owain rwbath gath fwy o effaith arna'i na'r un adnod ddysgodd Mam imi i'w hadrodd yn rysgol Sul. Roeddan nhw wedi symud i'r Dre erbyn hynny a finna wedi ca'l mynd am de yno ar ôl rysgol ac yn gwrando ar Owain a'i dad yn dadla politics. Mi oedd Owain yn y Coleg ar y pryd lle'r oedd o wedi dechra 'mhel â grwpia a mudiada Trot ac anarchaidd. Cymraeg oeddan nhw'n siarad, wrth gwrs, ond bod Owain yn pupro'i bregetha fo hefo jargon yr *ultra-left*. A medda fo: '*All property is theft*' a mynd yn ei flaen i daeru bod y gymdeithas rydan ni'n byw yn'i hi'n hollol anghyfiawn am fod y cyfoethogion wedi lladrata'u heiddo nhw oddar bobol dlawd un ai'n uniongyrchol neu drwy ddwyn ffrwyth eu llafur. *All property is theft*. Fydda 'mywyd i wedi bod yn wahanol taswn i rioed wedi clŵad y geiria yna?

Meddylia felly oedd yn berwi 'mhen i wrth imi fynd am dro o gwmpas y Dre y bora wedi'r angladd. Ro'n i wedi deud wrth Barbara y byddwn i'n cychwyn peth cynta ond ges i 'nghloffi gin awydd i ohirio profiad diflas; awydd oedd yn gymysgadd o lwfdra a dim isio'i cholli hi a hiraeth am yr adag oedd bob dim yn iawn rhyngddan ni. Taswn i'n chwara 'nghardia'n iawn, ella medrwn i osgoi mudo i Ffrainc a'i chadw hi. Ond toeddan ni rioed wedi bod felly hefo'n gilydd. Roeddan ni'n dau wedi bod yn strêt hefo'n gilydd am yr hyn oeddan ni isio. Am yn bod ni isio'r un petha. Rŵan oeddan ni isio petha gwahanol.

Roedd hi'n fora tamplyd, llwydaidd, llonydd, hydrefol pan gerddis i o'r Brython i lawr at y Fenai a dyna sut o'n i'n teimlo hefyd. Dim gwynt na glaw na heulwen i dynnu'n sylw i orwth yn meddylia, 'y nheimlada a'n ofna i'n hun. Gerddis dan walia'r Dre, o gwmpas y castall, trw'r Maes ac i fyny, heb feddwl lle'r o'n i'n mynd, i gyfeiriad y jêl o ysgol chwaraeodd ei rhan negyddol yn yn hanas i. Pan sylweddolis i lle'r o'n i, mi drois yn f'ôl ond yn lle 'nelu am yr hotel, mynd i mewn i stad dai cyngor fawr Maes Gwyrfai a thrio cofio enwa'r hogia'r un oed â fi oedd yn byw yno a meddwl lle'r oeddan nhw rŵan.

Cyn bo hir, sylweddolis i na jest bod yn gachwr o'n i, a mi o'n i ar fin troi ar yn sowdwl, mynd yn f'ôl i'r Brython, i mewn i'r car a'i hel hi am adra i ddeud 'y neud a gwynebu'r canlyniada pan welis i ddarn o dir glas gymaint â chae bychan yng nghanol y tai a rhyw ddwsin o lafna'n cicio pêl arno fo. Roedd cofio'n hun yn gneud 'run peth yn yr union le'n ddigon o esgus imi fynd yn 'y mlaen i'w gwatshad nhw.

Roeddan nhw'i gyd tua'r pymthag ac yn gwisgo rhyw lun ar iwnifform ysgol. Nabodis i un ar unwaith. Anodd peidio. Mi oedd Iolo, mab Luned, fel rhyw Bele bach yng nghanol y Celtiaid. Pan sgoriodd o gôl dda o ddeg llath, godis i'n llaw arno fo â 'mawd i fyny. Chymrodd o ddim sylw ar y pryd ond ryw bum munud yn ddiweddarach, pan gymron nhw hoe i smocio a swigio *Strongbow* mi ddeudodd rwbath amdana'i wrth y lleill a rhedag tuag ata'i.

'Sma'i, Iolo,' medda fi a sylwi eto mor debyg ac mor wahanol i'w fam oedd o.

'Be ti'n neud fan hyn?' medda'r hogyn du yn swta.

'Mynd am dro.'

'Yn fa'ma?'

'Fu's i'n cicio pêl yma ers talwm. Pan o'n i d'oed di.'

'Do wir?'

Roedd 'na fymryn o ddiddordab yn y cwestiwn.

'Oes 'na jans am gêm?'

'Ddeudi di wrth Mam?'

'Deud be?'

'Bo chdi wedi 'nal i'n dojo?'

'Pam ddylwn i?'

'OK.'

Amneidiodd Iolo arna'i i'w ddilyn o at yr hogia erill oedd yn sefyllian wrth un o'r golia oedd wedi'u gneud hefo pentwr o parcas ac anaracs.

'Mae o isio gêm,' medda Iolo wrth ei ffrindia. 'Geith o chwara'n gôl i ni. Gynnon ni un yn llai na chi.'

'Pyrfyrt ydy o, Blac?' medda captan y tîm arall, llipryn tal efo gwynab sgyrniog a *crew-cut* o wallt crychiog, gola.

'Naci, Sgonji,' medda Iolo. 'O'dd o'n ffrindia hefo 'nhaid. Ddath o i cnebrwn ddoe.'

Ges i gêm dda, er 'mod i'n deud hynny'n hun. Trw lwc, o'n i'n gwisgo tracsiwt a trenyrs a mi 'nes ddau arbediad acrobatig nath argraff ar yr hogia. A landiodd un cic-owt gin i ar ben Iolo a mi sgoriodd. Ond pharodd yr *euphoria* ddim yn hir. Mi gymrwyd ei lle hi gin *hubris* a *nemesis*.

Centre-forward henffasiwn oedd Sgonji; wedi arfar sgorio wrth roid sgwd i'r goli a'r bêl i'r gôl hefo'i gilydd. Driodd o hynny deirgwaith hefo fi a chael tair sgwd hegar yn ôl, a'r drydydd yn ddigon i'w sodro fo ar ei din. Felly mi benderfynodd iwsio'i ben. Y tro nesa daeth y bêl i 'nwylo mi gleciodd 'y ngheg i hefo'i dalcan.

'Aww!'

'Bastad budur!' medda Iolo a phwyo brest Sgonji hefo'i fys.

'Be ti'n feddwl, cont?' medda hwnnw a chodi'i ddwrn.

'Fo frathodd fi. Stagia! Ma 'mhen i'n gwaedu!'

'Ei waed o 'di hwn'na, cont! Gei di gardyn coch am hyn'na!'

'Gin pwy, cont? Gin ti?'

'Damwain oedd hi, hogia,' medda fi â'n llaw waedlyd dros 'y ngheg. 'Dwi'n mynd i chwilio am ddoctor. Neu ddentist.'

Y Deintydd

'Isio gofyn cymwynas ydw i, Glyndwr,' medda Hywel Tomos i geg y ffôn. 'Nid i mi'n hun, am unwaith. I hen gyfaill annwyl iawn.' Winciodd Hywel a gwenu arna'i dros y ddesg lydan a sgrin fawr fflat ei gyfrifiadur heb i hynny atal llifeiriant ei eiria.

'Ffrind i'r teulu, ddaeth i'r angladd, yr holl ffor o Lundan, sy wedi cael damwain bach . . . Torri daint blaen wrth gicio pêl hefo criw o ryffians Maes Gwyrfai . . . Tydy hynny ddim yn rhwbath faswn inna'n 'neud chwaith! . . . David Davies ydy'i enw fo . . . Ia, o Lundan. Brynrodyn yn wreiddiol . . . Ia . . . Ia . . . Dyna chdi . . . Ia . . . Ia . . . ' Mi dawodd yn ffwr-bwt ac er ei fod o'n dal i wenu, dim ond efo'i wefusa oedd hynny, fel tasa be oedd o'n glŵad yn gneud iddo fo deimlo'n annifyr. Yn diwadd, mi dorrodd ar draws y llall a deud braidd yn big, 'Yli, ma David efo fi'n y Swyddfa . . . Ydy . . . Fasach chdi'n lecio gair efo fo?'

Lonnodd drwyddo wrth wrando ar eiria nesa'r deintydd ac ebychu'n frwd – 'Gwych! . . . Grêt! . . . Ffantastig! . . . Diolch o galon ichdi'r hen goes . . . Ia . . . Oedd . . . Mi oedd Dei a Tada'n dipyn o lawia . . . Ddeuda'i wrtho fo am ddŵad i lawr 'cw'n syth bin . . . Diolch yn fawr ichdi, Glyn . . . Hwyl.'

Roddodd Hywel y derbynnydd yn ôl ei grud a deud: 'Welith Glyndwr chdi os ei di yno rŵan hyn. Fedar o neud fawr mwy bora 'ma nag edrach faint o ddamej sy 'na ond mi fydd ei gyngor o'n werth ei gael beth bynnag. Hen foi iawn. Cymro da hefyd.'

'Well imi'i throi hi 'ta,' medda finnau a chodi ar 'y nhraed. 'Diolch yn fawr ichdi, Hywal.'

Gododd ynta a medda fo â'i lais yn crynu: 'Diolch i chdi, Dei, am ddŵad yr holl ffor i dalu'r deyrnged ola i'r Hen Ddyn.'

'Oedd raid imi ddŵad.'

'Oedd. Roeddach chi'n dipyn o lawia. Fel deudis i wrth Glyn.'

'Oeddan.'

Syllon ni ar yn gilydd am hir ag atgofion hapus a rhei ddim cystal yn chwyrlïo drwy'n meddylia a chlapia mawr o hiraeth yn yn gyddfa ni nes imi holi: 'Ma Glyndwr Harries yn ddentist go lew?'

'Y gora'n Dre 'ma. Yng Ngwynedd, synnwn i ddim. Roedd o'n rangladd, wrth gwrs. Ac ym mharti pen-blwydd bythgofiadwy Owain yn hannar cant hefyd. Cofio hynny? Ella'ch bod chi wedi cwarfod yno. Pryd tywyll. Gwallt cyrliog, cwta. Llgada glas iawn. Tua'r un oed â chdi a fi ond byrrach. Ryw ffeif êt, ballu.'

'Blondan ydy'i wraig o? Pishyn?'

'Oedd hi. Gafodd o a Lona sgariad dair blynadd yn ôl. Biti garw.'

'Lot o hynny o gwmpas. Hyd yn oed yng Nghymru.'

'Digon i neud i Owain a fi deimlo fel pyrfyrts, yn dal efo'n gwragadd cynta! Er bod ysgariada'n talu'n dda iddo fo ac yn gneud cyfresi drama Cymraeg fwy diddorol na phan oeddan ni'n genedl o bobol barchus! Ma Glyndwr newydd ddyweddïo. Roedd hi hefo fo'n yr angladd. Ddalis i hi a Lona'n edrach yn hyll iawn ar ei gilydd yn y festri. A mi w't ti a Barbara'n reit hapus, yn byw tali?'

'Hapus iawn,' medda fi.

'A pham lai? *If it ain't broke, don't fix it!*'

'Well imi'i throi hi.'

'Ia.'

'Diolch yn fawr ichdi, Hyw.'

'Paid â sôn.'

Wasgon ni ddwylo'n gilydd, a'n llgada'n llenwi, drois inna ar yn sowdwl a martsio allan o'r swyddfa'n reit sydyn.

Adewis i swyddfa Prif Weithredwr TeliCo a stiwdios y cwmni yn stad ddiwydiannol Waun Lom a gyrru'r Mondeo i lawr i'r Dre, i'r maes parcio ar y cei, yng nghysgod y castall. Gadal y car a dringo'r clip bychan i'r Maes ac anelu at dŷ yng nghanol y rhes drillawr ar ochor ddeheuol y sgwâr. Hwnnw, yn ôl y plac pres ar y wal wrth y drws oedd *Deintyddfa Glyndwr G. Harries FDRSCS MScD BDS Dental Surgery*. I mewn â fi a chyflwyno'n hun, drwy ffenast fechan yn y cyntedd â'r arwydd *Derbynfa/Reception* uwch ei phen, i ddynas glên, ganol-oed ddeudodd wrtha'i fod Mr Harries yn disgwl amdana'i a gofyn imi fynd i ista i'r *Ystafell Aros/Waiting Room*, gyferbyn, nes basa fo'n barod i 'ngweld i.

Ymunis i hefo hannar dwsin o bobol ddigalon o wahanol oedranna mewn stafall fuo ers talwm yn barlwr ffrynt tywyll, ac anwybyddu, fel nhwtha, y pentyrra twt o gylchgrona Cymraeg a Seusnag ar y bwr coffi yng nghanol y stafall a'r ffotograffa lliw o rei o olygfeydd tlysa Gwynedd oedd yn hongian dros bapur streipiog coch a gwyrdd tywyll y parwydydd. Roedd yr awyrgylch ddiflas yn yn siwtio i'r dim. Lle iawn i felltithio'n anlwc ac i obeithio bydda cyflwr 'y ngheg i ddim yn amharu ar 'y ngallu i ddeud 'y neud wrth Barbara heb golli'n limpyn.

'Mr Davies . . . ?'

Gododd dyn mewn *shell-suit* nefi blw a gwyrdd yr un pryd â fi. Roedd hwn dros ei drigian a heb siefio ers deuddydd.

'Mr David Wynne Davies,' medda'r nyrs â gwên ymddiheurol i'r hen ŵr ac un secsi i mi. Roedd gwrid iach y wynab ifanc, direidi'r llgada tywyll, perffeithrwydd y gwefusa pinc a'r dannadd gwynion a'r corff siapus heb fawr amdano fo ond gwenwisg feddygol yn well nag unrhyw *anti-depressant.*

'Diolch yn fawr,' medda fi a dilyn yr hogan i'r *surgery* fawr, ola roedd ei moderniaeth glanwaith yn sgleinio ym mhelydra'r haul gwanllyd oedd yn twnnu drwy ddwy ffenast â'u golwg tua'r De.

'Heulwen ydw i, Mr Davies,' medda hi.

'Sut 'dach chi, Heulwen?' medda fi.

'Iawn diolch. Steddwch. Ma Mr Harries yn y ddeintyddfa i fyny grisia. Fydd o ddim yn hir.'

Aeth hi i roid trefn ar jaria a photia mewn cwpwr gwydyr a steddis inna'n y gadar fawr ddu a sbio drw'r ffenast ar yr Abar, y cychod wedi'u rhwymo'n rhes i byst ar y cei a'r bryn gwyrddlas a choedlan ddiddail ar ei gorun, ar y lan bella. Roddis i flaen 'y nhafod eto, er 'y ngwaetha, yn y bwlch lle bu'r daint cyfa a theimlo fel chwdu wrth i'r bonyn ei grafu.

'Mr David Davies! Sut ydach chi, syr? Ma'n ddrwg gin i'ch cadw chi!'

Ymddangosodd Glyndwr Harries yn ddisymwth wrth fraich y gadar a Heulwen wrth y fraich arall. Fo, heb os nac oni bai, oedd y deintydd mwya golygus roddodd ei dwls yn 'y ngheg i rioed. Llgada cyn lasad â rhei Paul Newman, lliw haul naturiol, dannadd claerwyn, gwastad, oedd yn hỳs-bỳs gwych i sgilia proffesiynol eu perchennog, smoc las ola, lawas gwta am ran ycha'i gorff, Rolex aur ar ei arddwrn chwith a Heulwen a fynta'n gwenu arna'i fel giatia Plas Glyn Llifon. O'n i mewn ffilm am ddentist wedi'i gneud yn Hollywood a'i dybio i Gymraeg?

'Diolch yn fawr ichi am 'y ngweld i mor fyr rybudd,' medda fi.

'Dyna be fasa'r hen Ddeiniol Tomos isio imi'i neud,' medda fynta a thinc defosiynol yn ei lais. 'Heddwch i'w lwch. Sant os buo un erioed. Ma unrhyw ffrind i D.T. yn ffrind i minna, David . . . '

34

'Dyn da iawn,' medda fi gan ddiolch i'r hen ŵr am gymwynas arall.

'Madda imi am beidio ag ysgwyd llaw efo chdi,' medda Glyndwr a dangos y menyg rybar gwynion am ei ddwylo. ''Dan ni'n brysur ar y naw, wsti. Fel ffair ladd nadroedd. Heulwen . . . '

Wasgodd Heulwen fotwm roddodd y gadar a fi ar wastad yn cefna.

'Ceg fawr i Yncl Glyn!' medda'r deintydd. Finna'n ufuddhau er bod gin i ofn be wela fo.

Wrth i Harries archwilio'r briw a gweddill 'y ngheg roedd o'n mwmial disgrifiad o'i daearyddiaeth wrth Heulwen. Toedd yr olygfa ddim yn plesio. Ei gwestiwn cynta wedi iddo fo orffan oedd: 'Pryd welodd rhywun hon ddwytha?'

'Ddim ers sbel.'

'Rhag dy gwilydd di, Dai, y babi mawr!' medda fo a phwyntio'i fys ata'i. Dyna pryd sylweddolis i mai Hwntw oedd Glyndwr Harries, yn gor-ogleddu ei lafariaid fel bydd rhei sy wedi setlo'n y Topia. 'Am faint wyt ti'n bwriadu aros yn y pen yma?'

'Tan fory. Faswn ar yn ffor adra 'blaw am hyn.'

'O. Wel. Toes 'na ddim llawar fedrwn ni neud ichdi felly,' medda Glyndwr yn siomedig. 'Y peth gora fedri di 'neud ydy trefnu i weld dy ddeintydd dy hun gynta gall o.'

'Sgin i'r un.'

'O'n i'n ama!'

'Rydw i wedi methu ffendio un er pan smudon ni i Muswell Hill.'

'Tydi fan'no ddim yn le crachaidd ar y naw? W't ti'n mynd i orfod talu drwy dy . . . rwla tendar iawn yn fan'na,' medda Glyndwr. 'Ac eitha gwaith ichdi. Tasat ti'n aros yn y cyffinia am ddeuddydd, dri, alla Heulwen a fi dy helpu di. Fydda gofyn ichdi ddŵad yn ôl i'n gweld ni 'mhen rhyw fis. Penwythnos bach neis yn yr Hen Wlad.'

'Faint gostia hi?'

'Hm. Gad imi weld sut basan ni'n gneud hi, gynta . . . Heulwen . . . '

Wasgodd hitha'r botwm eto i sythu cefn y gadar a fi tra oedd y bòs yn mwmial wrtho fo'i hun dan gau'i llgada a chrychu'i dalcan: 'Hmm . . . Reit . . . Mi allwn ni gymryd llun pelydr-x o'r difrod rŵan . . . a ffeindio dwyawr bora fory i dynnu'r bonyn a rhoid dant gosod dros dro i "sefyll yn y bwlch". Ffonia'r hen Mrs Hunt, Heulwen, a gofyn iddi ohirio. Fydd ddim raid ichdi feddwl am lawar o esgus; fydd hi'n reit falch. Wedyn, Dai, pan ddei di'n ôl, mi bontiwn ni'r bwlch ac, os leci di, coroni dannadd erill sy mewn cyflwr go giami.'

'A'r bil?'

'Dipyn llai na Llundan. Hola ddau ddeintydd yn Muswell Hill a mi hanera'i gwôt y rhata.'

'Iawn.'

Roedd hi wedi'n amsar cinio arferol i erbyn hyn a mi es i fistro Cambro-Eidalaidd ar ben y rhes Fictoraidd ma deintyddfa Glyndwr Harries yn ei chanol a gofyn am bowlaid o minestrone, rôl fara a photelad o ddŵr. Wrth ddisgwl am y bwyd, mi decstis Barbara bod raid imi aros yn Dre am dridia arall oherwydd y ddamwain, a rhoid switsh off i'r ffôn.

Dreulis weddill y pnawn yn crwydro lonydd troellog Eryri yn 'y nghar a synnu sut bod neb yn dewis byw ar grachan sment lwydaidd, anferthol Llundan pan alla fo, ddigon hawdd, symud i ganol y fath harddwch naturiol, iach. A chofio sut byddan ni'n methu dallt pam bod Seuson yn heidio yma, pan oeddan ni'n hogia.

Gyrru'n ara deg bach drwy Brynrodyn. Oedi wrth y Post, oedd wedi'i gau. Siop Huw wedi'i phaentio'n orenj llachar a'i hail-fedyddio'n *Siop y Pentref/Village Stores* gin y perchennog newydd oedd yn Sgowsar neu'n Frymi, ma'n siŵr; yr Ysgol, sy'n 'Ganolfan Gymunedol' rŵan, Tegfan, hen gartra'r Parch. Deiniol Thomas a'i deulu a'n ail-gartra i. Synnu, fel bydda i bob tro, bod yr adeilada mor fach a'r pellteroedd rhyngddyn nhw mor gwta. Stopio wrth geg lôn Ty'n Cae a'i chael hi'n anodd, fel bydda'i bob tro, i gadw cow ar y teimlada cymysg sy'n codi i'r berw mor sydyn. Cymry sy'n byw yna rŵan. Teulu o Bryn ei hun. Dwi'n eu nabod nhw. Pobol iawn. Ond tydw i rioed wedi mentro rhoid cnoc ar drws a deud helo am fod arna'i ofn y 'lleisiau a'r drychiolaethau', chwadal bardd lleol, taswn i'n croesi'r hiniog. Ofn bwgan alla 'nghipio i'n ôl ddeg mlynadd ar hugian. O'n i'n ddigon hapus ar y pryd; y syniad o orfod ail-fyw bob dim ddigwyddodd wedyn sy'n giami.

O'n i'n dechra hel meddylia gwirion. Rois 'y nhroed ar y petrol a'i hel hi'n ôl am Dre.

A'r Brython, i ddiogi a hel mwy o feddylia nes teimlis i isio bwyd a mynd i lawr i'r bar i lenwi'r gwagle efo rwbath ysgafn, hawdd ei gnoi. Goleuo'r ffôn bach wrth fyta'n synfyfyriol a darllan tecst Barbara'n gobeithio nad oedd canlyniada'r ddamwain yn rhy ddifrifol, yn deud ei bod yn 'y ngholli i, yn edrach ymlaen at 'y ngweld i, yn ymddiheuro am fod mor flin pan adewis i ac yn gofyn imi ffonio'n ôl. Decstis i bod cyflwr 'ngheg i'n gneud hi'n amhosib imi sgwrsio.

Hel tafarna ar ôl swper a sipian haneri o siandi mewn hannar dwsin ohonyn nhw er mwyn gwrando ar batro'r brodorion. Nabodis wyneba o 'nyddia'n Ysgol Dre ond nabodon nhw mo'na fi, diolch byth. Tydw i ddim yn anghymdeithasol, fel arfar, ond toeddwn i ddim yn teimlo fel sgwrsio hefo neb y noson honno.

Cysgu'n wael eto a deffro awr cyn yr alwad am saith i hel meddylia. Mor wahanol fasa'r 38 mlynadd dwytha wedi bod taswn i'n fab i'r Parch. Deiniol a Mrs Megan Thomas ac nid i Jean Jones, ysgrifenyddas efo'r Cyngor Sir ac Arthur Gordon Griffiths, *Haulier & Contractor*, Ellesmere Port. Be o'n i am neud am y 38 mlynadd nesa? Y flwyddyn nesa? Dydd Sadwrn neu ddydd Sul nesa. Be am ddŵad yn f'ôl, ail-gynna'r tân ar aelwyd Luned? Na. Gormod o fagij gynnon ni'n dau. Cwarfod hogan ifanc gyn ddelad a chyn gleniad â Lun pan oeddan ni'n canlyn. Rhywun fel Heulwen Williams. Hudo honno orwth Glyndwr Harries . . . Ar ôl i hwnnw orffan trin 'y nannadd, siŵr iawn . . .

Godis pan ganodd y ffôn. Cawod a gwisgo amdana gan gofio geiria'r deintydd – 'Dim byd ffansi, rhag inni golli peint neu ddau o dy waed di drosdat ti!' Brecwesta ar gornfflêcs a llefrith a sudd oren a cherddad y chwarter milltir o'r Brython i'r Maes fel roedd pobol yn mynd i'w siopa a'u swyddfeydd a phlant i'w hysgolion. Faint ohonyn nhw fasa'n teimlo mor ddiflas â hyn yn ddeunaw ar hugian oed?

'Mi weli di, Dai, pa mor fach ydy'r bonyn sy ar ôl,' medda Glyndwr Harries gan bwyntio ar y negydd pelydr-x â gola'n llifo drwyddo fo o'r lamp uwchben y gadar. 'Ddim digon mawr, gwaetha'r modd, inni fedru sgriwio dant gosod iddo fo. Toes 'na ddim byd amdani, felly, ond ei dynnu o a phontio'r bwlch yn barhaol pan ddoi di'n ôl i'n gweld ni.'

'Sut tynnwch chi o. Efo gefal?' .

'Rhy fach,' medda fo 'Efo'r rhain,' a dangos tri arf dur, gloyw imi: cyllall hirfain, morthwl a chŷn.' Mi fydd raid imi agor y gorchafan, *gum*, i ddechra . . . '

'A waldio'r bonyn allan efo'r rheina wedyn?' medda finna, wedi dychryn.

'Ia,' meddai Glyndwr dan wenu. 'Theimli di fawr ddim os bydd y pigiada wedi gneud eu gwaith. Os na fyddan nhw, fydd y boen y peth tebyca i enedigaeth naturiol fedar gwryw ei deimlo. Fyddi wrth dy fodd os wyt ti'n "ddyn newydd", fel dylan ni fod i gyd, y dyddia hyn. I lawr â fo, Heulwen.'

Drodd y gadair yn elor ddeintyddol a finna'n gorff diymadfarth.

'Gas gin i hyn yn fwy na dim,' medda fi dan sgyrnygu wrth i Glyndwr brofi effeithiolrwydd y nodwydd ar flaen ei chwistrall trwy beri iddi boeri dafna o anasthetig i'r awyr.

'Gafal yn llaw'r hen fabi mawr, Heuls,' medda Glyndwr, a'r chwistrall yn ei law'n hofran yn fygythiol o flaen 'y ngwynab i. 'Ceg fawr, Dai!'

Wrth afal yn yn llaw i, mi nath y nyrs/*fiancée*'n siŵr 'mod i'n sylwi ar ei modrwy ddeiamond newydd sbon danlli grai. Barodd cyffyrddiad y cnawd ifanc, y wên yn y llgada tywyll a'r mwgwd gwyn dros ei cheg imi ailfeddwl ynglŷn â sado-masocistiaeth wrth i'r nodwydd drywanu'r gorchafan/*gum*, un, dwy, tair o weithia. Toedd llgada asur y bòs ddim yn gwenu; roedd y rheini'n canolbwyntio'n llwyr ar y job.

'Gei di ollwng ei llaw hi rŵan, Dai,' meddai Glyndwr wrth sythu a chamu orwth y gadar. 'Fydda i'n ôl 'mhen rhyw ddeg munud ar ôl cael gair hefo pobol yr oruwchystafell. Bihafiwch!'

'Mae o'n ddentist go iawn?' holis i wrth i Heulwen yn atgyfodi i. 'Wedi pasio'i egsams i gyd?'

'Yn uchal iawn,' meddai hitha.

'Mewn dentistri dwi'n feddwl. Nid gwaith coed. Mwrthwl a chŷn!'

'Ma Mr Harries yn cael ei gydnabod fel un o ddeintyddion gora gogladd Cymru,' atebodd hitha'n siort.

'Yng ngwlad yr *Apaches* ma'r cowboi'n frenin,' medda fi wrtha fi'n hun. Fasa fiw imi fod wedi deud y fath beth wrth Heulwen.

'Rydach chi'n andros o lwcus ei fod o wedi cytuno i'ch helpu chi,' medda hi. 'Ac am lai o lawar na be dalach chi'n Llundan. Sgiwsiwch fi . . . '

Mi aeth Heulwen at ddyletswydda mwy buddiol mewn rhan arall o'r stafall a 'ngadal am ugian munud i syllu ar y maes parcio'n graddol lenwi efo pobol yn mynd â'u cŵn am dro ar hyd y cei nes daeth y bòs yn ei ôl. Wedyn mi lapiodd hi ran ucha 'nghorff mewn amdo wen ac i lawr â fi eto. Roddodd yr archoffeiriad a'i lawforwyn fygyda dros eu cega a'u trwyna a 'nallu i efo'u llif-ola, rhag imi eu nabod nhw, a bwrw iddi o ddifri efo'u harfa gloywon i dynnu gweddillion y daint a falwyd o 'mhen i.

Fuon wrthi am hannar awr o leia cyn 'y nghodi i ar yn ista i boeri cymysgadd o waed a dŵr i'r sinc bach ddur wrth fraich chwith y gadar ddu tra oeddan nhw'n tynnu'u masgia.

'Diolch yn fawr,' medda fi wrth Heulwen pan ddadlapiodd hi 'mrest a'n sgwydda i a chynnig hancas bapur imi i sychu 'ngwefla. 'Theimlis i ddim, jest.'

''Nei di 'mhen ryw awr,' oedd rhybudd Glyn. 'Cofia roid bocsiad o *paracetamols* i'r dyn cyn iddo fo madal, Heulwen.'

'Pryd leciach chi imi ddŵad yn f'ôl?' holis i ac estyn am hancas arall.

'Bora fory i osod daint dros dro yn y gwagle,' medda Glyndwr, 'ac wedyn, fel deudis i, 'mhen mis, i orffan y job. Eith Heulwen i gael gair hefo Mrs Anderson i weld be sy'n bosib. Iawn, Heulwen?'

'Iawn, Glyn,' medda hitha â thinc yn ei llais yn awgrymu ei bod hi a fo'n dallt ei gilydd ynglŷn â rwbath toeddwn i ddim.

Awgrymodd geiria nesa'r deintydd be oedd hynny.

'Tra bydda i'n sôn wrth David am gymwynas fach medar o'i gneud drosta i . . . '

'Dyma ni,' medda fi wrtha fi'n hun. *'There aint no such thing as a free tooth-extraction.'*

'Wyt ti'n credu mewn rhagluniaeth, Dai?'

Faswn i wedi cael sioc ar 'y nhin 'blaw 'mod i ar yn ista.
'Be?'

'Bod popeth wedi'i drefnu ymla'n llaw,' eglurodd y deintydd a'i acen o'n troi tua'r De. 'Y bydysawd yn ei gyfanrwydd a'n bywydau ni i gyd?'

'Ga'i ffonio ffrind?' medda fi.

Oedd y boi'n nytar crefyddol? 'Wedi cael diwygiad,' fel bydda pobol yn deud ers talwm? Dyna oedd ei eira nesa fo'n awgrymu:

'Dwi'n cofio'r hen D.T. yn gneud ei ora i esbonio wrtha'i

sut y galla hynny fod yn wir er bod gan bawb ewyllys rydd. Ddalltis i ddim, rhaid imi gyfadda. Rhy dwp, ma'n debyg.'

Dawodd y deintydd a throi i edrach drw'r ffenast ar Bont yr Abar yn agor i roid rhwydd hynt i iot hirfast adal yr harbwr.

'Fedrwn i ddim rhoid darlith ichdi ar *Chaos Theory,*' medda fi. 'Ond dwi'n ama'i bod hi'n iawn.'

'Madda imi am falu awyr,' ymddiheurodd Glyndwr a throi ata'i dan ddynwarad ei wên naturiol. 'Ond ma'r mater dan sylw yn un braidd yn ddelicet, a deud y lleia. Roeddwn i am awgrymu ei bod hi'n rhagluniaethol dy fod ti wedi galw yma pryd gnest ti ond falle bydde hap a damwain yn well disgrifiad. Lwc mul. Fi ydy'r mul, wrth gwrs. Gen i ma'r broblem.'

'Allwn i fod yma am oria,' feddylis i. 'Smalia'i 'mod i'n teimlo'n sâl, rhag imi orfod gwrando ar ei lol o.'

Aeth y deintydd draw at y sinc yng nghornal y stafall, tynnu'i fenyg rybar a golchi'i ddwylo. Roedd meddwl am roid 'y mysadd i lawr 'y nghorn gwddw'n ddigon imi deimlo'n biwclyd ond cyn i ddim o'r fath ddigwydd roedd Glyndwr yn ei ôl ac yn ista ar sêt ddu'r stôl grôm, bedair coes oedd o wedi'i gosod rhwng y gadar a'r ffenast. Gaeodd o'i llgada, plethu'i ddwylo ac ista o 'mlaen i â'i ben i lawr am hir. Feddylis fod o'n gweddïo nes iddo fo agor ei llgada a gofyn: 'Yn y busnas hen betha wyt ti yntê, Dai? Antîcs. "Anticiws", fel byddai hen fodryb imi o Landeilo'n arfer deud. Cesan ar y naw o'dd Anti Dora.'

'*Antiques.* Ia.'

'Ac er dy fod ti'n byw yn mhrifddinas Lloegar, mae'n siŵr nad oes gen titha fawr o feddwl o'r "Ingland Refeniw", chwadal Ifas y Tryc?'

'Ma 'nghyfrifydd i'n gneud ei ora drosta'i,' medda fi gan ama mai problema ariannol oedd yn peri iddo fo rwdlan. Ddigwyddodd hynny i mi fwy nag unwaith.

'Ma gen inna gyfrifydd ardderchog!' medda'r deintydd

fel tasan ni'n cytuno ar un o wirionedda mawr yr oes ac egluro sut bod hwnnw wedi ei gynghori o i ofyn i gleients preifat medra fo'u trystio i'w dalu hefo gema, tlysa a modrwya gwerthfawr a darna aur. 'Sofrens, *kruggerands* ac ati. Fu gen i erioed ddim byd o gwbwl i ddeud wrth y diawlad oedd yn rhedag De Affrica ar y pryd, cofia! Na Queen Victoria! Hollol fel arall!'

'W't ti'n cynnig 'u gwerthu nhw imi?' medda fi.

'Ma'n bosib y byddwn i, gyfaill. Petaen nhw gen i,' medda Glyndwr Harries hefo ochenaid ddofn.

'Be? Gafon nhw'u dwyn!'

'Do!' medda'r deintydd yn flin. 'Do! Mi gafon nhw'u dwyn! Wyddost ti gan bwy?'

'Dim syniad.'

Ffrwydrodd yr atab o ben y deintydd. 'Fy nghyn-wraig ddwgodd nhw!' medda fo mor uchal ma raid bod bobol yn y stafall aros yn clŵad. Sylweddolodd o hynny ac ymddiheuro: 'Sori, Dai.'

Roddodd Harries ei ddwylo dros ran isa'i wynab a chau ei llgada a phan agorodd o nhw eto roedd o'n siarad fel dyn wedi cael trefn ar ei deimlada: 'Mae gwerth dros hannar can mil o bunna o emwaith, darna aur a *watches* gwerthfawr sy'n eiddo i mi ym meddiant fy nghyn-wraig, Lona. Mi aeth yr ast dan-din â nhw efo hi pan wahanon ni. A nawr ma hi am eu gwerthu, iddi allu mynd â'i *toyboy* diweddara am drip rownd y byd!'

'Ma'n ddrwg iawn gin i, Glyndwr,' medda fi a chodi o'r gadar ddu. 'Diflas iawn ichdi. Ga'i air efo Heulwen ynglŷn â'r apwyntiad nesa ar y ffor allan. Pen ryw fis? Gobeithio byddi di wedi sortio'r broblam erbyn hynny . . . '

'Erbyn hynny fydd yr hwren yn Bankok, Bali neu Barbados!' medda fo a'i lais yn codi eto. 'Oni bai bod ti'n helpu i, Dai. Os gnei di, byddi di ar dy elw'n sylweddol. Rwy'n addo.'

'Twrna w't ti isio, Glyn, nid dyn antîcs.'

'Pum mil, Dai. Fydd hi'n werth pum mil iti.'

Ddechreuis i boeni. Be oedd y lembo'n wbod amdana'i? Steddis yn y gadar eto, edrach i fyw ei llgada fo a gofyn:

'Be fydda raid imi neud, ichdi roid pum mil o bunna imi?' Gwridodd Harries, a dyfaru, ma'n siŵr, iddo fo agor ei geg. 'Rwbath ym . . . y . . . ddeudodd rhen Ddeiniol Tomos, wrtha'i amdana chdi nath imi feddwl, wst ti . . . ' medda fo dan orogleddu'n ddoniol.

'Be ddeudodd o ?' medda fi'n ddidrugaradd.

'Dwi'n meddwl mai amdanat ti oedd o'n sôn. Os ydw i wedi gneud andros o gam-gym, gobeithio gnei di fadda imi ac na fyddi di ddim dicach. Ac na eith 'na'r un gair o be ddeuda'i o'r *surgery* 'ma, os ydw i'n gneud uffar o ffŵl ohonaf i'n hun . . . '

Benderfynis neud iddo fo chwsu'n waeth.

'Be ddeudodd y Parch. Deiniol Tomos amdana'i, Mr Harries?'

'Es i drw batsh reit anodd chydig flynyddoedd yn ôl,' medda'r deintydd. 'Pan o'n i a Lona'n gwahanu. Ac . . . ym . . . Mi fu Mr Tomos yn help garw imi ddŵad drw'r cyfnod hwnnw. Wel. Yn ystod un o'n sgyrsia ni mi soniodd am ddyn ifanc oedd wedi llwyddo i "oresgyn magwraeth ddigon anodd a phroblemau personol dyrys iawn" â defnyddio'i eiria fo'i hun. Enwodd o mo'na chdi ond pan holis i Hywel, ddeudodd o wrtha'i mai David Wynne Davies oedd enw'r gŵr ifanc . . . Bosib iawn mai rhyw David Wynne Davies arall oedd o. Tydy o ddim yn enw anghyffredin, nac 'di?'

O'dd o'n cynnig getowt i'r ddau ohonan ni a ddylwn i fod wedi'i gymryd o ond ma pum mil o bunna'n ddi-dreth yn lot o bres.

'Ma 'ngheg i'n dechra brifo,' medda fi. 'Fedra'i neud na rhych na rhech o be w't ti'n drio ddeud ond ma rwbath yn dy gorddi di felly allan â fo imi gael mynd yn f'ôl i'r Brython i lyncu *paracetamols* a gorwadd ar 'y ngwely.

Gododd Harries ei ben. Edrychodd ei lgada glas o i'n rhei

i am y tro cynta ers iddo fo ddechra sôn wrtha'i am ei broblam.'Ella 'mod i'n gneud uffar o gamgym,' medda fo, 'Os ydw i, rydw i'n ymddiheuro ac yn gofyn iti beidio â sôn gair wrth neb am yn sgwrs ni. Ddalltis i, o be glywis i gan D.T. a Hywel dy fod ti wedi bod yn fyrglar proffesiynol ar un adag . . . '

'Ar un adag. Dwi wedi riteirio.'

'Ma oed riteirio i fyrlgars yn isal iawn.'

'Os ydyn nhw'n gall.'

'Neith pum mil o bunna ddim dy demtio di i ddŵad *out of retirement*? Y cwbwl fydda raid iti'i neud fydda mynd i mewn i fflat fy nghyn-wraig i pan fydda hi ddim ar gyfyl y Dre, heb sôn am y fflat, efo goriada gei di gen i. Chei di fawr o draffarth i agor y seff lle ma hi'n cadw'i hysbail. Un hen a henffasiwn ydy hi. Tyd â 'ngema i yn ôl imi a mi ro'i bum mil o bunna iti. Pum mil, Dei. Neu ddeg y cant o beth sy'n y seff. Fel mynni di. A'r driniaeth am ddim. Yn rhad ac am ddim iti.

'Sori. Fydda i fyth yn bwrglera i gomisiwn. Rhy doji.'

'O . . . '

'Be w't ti'n feddwl fasa barn y Parch. Deiniol Tomos am be w't ti'n yn annog i i neud?'

'Roedd D.T. yn credu'n gry mewn tegwch a chyfiawnder,' medda Harries yn anobeithiol. 'Dorrodd o'i hun y gyfraith o leia ddwywaith i mi fod yn gwbod.'

'Unwaith dros CND ac unwaith dros yr iaith Gymraeg,' medda fi.' Sy fymryn gwahanol i be w't ti isio imi'i neud.'

' "Na" ydy d'atab di, felly?'

' "Ga'i weld" ydy'r atab, am rŵan,' medda fi a chodi eto. Gei di alw'n y Brython i 'ngweld i ar ôl ichdi orffan gwaith ond paid â bod yn rhy obeithiol.'

'Fydd haid o bobol dwi'n nabod yn cael drinc yno'r adag hynny,' medda Harries wedi llonni drwyddo.

'Anghofis i nad ydw i ddim yn Llundan.'

'Elli di ddŵad yn d'ôl yma, tua hannar awr wedi chwech? Ga'i sbec ar dy geg di'r un pryd, i weld sut ath hi bora 'ma.'

'Iawn,' medda fi. 'Ond os ydw i'n mynd i neud job – a ma 'na os hefo O fawr – fydd raid imi gael dwy fil a hannar, *cash*, yn yn llaw gynta.'

Toedd o ddim i weld yn rhy hapus.

'Wel?'

'Iawn. Iawn. Fydd e 'da fi.'

Pan gyrhaeddis i'n llofft yn y Brython mi lyncis ddwy *baracetemol* a glasiad o ddŵr, cau'r cyrtans, tynnu amdana a mynd i 'ngwely yn 'y nhrôns a chysgu am ddwyawr nes ces i 'neffro gin brydar annelwig a gwayw diawledig lle buo'r daint. Godis a llyncu tair tabledan arall a rhagor o ddŵr.

Fethis i fynd yn ôl i gysgu. Oeddwn i, ar ben 'y mhroblema erill, yn cael yn hudo i drybini gin abwyd o bum mil oedd y deintydd dwlali'n 'ddanglo o 'mlaen i? A faint oedd Deiniol Tomos a Hywel wedi'i ddeud wrtho fo amdana'i? Ac wrth bobol erill, o bosib?

Y Lleidr

'Mab llwyn a pherth oedd David Wynne Davies, ond nid yn Sir Fôn y ganwyd ef, er mai rhai o Lannerch-y-medd oedd ei rieni.'

Er cymaint o feddwl oedd gin y Parch. Deiniol Thomas o Daniel Owen, tydw i ddim yn meddwl na fel yna y basa fo wedi dechra deud yn hanas i wrth Glyndwr Harries. Siŵr gin i mai rwbath tebyg i hyn glywodd y deintydd:

'Roedd Arthur Roberts, tad David, gryn dipyn yn hŷn na Mair Davies, ei fam o, ac yn berchennog cwmni cludiant llewyrchus tuag Ellesmere Port. Roedd ganddo fo wraig a theulu yno hefyd – merch a thri mab rydw i'n meddwl. Yn ôl Arthur, a ges i, rhaid imi gyfadda, yn ddyn dymunol a boneddigaidd iawn bob amsar, roedd ei briodas o wedi llongddryllio rai blynyddoedd cyn i'w berthynas o â Mair ddatblygu yn ystod ei ymweliada rheolaidd â'i fro enedigol. Ond roedd Mrs Roberts yn Babyddas ddefosiynol iawn a'r syniad o ysgariad yn hollol wrthun iddi, a fynta wedi aros yn y cartra "er mwyn y plant".

'Beth bynnag ddeudith rywun am Arthur Roberts doedd o ddim yn ddyn i ymwrthod â chyfrifoldeb a dyletswydd, ac mi oedd o a Mair, hogan annwyl, dlos iawn, yn meddwl y byd o'i gilydd. A'r hyn wnaeth o, pan sylweddolwyd ei bod hi'n feichiog, oedd prynu tyddyn ar gyrion pentra Brynrodyn, i fod yn gartra iddi hi a'r bychan. Mi fuo'n ofalus iawn ohonyn nhw gydol yr amsar y buon nhw'n byw yn Nhy'n y Cae ac yn galw yno i'w gweld nhw ac i aros yno o leia bob pythefnos ac weithia'n amlach.

'Roedd rhieni Mair yn gapelwyr selog, a hitha hefyd tra bûm i'n weinidog ar Salem Brynrodyn; er, fel y gallwch chi feddwl, Glyndwr, bod amball un o'r chwiorydd yn deud petha go anghristnogol yn ei chefn hi, a rhai o'r brodyr yn codi awydd ar ddyn i'w herio nhw i daflu'r garrag gynta. Mi fydda Mair a David yn yr oedfa bore bob Sul oni bai am anhwylder, a fynta'n ffyddlon iawn i'r Ysgol Sul tan yr oedd o'n rhyw unorddeg. Roedd David a Hywel ni wedi'u geni o fewn ychydig fisoedd i'w gilydd ac mi ddaethon yn ffrindia penna, yn byw ac yn bod yng nghartrefi ei gilydd.

'Roedd David yn hogyn golygus a galluog, pêl-droediwr bach rhagorol ac yn meddu'r ddawn ryfedda i wneud i bobol ei hoffi o. Dawn y gwnaeth o'i chamddefnyddio'n ddifrifol pan oedd o'n hŷn. Beryg iawn ei fod o'n gneud hynny pan oedd o'n hogyn hefyd, ond nad oedd dyn yn sylwi.

'Pan oedd Hywel yn ei arddega cynnar, mi symudon ni fel teulu o'r Bryn i dŷ oedd yn eiddo i gapal Horeb yma yn y Dre, gan nad oedd Tegfan, tŷ gweinidog Salem yn ffit i foda dynol nac i weinidog yr Efengyl a'i deulu, fyw ynddo fo. Hynny oedd yn gyfrifol, yn ôl Mair Davies, am y dirywiad yng nghymeriad David "er nad ydw i'n gweld bai arnach chi am madal â'r hen honglad tamp 'na", fel bydda hi'n deud. Bid a fo am ein dylanwad ni fel teulu ar y llanc, mae'n wir iddo fo fynd i hel cwmni drwg, criw o hogia hŷn, anystywallt a'i harweiniodd o ar gyfeiliorn, yn ôl Mair. Mi glywis i, fodd bynnag, aelod o'r heddlu yr oedd Brynrodyn yn ei ofalaeth o, yn mynnu mai David ei hun oedd arweinydd y giang. Erbyn roedd o'n bymthag, mi oedd yr hogyn yn hen gyfarwydd ag arferion a defoda'r Llys Plant. Mi fu ond y dim i'r sefydliad hwnnw ei anfon i gartra troseddwyr ifanc wedi ei gael yn euog o fod yn un o dri a dorrodd i mewn a lladrata o dŷ haf ar lethra Allt yr Ynn. Fy mhle i o'i blaid o a'i cadwodd o â'i draed yn rhydd y tro hwnnw, mae'n debyg.

'Mi lwyddodd ei rieni o a fi i berswadio David i aros yn yr ysgol i sefyll arholiada'r Lefel O. Gadal wnaeth o wedyn er iddo fo lwyddo'n llawar gwell na'r disgwl ac er bod digon yn ei ben o, fel rydw i wedi deud wrtho fo, i ennill cymwystera cystal â Hywel. Ond mi oedd deryn brith o'r enw Morris Richards Rimwfals wedi cynnig job iddo fo, yn ei helpu o i symud a storio dodran a gwerthu rhai ail-law o'i stondin yn yr Hen Farchnad. Clirio tai, wedi marwolaeth y perchennog, oedd un o'r gwasanaetha fydda Moi Cariwr yn 'gynnig i'r cyhoedd ond mi aeth o a David i'r arferiad o neud hynny heb ganiatâd yr etifeddion a'r canlyniad fu gwyliau yn Walton i'r mistar ac yn Risley i'r gwas.

'Mi fu Risley yn goleg i David mewn dwy ffordd. Mi gafodd hyfforddiant proffesiynol gan arbenigwyr ar agor cloeon a thorri i mewn i dai a mi fûm i a Megan yn ei helpu o i sefyll arholiada lefel 'A' mewn Cymraeg, Saesneg ac Astudiaethau Crefyddol. Mi gafodd yr hogyn 'B' yn y tri phwnc, o dan amgylchiada anodd dros ben.

'Ddysgodd Megan a finna dipyn go lew gynno fo a'i ffrindia a swyddogion y carchar, pan fyddan ni'n galw i ymweld â David. Mi godon gwr y llen ar fyd diarth iawn i ni ac mi fyddwn i'n rhagrithio petawn i'n gwrthod cyfadda bod y profiad hwnnw wedi dyfnhau fy adnabyddiaeth i o gymdeithas ac o ddynion.

'Fu'n hymdrechion ni i gael yr hogyn i newid ei fuchedd ddim mor effeithiol, mae arna'i ofn. Roedd yr addysg a'r hyfforddiant troseddol dderbyniodd o gan rai o'i gyd-garcharorion yn llawar mwy dylanwadol na'n tiwtora academaidd ni. Ac felly, wedi ychydig fisoedd yn labro hefo bildar lleol, i ffwrdd â fo i Lundan i ddilyn gyrfa fel byrglar proffesiynol.

'Yn ystod y cyfnod rhwng gadael Risley a mynd i Lundan, mi ddaeth David a Luned ni'n dipyn o ffrindia.

Nath Megan a fi ddim gwahardd y berthynas, dim ond erfyn ar y ddau i bwyllo. Roeddan nhw'n sôn am briodi a hynny heb fod Luned wedi dechra ar ei gyrfa brifysgol a dyfodol David ei hun yn ansicr, a deud y lleia. Wrthododd Luned wrando arnan ni, ond nid felly David, chwara teg iddo fo. A'r canlyniad fu iddi hi fynd i Aberystwyth i 'studio'r Gyfraith a David i Lundan i'w thorri hi. Tasan hagwedd ni at y berthynas wedi bod yn fwy cadarnhaol, o bosib y bydda bywyda'r ddau wedi bod yn llai cythryblus. Pwy a ŵyr? Rydw i'n ama 'mod i, gyda'r cymhellion gora bosib, wedi gwneud tro gwael iawn â'r ddau . . . '

Wedyn, ma'n siŵr gin i bod Mr Thomas wedi sôn am 'y nhroedigaeth i – heb fanylu gormod, gobeithio – a sut y bûm i, ers hynny, yn ddyn busnas llwyddiannus a pharchus . . .

Be ddeudodd Hywel, y mab, wrth Glyndwr Harries sgwn i?

'Pentra rhyfadd ydy Brynrodyn. Ma pob pentra'n rhyfadd, wrth gwrs, ond yn ei ffor ei hun. Mae gin bob pentra'i glics a'i deuluoedd yn cystadlu ac yn cynghreirio'n erbyn ei gilydd ond rhwng tair haen hanesyddol roedd y ffraeo a'r cecru yn Bryn:

Brodorion yr Hen Fryn, fel y byddan nhw'n galw'u hunan; teuluoedd neu lwytha, yn giaridyms, werin barchus a cheffyla blaen sy wedi byw yno ers Oes y Cerrig.

Dynion dŵad Cymraeg, yn fewnlifiad o gyfryngis, athrawon, swyddogion Cyngor Sir a phobol broffesiynol erill.

Saeson efo'u trefniada cymdeithasol hollol ar wahân i'r Cymry.

'O dan y wynab clên a'r hwyliogrwydd ffals, ma 'na dynnu'n groes a gwrthdaro parhaus rhwng y brodorion a'r dynion dŵad, mewn pwyllgora steddfod, neuadd, mabolgampa ac ati. Diolch byth am hynny. Lle marwaidd ar y naw fasa'r Bryn tasa'r Phariseaid a'r Ysgrifenyddion oedd am weld petha'n cael eu gneud "fel rydan ni wedi arfer eu gneud nhw'n y lle 'ma er cyn co', ac yn llwyddiannus iawn hefyd, os ca'i ddeud" yn dal i deyrnasu dros y pentra.

'Toedd Dei na finna'n perthyn i'r un o'r carfana hynny. Fi am 'mod i'n fab y Gweinidog a fynta oherwydd perthynas anghonfensiynol ei rieni o. A lleoliad Ty'n Cae, rhyw filltir go dda o ganol y pentra. Y farn gyffredin ydy i mi fod yn ddylanwad da ar Dei ac iddo fynta fod yn ddylanwad drwg arna i. Fel arall dwi'n 'i gweld hi, fel deudis i wrtho fo droeon. Wn i ddim faint o les 'nes i i Dei ond faswn i'n gradur fwy *boring* a di-asgwrn-cefn nag ydw i tasan ni heb fod yn ffrindia a diolch i Dduw, neu i'r Gŵr Drwg, am hynny.

'Naethon ni ddim byd mawr o'i le. Taswn i'n dal i fyw yn Bryn pan ath Dei i drybini go iawn dwn i ddim sut bydda hi arna'i. Fyddwn i wedi pellhau oddi wrtho fo a'i giang? Wedi ildio i bwysa parchusrwydd 'y nheulu neu gicio dros y tresi? Cydymffurfio, debyg. Ta waeth. Be sy gin i ydy bod 'nghyfeillgarwch i â Dei wedi rhoid bachgendod mwy 'naturiol' imi na llawar o feibion y mans rydw i'n 'nabod. Wedi rhoid cyfla imi nabod a joio bywyd y tu hwnt i belydra'r daioni a'r sancteiddrwydd oedd yn tywynnu'n wastadol ar ein haelwyd ni. Rhegi, smocio, rhedag ar ôl genod, cwffio hefo hogia erill, deud jôcs budur heb deimlo'n euog. Dyna be ges i wrth fod yn ffrindia hefo Dei.

'Er bod Dei a fi yn yr un flwyddyn yn Ysgol Dre, chydig naethon ni hefo'n gilydd pan symudon ni fel teulu yno i fyw, er bydda fo'n cael ei wadd acw i de amball dro ar ôl i'w fam o ofyn i 'nhad edrach dros ei waith ysgol o i weld sut oedd o'n dŵad yn ei flaen. Es i'n "hogyn Dre" a gneud ffrindia o'r un dosbarth cymdeithasol â fi. Ond roeddwn i a Dei'n dal yn reit gyfeillgar er gwaetha'r hen gynnan draddodiadol rhyngddan ni a "hogia'r 'lad". Dwi'n cofio pa mor falch oedd o i 'ngweld i pan seiclis i fyny i Bryn ar yn BMX ryw ddwrnod yn ystod gwylia'r ha pan oeddan ni'n bymthag oed.

'Teimlo'n bôrd o'n i. Y mêts i gyd ar eu gwylia neu'n

gneud ryw job – chawn i ddim – a mi deimlis bwl o hirath am y pentra lle ces i'n magu. Mi o'n i'n bwriadu galw yn Ty'n Cae, wrth gwrs, fel byddwn i'n yr hen ddyddia, ond doeddwn i ddim yn disgwl basa Dei yno. Ond mi oedd. Wedi cael de-off gin Moi Cariwr. Ac yn "falch uffernol" o 'ngweld i.

'Mi fuo Dei'n snwyro am dalant noson gynt yng nghyffinia *youth hostel* Snowdon Lodge, sy tua thair milltir o'r pentra, ym mhen pella Llyn Llyncwel, ac wedi cael hwyl, medda fo, ar ddwy Jyrmanas, dwy bishyn boeth, ugian oed, oedd wedi gaddo petha gwych tasa fo'n cwarfod nhw'r noson wedyn hefo mêt. Pan gyrhaeddis i, mi oedd o'n methu dewis rhwng Edwyn Seico a Tomi Cae Calad (*aka* Mot am na dyna sut bydda fo'n sgwennu'i enw). "Fasa'r diawlad gwirion yna'n dychryn y genod, Hyw," medda fo. "Gynnyn nhw *class*. Gin titha hefyd. 'Dan ni'n saff dduw o sgorio."

'A mi naethon. Y tro cynta i'r ddau ohonan ni. Ar y gro, mewn llwyni rhwng y llyn a'r lôn bost, ar noson gynnas o fis Awst a smocio Camels ac yfad gwin coch wedyn. Lena dal, bryd gola oedd f'un i a Dorothea fechan dywyll oedd un Dei, a mi addawson nhw'n cwarfod ni'r noson wedyn ond pan alwon ni'n yr hostel, glywon ni 'u bod nhw nhw wedi mynd ar eu beics ben bora, wydda neb i le. Roeddan ni'n falch yn ddistaw bach rhag ofn yn bod ni wedi rhoid clec iddyn nhw.

'Pan oeddan ni tua deg, mi drodd Arthur Griffiths, tad Dei, hen gwt gwair yn *gym* focsio. Mi oedd yno raffa dringo, *training-bike*, pwysa, gwahanol fatha o *punch-bags* a menyg o wahanol faint, a sgwâr bocsio, wrth gwrs. Amcan Yncl Arthur, fel bydda Mam a 'nhad yn mynnu 'mod i'n ei alw fo, oedd dysgu i'w fab edrach ar ôl ei hun a mi gath ffrindia Dei'r un hyfforddiant gan fod raid i'r hogyn gael rhei o'r un oed i gwffio'n eu herbyn. Byr iawn fu 'nhymor i'n yr academi honno. Ches i ddim mynd yno pan glywodd yn rhieni be oedd yn mynd ymlaen yng nghwt gwair Ty'n Cae. Toedd gin 'nhad ddim llawar o wrthwynebiad, a deud y gwir: "Arbad yr hogia rhag cael eu bwlio ydy'r nod, Megan, yn ôl Arthur Griffiths, nid eu gneud nhw'n fwlis", ond roedd Mam o'i cho'n ffieiddio'r "fath hyfforddiant barbaraidd sy'n porthi ac yn datblygu cyneddfa mwya bwystfilaidd hogia . . . Mae hi'n ddigon anodd cadw rheolaeth arnyn nhw fel mae hi".

'Gafodd Dei fagwraeth od, a deud y lleia. Fo'i hun ddeudodd hyn wrtha'i. Mi oedd syniada Arthur Griffiths ynglŷn â disgyblu ei fab yn unigryw. Pan fydda mam Dei yn cwyno'i fod o wedi gneud rhwbath mawr o'i le, fydda'r tad yn mynd â fo i'r sgwâr bocsio ac mi fyddan yn paffio. Fydda Dei'n ca'l amball i swadan hegar, dibynnu pa mor ddrwg fydda'r drosedd ond cyn pob ffeit fydda'i dad o'n deud: "Os w't ti'n meddwl dy fod i'n ca'l cam, waldia fi."

'Toedd Dei ddim dicach. Roedd y gosb wedi dysgu iddo fo edrach ar ôl ei hun a pheidio â bod ofn cael ei frifo, medda fo.

'Dwi'n cofio deud wrth Dei na peri inni deimlo'n euog fydda'n rhieni i a basa'n well gin i gweir. Hawdd iawn gin i deimlo'n euog a finna heb neud dim byd.'

Wn i ddim ddeudodd D.T. a Hywel hyn'na wrth Glyndwr Harries. Ella na dim ond sôn wrtho fo am yn hanas i o pan symudis i i Lundan tan farwolaeth Mrs Hanley naethon nhw.

Y Fargen

Roedd y Ddeintyddfa ar gau pan gyrhaeddis i a mi fu raid imi ganu'r gloch. Agorodd Harries mor sydyn ma raid ei fod o wedi bod yn disgwl amdana i'n y lobi. Jest imi beidio'i nabod o mewn siacad, crys polo, trowsus a sgidia du a belt ddu hefo bwcwl arian am ei ganol; tebycach i Al Pacino neu Robert de Niro na Paul Newman ond dipyn llai o jarff na'r tri. Ro'n inna'n nerfus, 'mhen i'n brifo fel tasa 'ngelyn gwaetha i'n waldio bôn 'y nghlust i hefo caib, a blas gwaed wedi sychu ar 'y ngheg. O'n i'n gneud peth gwirion? Peth calla fasa gwrthod y comisiwn ond diolch yn fawr am y cynnig, talu Harries am be oedd o wedi'i neud a chwilio am ddeintydd arall yn Llundan i orffan y job ar 'y ngheg tasa fo'n pwdu. Ond tydan ni ddim yn gneud y peth calla bob amsar.

'A! Dai! Mi ddest ti!' medda Harries a sbio arna'i fel tasa fynta rhwng dau feddwl.

'Fel dwi wiriona.'

'Paid â deud hyn'na.! Dere . . . Tyd i mewn.'

Ddilynis i Glyndwr o'r cyntadd i'r Swyddfa, un ola, dwt, daclus, hefo parwydydd gwyn. Dwy ddesg hefo papura a sgrins cyfrifiadur arnyn nhw a ffôn wen ar un, dwy gadar, un *exec* ac un deipio; *filing cabinet* gwyrdd. Tri thystysgrif ar y parad gwerbyn â'r ddesg fwya a ffoto o Glyndwr ei hun ar y parad gwerbyn â'r llall; yr arwr ugian mlynadd yn iau, yn ei grys rygbi coch ac yn deifio dros y lein â'r bêl yn ei ddwylo.

'Stedda, stedda,' medda Harries a phwyntio at y gadar-droi o flaen y ddesg leia ac ista ar ei gadar ei hun. Wrth fod mewn *civvies* ac yn gorfod sbio i 'ngwynab i'n lle edrach i lawr arna'i, roedd o wedi colli'i awdurdod.

'Wel,' medda fo â gwên annifyr ar ei wep, arwydd ei fod ynta'n dyfaru. 'Rydw i wedi esbonio be 'di'r dîl. Be arall leciat ti wbod?'

'Mwy amdanach chdi, Glyndwr,' medda fi.'Cyn cytuna'i i ddim byd dwi isio nabod 'y mhartnar'.

'Anodd gwbod le i ddechra, Dai.'

'Y dechra ydy'r lle gora, fel arfar.'

Ar ôl dipyn go lew o holi, stilio a phrocio dyma'r stori ges i:

Mi anwyd Glyndwr Harries mewn ysbyty yng Nghaerfyrddin a'i fagu ym mhentra Llanrwbath yn 'Shir Gâr'. Roedd ei dad o'n berchan garij a Toyota *dealership* a'i fam o'n ddynas neis. Yrrwyd o i Goleg Tywi, ysgol breifat ryw ugian milltir o'i gartra, nid am fod ei rieni o'n snobs ond er mwyn i Glyn fanteisio ar y dosbarthiada bach, y safon academaidd uchal a'r cyfleustera chwaraeon ffantastig. Roedd rygbi'n bwnc pwysig iawn yng Ngholeg Tywi a dwsina o *Old Towyonians* wedi chwara dros Gymru. Toedd Glyndwr ddim cweit digon da i gyrradd y safon honno, er ei fod o wedi gobeithio ar un adag, ond mi chwaraeodd dros dîm cynta un o glybia gora Llundan tra buo fo'n 'studio yno a dros Lanelli hannar dwsin o weithia pan ddath o'n ôl i Gymru a chael job mewn practis yn 'Nhre'r Sosban'.

Rygbi ddaeth â Glyndwr Harries i Gaerseiont. Bob tro bydda tîm rygbi Cymru'n chwara'n erbyn Lloegar mi fydda'r *Old Towyonians* yn dŵad at ei gilydd cyn ac ar ôl y gêm mewn hotel yng nghyffinia Parc yr Arfa neu *Twickers* i lysho a hel eu bolia ac yn y sesiyna hynny daeth o ac Owain T. Thomas i nabod ei gilydd. Roedd Owain wedi gadal yr ysgol ddeg mlynadd cyn i Glyndwr ddechra yno, ac ma'n debyg na am eu bod nhw ill dau'n fwy o Gymry na'r rhan fwya o'r *Old Boys* y daethon nhw'n ffrindia.

Roedd Glyndwr yn benderfynol o ddŵad yn ôl i Gymru ar ôl gorffan ei gwrs, a lle gwell na Llanelli i rywun *'mad keen* ar rygbi'? Gafodd chwara i'r *Scarlets*, profiad 'gwefreiddiol a bythgofiadwy' ond toedd o ddim mor hapus yn y gwaith ag ar Barc y Strade. *'Dead-end practice.* Dim dyfodol.' Dyna ddeudodd Glyn wrth ei ffrind o'r Gog, Owain Thomas, dros beint yn yr Angel, Caerdydd, wedi i Gymru gael cweir arall gin y Seuson.

Gofiodd Owain fod 'na Sais o ddentist oedd wedi bod wrthi yn Dre ers dros hannar canrif yn rhoi'r gora iddi a chynnig i Glyn ei help o'i hun a dynion busnas erill hefo'r un daliada tasa fo'n cymryd lle'r *white settler*. Fasa hogia'r Clwb Rygbi yn ei groesawu o hefyd – Owain oedd y Llywydd – a mi fydda'r Hwntw ifanc yn saff o'i le yn y tîm cynta. Toedd y safon ddim cystal â'r hyn oedd o wedi arfar hefo fo'n Llanelli, wrth gwrs, ond roedd 'na 'waith cenhadol' i'w neud yn y Gogledd. Roedd Owain, yn teimlo fel pelican yn yr anialwch yn pregethu rygbi 'ymhlith paganiaid y bêl gron' a mi fasa ca'l cenhadwr ifanc yn gefn iddo fo.

Roedd o'n gynnig alla Glyn mo'i wrthod ar ôl mynd am *recce* i Dre a sgwrsio hefo aeloda Seintwar, y consortiwm o ddynion busnas Cymraeg roedd Owain yn ei gadeirio. Mi gafodd groeso tywysogaidd gin Gymry'r Siambar Fasnach, aeloda'r Clwb Rygbi a'r Clwb Golff, Cymdeithas Deintyddion Gogledd Cymru a phobol y Dre a'r cylch yn gyffredinol, a mi setlodd yno mewn byr amsar. Fo oedd seran tîm rygbi'r Dre tan yn ddiweddar ac roedd o'n dal i hyfforddi'r hogia ifanc. Gath o enw cystal fel deintydd, er ma fo'i hun oedd yn deud, nes bod pobol yn dŵad ato fo o bell ac agos i drin eu dannadd.

Mewn llai na blwyddyn mi ffendiodd wraig: Lona, athrawas 'marfar corff yn Ysgol Dre. Roedd hi, fel pob athro ac athrawas heblaw'r rhei sy newydd ddechra, yn torri'i bol isio gneud rwbath arall a phan ath siop Seiontsports yn Bridge Street/Stryd y Bont ar werth, mi welodd hi a Glyndwr sut basa hynny'n bosib heb eu bod nhw ar eu collad. Helpodd Seintwar nhw i brynu'r busnas a mi ath hwnnw o nerth i nerth, diolch i'w cysylltiada nhw'll dau hefo 'sportsmyn a sportswragedd' y cylch. Roedd Glyn a Lona ar ben eu digon, yn enwedig pan gafon nhw Mari a Jac.

'*Nothing succeeds like success*, chwadal y Sais,' medda Glyndwr Harries. 'Ond mae'r pris raid iti dalu am lwyddiant yn medru bod yn uchel ar y diain. Dyna fu'n hanas ni. Lona'n ei choinio hi'n Seiontspsorts a finna'n fan hyn tra oedd ei rhieni hi, oedd wedi riteirio, yn edrach ar ôl y plant inni. Tasan ni wedi gneud amsar i weld fwy arnyn nhw ac ar yn gilydd fasa petha ddim wedi mynd o chwith fel y gnaethon nhw, rydw i'n *convinced* o hynny. Ond be dâl codi pais . . . ? Rhaid imi syrthio ar 'y mai. Mi oedd deintydda wedi mynd yn obsesiwn imi'n ogystal ag yn broffesiwn. Ro'n i'n benderfynol o ddatblygu'r practis i fod gystal ag unrhyw un yng Nghymru a thros Glawdd Offa ac o fod ar flaen y gad hefo'r dullia a'r technega diweddara.'

Roedd Lona'n dallt hynny pan briododd hi Glyn ac yn ei gefnogi o gant y cant. Mi gefnogodd Glyn hitha hefo Seiontsports ond toedd o ddim wedi disgwl iddi fopio hefo Seintwar hefyd, er ei fod ynta o blaid 'gweithredu'n economaidd dros Gymru a'r Gymraeg' trwy neud yn siŵr bod busnesa, eiddo a thir y Dre a phentrefi'r cylch yn aros yn nwylo Cymry.

Beth bynnag, dyna sut yr ath Glyn a Lona i gyfeiriada gwahanol ac ymbellhau a'r briodas oddar y rêls. Cyn bo hir wedi iddyn nhw brynu Seiontsports mi oedd gynnyn nhw ddiddordeba, blaenoriaetha a ffrindia gwahanol; hi'n gneud mwy a mwy hefo'i chyfalafwyr Cymraeg a fynta hefo Cymdeithas Deintyddion Gogledd Cymru. Anamal byddan nhw'n byta hefo'i gilydd nac hefo'r plant heblaw am frecwast brysiog. Byth ddigon o amsar i siarad hefo'i gilydd heb i'r sgwrs droi'n ffrae.

Toedd Glyn ddim am drio cyfiawnhau be ddigwyddodd wedyn er bod hynny'n anorfod, fwy neu lai. Mi gafodd ffling hefo'r nyrs oedd yn gweithio hefo fo ar y pryd. Pan gafodd o gopsan, roddodd o sac iddi (a *golden handshake* hael) a faddeuodd Lona iddo fo. Fwy neu lai. Tan iddo fo 'mhel â deintyddas o Landudno, *Ugandan Asian*, ac i Lona fynnu ysgariad. Roedd Glyn yn siŵr ei bod hitha'n 'gweld' rhywun ond roedd hi'n gwadu a fedra fo brofi dim. Ath bywyd yn annioddefol a mi smudodd at fêt o'r Clwb Rygbi oedd ar ei ail ysgariad. Fasa Glyn rioed wedi mynd i hel ei din yn rhwla arall tasa fo wedi ca'l ei *home comforts* fel dyla fo, medda fo, ond fo oedd y *guilty party* yng ngolwg y gyfraith a'r Dre, nenwedig y rhei oedd yn cyfri: y Clwb Golff, pobol capal Horeb, a'r Blaid Bach.

Anfantais arall, andros o anfantais, oedd na Owain Thomas gynrychiolodd Lona. Fo fuo'u twrna nhw ill dau ond Lona fachodd o trwy'i bod hi yn Seintwar. Twlal oedd twrna Glyn. Da i ddim. Ofn Owain Thomas drwy'i din ac allan. Drodd Lona'r plant yn ei erbyn o a bygwth na châi o mo'u gweld nhw.

Toedd neb yn cydymdeimlo hefo Glyndwr ond hogia'r Clwb Rygbi; arhoson nhw'n driw drw'r cwbwl. A'r Parch. D.T. Thomas. 'Blaw amdanyn nhw oedd o'n meddwl basa fo wedi llenwi'i bocedi hefo cerrig a neidio i mewn i Doc Mawr pan oedd llanw'n uchal. Mi ath o'n isal iawn ac am ei fod o wedi blino, wedi ca'l llond bol o'r hasl ac isio ca'l pob dim drosodd mi gytunodd i bentwr o betha ddyla fo fod wedi'u gwrthod.

Mi flingodd Lona fo hefo help Owain Thomas. A Glyndwr wedi meddwl mai'i ffrind o oedd hwnnw! Twll ei din o a'r *Old Towyonians*! Lona gafodd y cartra, tŷ mawr braf ar stad Maes Glas â fiw fendigedig o'r Fenai, a fynta'n gorfod symud i dŷ teras, un bach, cant oed drws nesa i'r cae cicio, ac angan lot o waith arno fo. Hi gafodd y plant, Seiontsports a'r fflat uwch ben y siop. Ac ar ben hyn i gyd, fel tasa hynny ddim yn ddigon, 'to add insult to injury', mi 'ladratodd' – toedd hynny ddim yn air rhy gry – y gema, sofrens, kruggerands etc roedd Glyn wedi slafio i'w hennill. A rŵan mi oedd Lona'n mynd i'w gwerthu nhw er mwyn talu am drip rownd y byd iddi hi a'i thoiboi diweddara, cŵd o'r enw Rod Stanley, oedd yn galw'i hun yn 'actor' ac yn 'sgriptiwr' er nad oedd o rioed wedi actio mewn dim ond sioea plant ysgol ac amball bennod o sebon, na sgwennu dim ond 'jôcs' i benna bach erill oedd yn galw'u hunan yn stand-up comedians.

Ofynnis i Glyn sut glywodd o am blania'i gyn-wraig.

Roedd hi wedi sôn wrtho fo ers wsnosa am y trip a fynta wedi cytuno i Mari a Jac ddŵad ato fo fwy tra bydda hi i ffwr. Am y gemwaith ac ati, glywodd Heulwen gin gneithar iddi oedd yn gweithio yn Segontium Antiques bod ei bòs hi, Kenneth Harcourt, wedi mynd draw i'r fflat i brisio'r stwff. Roedd rhaid gweithredu ar unwaith neu mi fydda'n rhy hwyr a dyna pam meddyliodd Glyndwr Harries na rhagluniaeth oedd wedi dŵad â fi i'w ddeintyddfa fo.

Ddeudis i eto bod Chaos Theory'n gneud fwy o sens i mi a gofyn lle'r oedd y 'stwff' ar y pryd.

'Mewn seff, mewn wardrob yn stafall wely Lona yn y fflat.'

'A mi w't ti isio imi dorri i mewn i'r fflat a'r seff . . . '

'Ddim yn hollol, Dai . . . ' medda'r dentist gan wenu am y tro cynta'r noson honno.

'Be 'ta?'

'Ma goriada'r fflat gin i . . . '

'Sut cest ti nhw?' medda fi'n syth, yn llawn amheuon.

Ryw nos Wenar tua chwe mis yn ôl, a fynta'n disgwl i Lona ddŵad â Jac a Mari i aros efo fo am y penwsnos, mi ffoniodd Lona a gofyn fasa fo'n mynd draw i nôl y plant am 'bod hi wedi colli'i goriada. Ath Glyn draw i Lonaglyn ar unwaith a thra oedd o'n disgwl i'r plant neud eu hunan yn barod, mi ffendiodd y goriada rhwng clustoga'r soffa. O ddiawledigrwydd yn fwy na dim y rhoddodd o nhw'n ei bocad. Wydda fo ddim yn iawn pam gnath o gopïa ohonyn nhw. Jest meddwl. Wydda fo ddim be oedd o'n 'feddwl ar y pryd, a deud y gwir. Beth bynnag. Mi oeddan nhw gynno fo. A mi oedd o'n edrach ar ddyn fasa'n medru gneud iws ohonyn nhw. Felly . . .

Dorris i ar ei draws o a holi: 'Tydy petha ddim yn rhy ddrwg rhyngddach chi erbyn hyn 'ta?'

'Nacdyn, a deud y gwir . . . '

'Fasa hi ddim yn well ichdi drio perswadio Lona i roid y 'stwff' yn ôl ichdi? Neu eu rhannu nhw, o leia?'

'Dwyt ti ddim yn meddwl 'mod i wedi trio? Ddega o weithia? Mae 'nghyn-wraig a fi ar delera reit dda erbyn hyn, a deud y gwir. Y gemwaith a'r aur ydy'r unig asgwrn cynnan o bwys rhyngddan ni. Ond ma gin i ofn ei fod o'n glamp o asgwrn. Ma'r ffaith bod y petha gyni hi'n dân ar 'y nghroen i a ma hitha Lona'n gwbod hynny ac yn ca'l modd i fyw wrth 'y mhryfocio hi. Os gwerthith hi nhw, fydd 'na ddim maddeuant. Byth bythoedd.'

Gaeodd y deintydd ei llgada a chwthu gwynt o'i sgyfaint cyn edrach arna'i eto a mynd yn ei flaen:

'Ond os helpi di fi i ga'l yn eiddo cyfreithiol i'n ôl, fydd y ffrae ar ben. Ella down ni'n ôl at yn gilydd, hyd yn oed. Beth bynnag . . . '

Edrychodd Glyndwr ar ei Rolex a throi yn ei gadar i agor drôr ucha'i ddesg. Chwilotodd yn'i nes dŵad o hyd i gylch a thri goriad arno fo ac amlen A4 frown.

'Dyma nhw,' medda'r deintydd wrth droi i 'ngwynebu i eto. Sbiodd o i fyw'n llgada i a gwenu am yr ail dro er pan gyrhaeddis i, wrth dynnu wad dew o bapura hannar canpunt o'r amlan. 'Ma 'na ddwy fil a hannar ichdi'n fa'ma os gytuni di i fynd i mewn i fflat Lona nos Sadwrn nesa, liberetio'n eiddo cyfreithiol i, a'i drosglwyddo fo i mi fora Sul. Dwy fil a hannar rŵan a dwy fil a hannar wedyn. Cyflog go lew am . . . faint? . . . deg munud o waith? I mewn drw ddrws cefn nymbar thyrti-sics – weli di o ar y *wheelie bin* – o Lôn Bach Boeth efo'r rhein . . . Fyseddodd Glyndwr ddau o'r goriada, un *cylinder* hefo bonat ddu ac un *mortice, hir*:

'Snip i weiran y larwm sy'n y twll dan grisia, fyny'r grisia at ddrws y fflat, agor hwnnw hefo'r goriad yma.' (*Yale* hefo bonat piws oedd hwnnw).

'Troi i'r dde ymhen y grisia ac i lawr y landin at ddrws heb ei gloi fydd yn dy wynebu di ar y llaw dde ac i mewn i'r llofft. Ma'r seff yng nghefn ail silff y wardrob. Hen seff ydy hi. Roith hi ddim llawar o draffarth i rywun profiadol fel chdi. Ddyla 'mhetha i fod mewn cwdyn llian . . . '

'Ddylan nhw fod?'

'Ma'n nhw . . . '

'Gadwa i'r ddwy fil a hannar os ydyn nhw ddim.'

'Iawn. Ond ma'n nhw, saff dduw ichdi.'

'Deud rwbath wrtha'i, Glyn,' medda fi a'i wylio fo fel taswn i'n farnwr a fynta ar ei braw. 'Os ydy hi'n joban mor hawdd, pam na 'nei di hi dy hun? Dwi'n siŵr medrat ti dynnu'r seff o'r parad hefo trosol go gry . . . '

'Cwestiwn da . . . '

'Wel?'

'Atab syml. Sgin i ddim digon o gyts. Dwi'n ormod o gachwr. Paid â meddwl nad ydw i wedi meddwl am y peth ddega o weithia.'

'Pam nos Sadwrn?'

'Am y bydd Lona a'i ffansi-man, os medri di'i alw ffasiwn goc oen yn ddyn, yn Werddon. Nhw a gwehilion erill. Parti ffarwel cyn i'r ddau gychwyn rownd y byd. Galw i 'ngweld i bore Sadwrn i gadarnhau eu bod wedi mynd neu i ddeud os newidia nhw 'u plania.'

Gaeis i'n llgada a gadal i gyfrifiadur yn meddwl i roid trefn ar bob dim o'n i wedi glŵad, ac asesu'r ffactora.

'Wel?' medda'r deintydd braidd yn biwis gan edrach ar ei watsh. 'Oes gynnon ni ddîl?'

'Wn i bo chdi ar frys, Glyndwr,' medda fi. 'Ond tydw i ddim am ddeud ia na naci wrthach chdi nes byddi di wedi atab llwyth o gwestiyna gin i a gneud map imi'n dangos lle ma'r adeilad, a phlan o'r fflat.'

Luned

Ar yn ffor yn ôl i'r Brython mi ffonis Barbara oedd yn falch o glŵad gin i er ei bod hi ar frys, ar fin codi allan i fynd i'r pictiwrs i weld ffilm Ffrangeg efo'i ffrind, Melissa, oedd yn gweithio i'r un cylchgrawn *ladette*. Pan ddeudis i y bydda'n rhaid imi aros yn Dre – *'dentist's orders'* – tan fora Sul, gynigiodd hi ddŵad ata i'n gwmpeini. Deimlis i mor euog jest imi ddeud bo fi'n edrach ymlaen at yn gwylia ni'n Ffrainc ond frathis 'nhafod mewn pryd a deud bo fi'n ei charu hi, oedd yn wir, a byddwn i'n falch o'i gweld hi bnawn Sul oedd ddim mor wir ond ddim yn hollol glwyddog chwaith. Wrth gerddad o'r Maes heibio siopa wedi cau – rhei tan y bora, lleill am byth – feddylis ella na hefo rhyw foi oedd Barbara'n mynd i'r pics, os oeddan nhw'n mynd yno. Toeddwn i ddim yn meddwl hynny go iawn. Dim ond trio gwbod sut faswn i'n teimlo tasa Barbara'n 'nhwteimio i. Fedrwn i fadda?

'Nes i chwara o adra unwaith. Fwy nag unwaith ond hefo'r un ddynas. Faddeuodd Barbara i mi. Fedrwn i fadda iddi hi? Wyddwn i ddim. Ella baswn i'n falch o gael esgus i sgaru? Pan gyrhaeddis i'n stafall mi ffonis am dôsti caws a thomato a photal o ddŵr a sbio ar newyddion Cymraeg ar teli nes dath rhyw hogan bach â fo imi ar drê. Ar ôl gorffan mi orweddis ar y gwely a darllan yn llyfr.

Y pnawn hwnnw, gan ei bod hi'n debyg y byddwn i'n

aros yn Dre am ddwrnod neu ddau o leia a'i bod hi'n chwthu ac yn bwrw gormod i feddwl am fynd am dro, hyd yn oed yn car, benderfynis brynu llyfr i basio'r amsar. Llyfra Hanas fydda i'n ddarllan fwya, hanas Gwlad Groeg a Rhufain yn ddiweddar. Gweld eu byd nhw mor debyg i'n un ni: rhyfeloedd, pobol ddiniwad yn cael eu lladd, *coup d'états*, gwleidyddion uchelgeisiol, clwyddog, llygredig, anonast a'r werin datws yn eu dilyn nhw dros y dibyn.

Es i Smiths yn Stryd Llyn ond toedd 'na fawr o ddewis yno a gofis i am siop lyfra hefo enw Cymraeg yn Stryd y Farchnad, rochor draw i'r Maes. Siabi iawn o'n i'n gweld y rhan fwya o siopa'r Dre, â'u ffenestri'n llawn o *kitsch* i'r fisitors, ond roedd 'na raen ar hon a synnis i weld stoc mor dda o lyfra Seusnag diweddar a rhei Cymraeg hefo cloria mwy sgleiniog a lliwgar na'r rhei fyddwn i'n ddarllan yn rysgol.

Fel ro'n i'n trio dewis rhwng *The Origins of the Peloponesian War* a *Goddesses, Whores, Wives and Slaves: Women in Classical Antiquity* mi feddylis galla hi fod yn fwy buddiol imi ddarllan llyfr Cymraeg am y tro cynta ers ugian mlynadd a basa hwnnw'n lladd rhagor o amsar am 'mod i heb arfar. Ddyliwn i brynu geiriadur?

Toedd gin i'r un syniad be i brynu felly mi ofynnis i ddynas y siop. Un fechan, gron, tua 30, hefo sbectol fawr, ddeallus ar ei thrwyn a thas o wallt tywyll ar ei chorun. Hwntw'n dal i siarad Cymraeg Sowth.

'Hmm . . . Rhywbeth i loywi'ch sgilie darllen chi. Iaith glir, stori dda a chymeriade cry, felly. Dim byd rhy lenyddol. Mi fydda i'n meddwl bod y rheini'n debycach i bôsau neu bysls academaidd na nofel a bod angen gradd uwch mewn ôl-foderniaeth i'w gwerthfawrogi nhw. Beth am un o'r rhain?'

Gynigiodd imi ddau lyfr gin ddwy awduras:

Breizh Atao!, nofel gyffrous wedi ei lleoli yn Llydaw'r chwedegau sy'n adrodd hanes Llinos, Cymraes ifanc sy'n astudio Chwedloniaeth Geltaidd ym Mhrifysgol Roazon (Rennes) lle mae'n syrthio mewn cariad â Yann, cenedlaetholwr Llydewig brwd a delfrytgar sy'n ymgyrchu dros yr iaith Lydaweg ac yn ymdrechu i glirio enw da ei ewythr, Loig, a alltudiwyd i Iwerddon wedi iddo gael ei gyhuddo o ochri gyda'r Almaenwyr yn ystod yr Ail Ryfel Byd;

Ysgol Ddrud yw Profiad: hanes Heulwen, y mae'r gŵr y bu'n briod ag ef am bum mlynedd yn ei gadael, chwe mis wedi geni eu plentyn, am ferch yn ei harddegau. Mae'r profiad yn chwerwi Heulwen sy'n chwilio am gysur yn y botel win, mewn cyffuriau ac ym mreichiau cyfres o gariadon gwrywaidd a benywaidd cyn llwyddo i adfer ei hunan-hyder a'i hunan-barch a rhoi trefn ar ei bywyd hi a'i merch . . . '

'Stori Heulwen, dwi'n meddwl,' medda fi wrth y ddynas.

Ddarllenis i am ryw ddwyawr ac er 'mod i'n dyfaru na faswn i wedi prynu geiriadur mi ges flas ar y llyfr. Er 'bod nhw'n wahanol iawn, mi atgoffodd fi o un o'r llyfra Cymraeg dwytha imi'i ddarllan. *Y Byw sy'n Cysgu* oedd hwnnw, nofel am ddynas ma'i gŵr yn ei gadal hi am ei bod hi'n dipyn o drwyn a phob diferyn o secs wedi'i wasgu ohoni. Roedd Mr a Mrs Thomas yn ffania mawr i Kate Roberts ond o'n i a Hywel yn gweld ei phetha hi'n ddiflas ddiawledig, fel y rhan fwya o lenyddiaeth Gymraeg, a deud y gwir. Roedd *Ysgol Ddrud yw Profiad* lot mwy difyr a Heulwen yn ddynas o gig a gwaed, weithia'n hapus, weithia'n torri'i chalon ond heb *hang-ups* piwritanaidd K.R. a'i chymeriada sych a digalon.

Edrychis i ar benawda'r newyddion am ddeg. Wedyn mi wisgis y tracsiwt a'r *trainers* o'n i wedi dreifio o Lundan yn'yn nhw a loncian i lawr y grisia ac allan o'r Brython. 'Mhen tri munud ro'n i wrth y Royal Oak, yn troi i lawr Lôn Bach Llechi ac ar ôl deuddag cam i mewn i Lôn Boeth oedd yn reit dywyll am na dim ond tair lamp dila oedd yn ei goleuo hi, un bob pen ac un yn canol. Pan gyrhaeddis i'r iard gefn lle'r oedd *wheelie bin* â 36 wedi'i beintio'n fras arno fo, mi 'nes *running on the spot* am hannar munud tra o'n i'n cymryd y data i gyd i mewn. Giat ffarm hefo clo arni ond dim ond pedair troedfadd o wal; yr iard yn glir 'blaw am *cement mixer* a threlar bychan; dau glo ar ddrws cefn pren, solat y fflat; y fflat ei hun yn dywyll. Loncio'n ôl i Lôn Bach Llechi wedyn, lawr i Lôn Cei a dilyn honno nes doth hi allan yn Lôn Bangor jest iawn gyferbyn â'r Brython ac yn ôl i'n llofft â fi.

Ddarllenis am ryw hannar awr arall am 'mod i isio gwbod be oedd yn digwydd i Heulwen. Trafferthion hefo dynion. Plymar, saer coed a boi garij yn cymryd mantais arni ac athrawon randi yn yr ysgol lle'r oedd hi'n gweithio fel ysgrifenyddas yn trio ca'l hwyl arni. Nath hynny imi feddwl am Luned wrth imi fynd i gysgu. Er 'bod hi'n dwrna a ddim yn cymyd gin neb, ma raid ei bod hi'n ei chael hi'n anodd i fagu dau o blant ar ei phen ei hun, ac un ohonyn nhw'n ddu.

Dwi fel Oscar Wilde: fedra'i wrthsefyll pob dim ond temtasiwn. Dyna pam wrandis i ar Glyndwr Harries a chymryd ei £2,500 o er bod 'na gant a mil o resyma pam ddyliwn i ddim. A dyna pam ffonis i Luned bora wedyn. Mi o'n i wedi laru ar 'y nghwmni'n hun, y tywydd yn rhy fudur imi feddwl mynd am dro a dim ond hyn a hyn fedar rywun edrach ar teli a darllan. Berswadis i'n hun medra Luned yn helpu i.

'Bora da, Dei,' medda hi, heb fod yn boeth nac oer.

'Bora da,' medda finna. 'Wn i bod chdi'n ddynas brysur, ond w't ti'n meddwl medrat ti sbario munud neu ddau bora 'ma, neu pnawn 'ma, i roid gair o gyngor imi?'

'Ynglŷn â be?'

'Dwi'n meddwl symud nôl 'ma. I'r Dre neu rwla'n y cyffinia.'

Saib. Wedyn 'W't ti?' swta.

'Ydw. A meddwl o'n i, gan 'mod i yma, medrwn i ga'l sgwrs hefo chdi am y posibiliada o ran prynu tŷ a dechra busnas a ballu.'

'Siarada hefo mrawd, Dei. Owain ydy'r boi i dy gynghori di ynglŷn â phetha felly.'

'Nes ymlaen ella. Beryg basa Owain yn rhy cîn imi ddŵad yn ôl a tydw i ddim yn siŵr eto.'

'Ma'n llyfr apwyntiada i'n llawn am hiddiw.'

'O . . . '

Ma raid 'mod i'n swnio'n siomedig heb drio. Swniodd hi dipyn cleniach.

'W't ti'n dal yn y Brython?'

'Ydw.'

'Wela'i di'n y bar mawr am un. Sut ma dy geg di?'

'Sut clywist ti am 'y namwain i?'

'Hyw ddeudodd wrtha'i. Hogia'n chwara triwant oedd y rhei fu's di'n chwara ffwtbol hefo nhw?'

'Am wn i.'

'Oedd Iolo'n un o'r criw?'

'Iolo? Rafins oedd 'rhein, Lun. Ma 'ngheg i'n well ar ôl i Glyndwr Harries ei thrin hi. Tydy o ddim wedi gorffan eto. Dyna pam dwi'n dal yma.'

'Wela'i chdi am un. Hwyl.'

Wyddwn i na fasa gorwadd ar 'y ngwely'n smalio darllan yn gneud lles felly rois i 'nhracsiwt amdana, 'nhrenyrs am 'y nhraed a mynd i loncian go iawn er bod hen smwclaw oer yn chwythu o'r môr. Gychwynnis 'run ffor â'r noson gynt ond dal ati i lawr Lôn Bach Llechi i Lôn Docia, troi i'r chwith tro 'ma, am y docia, heibio'r rheini at y promenâd rhwng walia'r Dre a'r môr, dros Bont Rabar ac am tua milltir ar hyd y Foryd. Bob tro dechreuis i feddwl redis i'n ffastach nes o'n i wedi ffagio, ac ail-gychwyn eto gyntad ag o'n i wedi ca'l 'y ngwynt ata. A'r un peth ar y ffor yn ôl.

Amseris i hi braidd yn fain. Roedd hi'n ddeg munud i un arna i'n cyrradd yn stafall. Rwygis i 'nillad chwyslyd, glyb oddamdana, molchi dan y gawod boeth, sychu'n hun, gwisgo dillad glân ac un o'r gloch ar ei ben o'n i'n brasgamu i mewn i'r bar.

Toedd Luned ddim yno, wrth gwrs. Dim ond sgeintiad o bobol busnas a merchaid canol oed yn ddeuoedd a thrioedd, y rhan fwya hefo snac o ryw fath o'u blaena. Steddis wrth fwr oedd yn weddol agos at y bar hefo nghefn ato fo, fel medrwn i weld Luned gyntad cyrhaedda hi.

Synfyfyrio. Dyma'r tro cynta fysa hi a fi hefo'n gilydd fel hyn ers tua ugian mlynadd. Oedd 'na lot wedi digwydd inni ers hynny. Lot wedi digwydd inni cyn hynny hefyd. Nenwedig yn ystod y misoedd rhwng pan adewis i Risley a madal am Lundan.

Ddysgis i lot fawr yn Risley am y diwydiant tor-cyfraith, am sut ma'r ddwy ochor, y 'drwg-weithredwyr' ar y naill law a'r slobs a'r llysoedd ar y llall, yn gweithio'n erbyn ei gilydd a hefo'i gilydd. Yno hefyd, gin hogia o Ellesmere Port, y clywis fod A.G. Griffiths *Haulier and Contractor* yn cyflogi dros 30 o ddynion a merchaid a bod gin y bòs wraig a theulu, tri o feibion ac un ferch.

Bob tro y byddwn i'n holi Mam pam na fasan ni'n medru byw hefo'n gilydd fath â theuluoedd erill, mi fydda hi'n gwylltio ac yn rhoid row imi am fethu â sylweddoli dyn mor brysur oedd Dad, yn gorfod trafaelio rownd y wlad i gyd a weithia dros y môr hefo'i fusnas er mwyn medru'n cadw ni. Os byddwn i'n dal ati fydda Mam yn crio ac yn deud na dyna oedd hi isio'n fwy na dim yn y byd ond bod yn rhaid inni fod yn amyneddgar a disgwl nes bydda'r 'amgylchiada o'n plaid ni'. Griodd hi hefyd pan ofynnis i pam bod Dad yn Griffiths a ninna'n Davies a deud mai'r *registrar* nath gamgymeriad wrth lenwi'r *birth certificate* ac ofynnis i ddim wedyn.

Fydda rhei o'r plant erill yn deud petha cas iawn weithia, petha toeddwn i ddim yn eu dallt, ond am bod ni'n dŵad o Sir Fôn oedd hynny, medda Mam. 'Rho gletsh i unrhyw ddiawl sy'n bowld hefo chdi, was,' oedd cyngor Dad, un reit effeithiol. Toeddwn i ddim yn rhy awyddus i wbod 'y gwir', a deud y gwir. Mi oedd gin i'i ofn o.

Y tro dwytha imi weld Mam yn crio oedd pan ddath hi i 'ngweld i i Risley a finna'n deud be oedd hogia Ellesmere wedi'i ddeud wrtha'i am Dad. Fo'i hun ddath y tro nesa, yr unig dro. Fedrwn i ddim peidio â pharchu'r ffor handlodd o sefyllfa felltigedig o anodd inni'n dau. Heb gyfiawnhau ei hun na chrefu am faddeuant, mi ymddiheurodd am guddiad y gwir o wrtha'i am gyhyd a gadal yn magwraeth i i gyd i Mam. Dderbyniodd o ei fod o'n gyfrifol i radda pell am 'mod i le'r o'n i.

Yr unig beth 'nes i edliw iddo fo oedd na chlywis i neb yn lladd gymaint ar Seuson â fo. Bod nhw'n bobol haerllug, hunanol, yn casáu'r Cymry. Bod isio'u gwatshad nhw bob munud a pheidio cymryd gynyn nhw am fod y diawlad yn meddwl bod gynyn nhw hawl i'n sathru ni dan draed.

'A 'dach chi wedi bod yn byw'n reit hapus yn eu canol nhw ers blynyddoedd hefo teulu Seusnag!' medda fi.

'Dwi'n gwbod am be dwi'n sôn, 'tydw, was?' oedd ei atab o.

Beth bynnag, mi berswadiodd manijar bildars John Williams & Co., i roid job imi wedi imi ddŵad allan, ond dim ond ar ôl i'r Parch. Deiniol Thomas ddeud wrth y boi basa fo'n 'gwarantu ymddygiad y gŵr ifanc'. Brynodd Dad Ford Cortina teirblwydd imi fynd nôl a blaen i 'ngwaith. Roedd o wedi dysgu imi ddreifio pan o'n i'n hogyn bach a mi basis 'nhest tro cynta, pan o'n i'n 17.

Wellodd 'mherthynas i â 'nhad ond mi oerodd rhyngdda i a Mam. Fedrwn i ddim madda iddi am dderbyn sefyllfa mor ddiraddiol, am fod mor wasaidd o ddibynnol arno fo. Wyddwn i er pan on i'n ddim o beth bod gyni hi feddwl llawar mwy o 'nhad nag ohona i; fydda hi'n cynhyrfu cymaint wrth inni ei ddisgwl o ac yn flin a diamynadd hefo fi. Er pan dwi'n dallt y dalltings, fel byddan nhw'n deud, dwi'n meddwl bod Mam wedi ngha'l i er mwyn dal gafal yn'o fo a na dyna'r unig reswm oedd gyni hi feddwl ohona'i o gwbwl. Barodd hynny ei bod hi'n anodd imi goelio bod dynas yn medru 'ngharu i am pwy ydw i ac nid am sut dwi'n edrach, be dwi'n neud neu faint waria'i arni. Heblaw am Luned. A nes imi gwarfod Barbara. Fuo 'na ddim llawar o Gymraeg rhyngdda i a Mam ers iddi symud i Ellesmere Port at 'nhad wedi i'w wraig gynta fo farw.

Yn ystod y cyfnod rhwng Risley a Llundan dath Luned a fi'n gariadon. Un o'r amoda pan ges i'r job oedd 'mod i'n galw am sgwrs hefo Mr a Mrs Thomas unwaith yr wsnos i ddeud sut oedd petha'n mynd ac yn amlach os oedd gin i broblem. Roeddan nhw'n falch o 'ngweld i bob tro a mi o'n i'n fwy o arwr nag erioed i Hywel ar ôl bod yn clinc. Rhan o'n atyniad i i Luned oedd 'mod i wedi 'herio'r Drefn'. Ond dim ond rhan fach. Roedd o'n ddyfnach o lawar o'r ddwy ochor.

Mi oedd Hywel yn dallt be oedd yn mynd ymlaen ond fydda gynno fo rwbath arall oedd o isio'i neud fel arfar pan fyddwn i'n holi "Sach chi'n lecio dŵad am sbin yn y car?' Mi oedd D.T. a Mrs Thomas yn ama hefyd ac yn pwyso arno fo i fynd hefo ni. Yr adega hynny mi awn i â fo i dŷ un o'i ffrindia.

Dyna'r ha brafia ges i rioed. O'r jêl i'r nefoedd. Roedd Luned a fi wedi mopio ar yn gilydd. Fu's i rioed mor hapus, gynt na chwedyn, na hitha chwaith, am wn i.

Prin ddeufis barodd o. Rhwng bod Luned yn gorffan ei haroliada Lefel A ac yn mynd i Goleg Aberystwyth. Fel doth hynny'n nes, ddechreuon ni fyllio. Mynd i banics. Sut oeddan ni am fyw heb weld yn gilydd bob dydd? Atab Luned oedd 'mod i'n mynd i Aber neu hi'n dŵad adra bob *weekend* am y flwyddyn gynta. Yn ystod y flwyddyn honno, faswn i'n mynd i ddosbarthiada nos yn Tec i wella 'nghymwystera fel 'mod i'n medru'i joinio hi'n Aber flwyddyn wedyn a 'studio Cymraeg a Drama. Fasan ni'n priodi, yr ha cyn imi fynd i Aber. Fasa'i rhieni hi ddim yn lecio hynny ond y dewis oedd hynny neu fyw tali.

Ddeudis i OK wrth Luned. Go iawn, toeddwn i ddim isio bod yn sdiwdant nac yn athro nac yn 'Rhwbath yn y Cyfrynga'. O'n i isio mynd i Lundan i fod yn lleidar proffesiynol, gneud lot fawr o bres a'u gwario nhw a mynd hefo dega o ferchaid. Toeddwn i ddim isio torri calon Luned chwaith.

Nath ei thad hi hynny drosta'i, chwara teg iddo fo. Ryw noson pan oedd Hywel allan a Luned a'i rhieni wedi bod yn sbio ar Newyddion Naw, mi gododd Mr Thomas, rhoid switsh off i'r teledu gan ddeud â golwg ddifrifol iawn ar ei wynab o ei fod o a'i mham isio sgwrs hefo hi am 'dy berthynas di â Dei'.

Ddeudodd Mr Thomas 'mod i'n 'hogyn dymunol a hoffus dros ben' ond 'wedi tramgwyddo'n ddifrifol yn erbyn safona cymdeithas wareiddiedig'. Wedi bod mewn 'llu o helbulon a rhai dyfroedd dyfnion iawn' ac er ei fod o'n meddwl 'mod i'n 'nofio tua'r lan' toedd o ddim yn hollol ffyddiog baswn i'n cyrradd er y basa fo a'i mham hi'n gneud eu gora i'n helpu i.

'Mae Dei dipyn mwy profiadol na chdi ym mhetha'r byd, 'nghariad i,' medda Mrs Thomas. 'Yn yn barn ni, mi ddylach chi ymbwyllo cyn i betha fynd yn rhy bell. Mae o a Hywel wedi bod yn ffrindia er pan ddechreuon nhw'n ysgol Bryn, ond pa mor dda wyt ti'n nabod yr hogyn?'

Ffrwydrodd Luned. Fasa hi wedi lecio deud yn bod ni'n nabod yn gilydd yn yr ystyr Feiblaidd ers wsnosa ond mi oedd dadlennu ei phlania hi ar yn cyfar ni'n ddigon i roid rhwbath digon tebyg i *nervous-breakdown* i'w mham. Ddeudodd y tad 'run gair am sbel, dim ond sbio a gwrando ar y ddwy'n beichio crio a thynnu ar ei getyn er bod hi wedi diffodd. Wedyn, fel tasa be glywodd o heb ei gynhyrfu o lawar, mi ddeudodd: 'Wel, Lun, os mai felly ma'i dallt hi, gora po gynta y ca'i sgwrs hefo'r gŵr ifanc am ych dyfodol chi hefo'ch gilydd'.

Gafon ni'n sgwrs yn stydi Mr Thomas, oedd yn ddigon mawr ichdi'i galw hi'n llyfrgell efo silffoedd llyfra'n cuddiad tri pharad a llunia'i arwyr o ar yr un gwag, y tu ôl i'r ddesg a'r gadar. Hywel ddeudodd wrtha'i pwy oeddan nhw: Saunders Lewis, Lewis Valentine a D.J. Williams hefo'i gilydd, R. Williams-Parry, Waldo Williams, Gwenallt a'r Pastor Niemoller, pregethwr o'r Almaen laddwyd gin y Nazis. Steddon ni ar soffa fach â'i chefn at yr *Encyclopaedia Britannica* a chyfrola trymion erill.

Ddoth Mrs Thomas â phanad bob un inni a phlatiad o fisgedi ar drê a'n gadal ni i ga'l yn *'heart to heart*, fel byddan nhw'n deud'. Holodd Mr Thomas am 'nhad a Mam, a sut oedd hi'n mynd tua'r iard goed. Ddeudis inna be oedd o isio glŵad. Wedyn mi draddododd o'i bregath.

Un dda oedd hi hefyd. O'n i dan deimlad o'r dechra cynta a dyna pam na fedra'i ailadrodd be ddeudodd o air am air, ond dwi'n cofio'i fod o wedi sôn pa mor annwyl iddo fo a Megan oedd Luned. Ei bod hi'n hogan deimladwy a diffuant, hawdd ei brifo. Ges i ei hanas o a Megan yn canlyn, pan oeddan nhw'n y Coleg hefo'i gilydd i ddechra a wedyn am dair blynadd nes cafodd o alwad a mor anodd oedd hi wedi bod ar sawl cyfri ond eu bod nhw wedi parchu ei gilydd drw'r amsar, fel roeddwn i a Luned yn parchu'n gilydd, roedd o a Mrs Thomas yn siŵr o hynny. Fydda Luned yn mynd i ffwr i'r Coleg cyn bo hir ac ella bydda hynny'n gyfla inni gamu'n ôl ac edrach ar yn perthynas ni'n wrthrychol ac os byddan ni am iddi barhau, 'ar ôl tymor, dyweder', dyna sut oedd petha i fod ond fydda fo a Mrs Thomas ddim am i'w hunig ferch briodi nes bydda hi wedi graddio.

''Dach chi'n iawn, Mr Thomas,' medda fi. ''Dach chi a Mrs Thomas wedi bod mor ffeind wrtha'i faswn i byth yn gneud dim byd i'ch brifo chi na Luned.'

'Da 'ngwas i', medda'r Parch. Deiniol Thomas. 'Wyddwn i medrwn i ddibynnu arnat ti. Hen hogyn egwyddorol iawn wyt ti yn y bôn.'

Ddechreuis grio am fod Luned yn mynd i ga'l ei chlwyfo ac am 'mod i'n gymaint o gachwr. Ddath Mrs Thomas i mewn a gafal yn yn llaw i a phan glywodd hi 'mod i wedi derbyn awgrym ei gŵr ddechreuodd hitha grio . . .

Os caea i'n llgada a meddwl am Mr a Mrs Thomas, fel yr oeddan nhw'r pnawn hwnnw y bydda i'n eu gweld nhw. Gwynab Mr Thomas yn llydan a gwerinadd a'i wallt du'n dechra britho; gwynab Mrs Thomas yn ddelicet fel porslen a'i gwallt gola hi'n colli ei sglein. Roeddan nhw tua'r un taldra, ryw 5'10", ac ill dau yn llawn o hyder pâr priod canol oed sy'n byw'r bywyd roeddan nhw wedi blanio ei fyw hefo'i gilydd. Y dyddia hynny, roedd eu hawdurdod a'u dylanwad dros eu teulu a thros gynulleidaoedd yr ofalaeth yn eu hanterth.

Griodd Luned ddagra gwahanol iawn i rei ei mham. Dagra angerddol, poeth, ymosodol. Alwodd hi fi'n 'gachgi' am beidio â herio ei rhieni. Roedd hi isio dengid hefo fi i Lundan.

'Na, Lun,' medda fi. Fedrwn ni mo'u brifo nhw mor ofnadwy . . . Fasan ni'n dau'n dyfaru.'

Toeddwn i ddim isio i 'mhen i fod yn llawn o hen atgofion diflas pan fasa Luned yn cyrradd a mi ddechreuis feddwl am rei difyrrach: Lun a fi'n caru yng nghefn y Cortina ar y prom yng Nghriciath ryw gyda'r nos a phobol yn cerddad heibio; caru yng Nghoedwig Glan Rafon, Brynrodyn ryw bnawn poeth a'n chwys ni'n denu heidia o wybad, chwiws, pryfaid, morgrug a thrychfilod o bob math; caru ar lan môr rwla'n Llŷn a sylwi bod 'na sglyfath hefo binociwlars yn gwatshad ni o ben clogwyn. A dal ati'r un fath.

'Ddrwg gin i 'mod i'n hwyr, Dei. Ffoniodd rhywun fel o'n i'n madal.'

Welis i moni nes bod hi'n sefyll o 'mlaen i'n ysgwyd ei hymbarél ac yn tynnu'r gôt law ddu, drom oedd hi'n ei gwisgo dros ei chostiwm lwyd.

'Iawn, iawn,' medda fi'n chwithig a chodi ar 'y nhraed. 'Diolch ichdi am ddŵad . . . Be gymi di?'

'Brechdana eog wedi'i fygu a photelad o ddŵr byrlymus, os gweli di'n dda.'

'Fydd Barry'n dallt yr ordor?'

'Ddyla fo. Ma 'na ddigon o ofyn.'

Es at y bar a rhoid ei hordor hi a'n un i, 'pasta pesto a photelad o ddŵr byrlymus', i Barry.

'Neis,' medda fo ac edrach yn slei i gyfeiriad Luned.

'Yr eog wedi'i fygu 'ta'r pesto?'

'Y fodan, siŵr dduw. Ga'i droi'r dŵr yn siampên ichdi?'

'Dim diolch, Barry.'

'Wyddost ti be ma'n nhw'n ddeud . . . '

'Be ma'n nhw'n 'ddeud?'

'Hawdd cynna tân ar hen aelwyd.'

'Lle clywist ti hyn'na?'

'Fu'st ti'n mynd hefo hi?'

'Deud 'ta gofyn w't ti?'

'Deud.'

'Ers talwm. Sut gwyddost ti, Barry?'

'Rhan o'n job i ydy gwbod busnas y *clientele. Goes with the territory.*'

Edrychodd y barman i gyfeiriad Luned eto a'i wefla'n blysio. 'Fydda i'n gweld merchaid clws sy'n torri'u gwalltia'n gwta yn uffernol o secsi,' medda fo.

'Ddeuda'i wrthi, Barry.'

Ddeudis i ddim, er 'mod i'n cytuno a ddeudodd Lun na fi mo'r tri gair 'W't ti'n cofio?' fasa wedi cracio'r rhew sglefriodd yn sgwrs ni drosto fo. Ond mi oedd hi'n un ddifyr, yn llifo'n ôl a blaen wrth inni fyta, mor rhwydd ag y buo'n cyrff ni'n llifo i'w gilydd ar un adag. Siaradon ni am yr angladd a'i rhieni hi, ei gwaith hi, 'musnas *legit* i, a'r plant. Manon yn angylas bach, hyd yn hyn, o leia. Iolo ddim gwell na gwaeth na'r rhan fwya o hogia'r un oed oedd yn golygu lot o draffath. Er bod digon yn ei ben o, roedd o'n mynnu mynd o gwmpas hefo criw o *thugs*, dyna oedd raid eu galw nhw, llabystia anwaraidd heb affliw o ddiddordab mewn gwaith ysgol; roedd hi'n synnu, wir, nad oedd Iolo'n un o'r criw fu's i'n cicio pêl hefo nhw a fynta wedi ca'l ei riportio iddi fwy nag unwaith am ddojo'r ysgol. Fedra hi ddallt rŵan, am tro cynta, pam bod ei rhieni wedi gyrru Owain i ffwr i'r ysgol breifat honno. Un gwyllt oedd ynta'n ei arddega, yn cicio dros y tresi ac yn ffrindia hefo 'hogia drwg' ond mi oedd gwehilion deng mlynadd ar hugian yn ôl yn saint o'u cymharu hefo rhei o'r petha ifanc oedd hyd y Dre hiddiw. A'r byd yn lle peryclach rŵan a phobol ifanc yn ca'l eu hudo gin demtasiyna mwy difrifol na slochian seidar a smocio Woodbines ar y slei.

Gytunis i bod y Dre wedi newid a mi arweiniodd hynny at pam 'mod i isio'i chyngor hi.

'Dwi 'di ca'l bob dim dwi isio yn Llundan a dwi'n barod i symud o 'na.'

'Pam i fan hyn?'

'Cymro ydw i, Lun . . . '

'Hiraeth? Chdi? Sgersli bilîf!'

Chwerthodd hi. O'n i o ddifri.

'Ma'r dyddia dwytha 'ma, yn enwedig angladd dy dad, wedi codi awydd yna'i i fyw gweddill 'y mywyd yn rhwla lle medra'i glŵad Cymraeg a siarad Cymraeg bob dydd.'

'Be am Barbara?'

'Ma hitha isio gadal Llundan. Ond ma'i llgada hi ar rwla yn Ffrainc, yng nghyffinia Cahors. Ma hi'n gweld nefoedd ar y ddaear yno; hi'n sgwennu nofela, fi'n prynu a gwerthu *brocante* a ballu ac yn dŵad at yn gilydd i yfad gwin coch a sglaffio *confit de canard* dan y sêr bob nos.'

'Taswn i'n ca'l y dewis yna, ddeudwn i "*Au revoir*, Cymru! *Bonjour*, Cahors!" O ddifri, Dei, wn i ddim am faint parith Dre mor Gymreig. Ma Lloegar wedi cyrradd afon Conwy. Faint gei di am dy dŷ?'

'Tri chwartar miliwn. O leia.'

'Digon i brynu plasdy bach a busnas yma, er bod prisia'n uchal i bobol ffor hyn. Ond dwi'm yn meddwl basach chdi'n hapus wedi i glŵad a siarad Cymraeg ddŵad yn arferiad. Be fasach chdi'n neud? Efo pwy fasach chdi'n cymdeithasu? W't ti'n chwara golff?'

'Anamal.'

'Bridge?'

'Byth.'

'Na lysho, canu mewn côr meibion, mynd i capal na bingo a twyt ti ddim yn aelod o'r Blaid Bach. A tasat ti'n joinio honno, fasat ti ddim yn'i hi'n hir, ma'n nhw'n griw mor pathetig.'

'W't ti wedi chwerwi, Lun.'

'"Tydw i? Bai pwy, sgwn i?'

Cyn imi fedru deud 'sori', mi chwerthodd hi a deud:

'Paid â gwrando arna'i. Dwi'n siŵr bod gin ti a Barbara ddiddordeba fasa'n gneud bywyd yn y pen yma'n ddifyrrach ichi nag yn Llundan.'

Wenodd Luned wên ath â fi'n ôl ugian mlynadd a gwasgu'n llaw i am tro cynta ers hynny.

'Os byddwch chi angan yn help i, ffonia.'

'Mi 'na'i. Diolch, Lun,' medda fi wrth iddi dynnu'i llaw oddar yn llaw i ac edrach ar ei watsh.

'Ma 'na gleient yn disgwl amdana'i,' medda hi. 'Rhaid imi'i throi hi.'

Hannar-gododd Luned o'i chadar ac yna ista'n ôl a sbio braidd yn od arna'i am rei eiliada cyn deud: 'Ga'i ofyn cwestiwn personol ichdi?'

'Dyma ni,' medda fi wrtha fi'n hun. 'Ma hi'n mynd i ddifetha bob dim rŵan.' Be ddeudis i wrthi hi oedd: 'Cei, Lun. Siŵr iawn.'

To'n i ddim wedi disgwl y cwestiwn: 'Be am dy fusnas answyddogol di? W't ti'n dal i "fasnachu"?'

Chwerthis i. Rhyddhad, ma'n debyg. Ac atab: 'Ydw, ond nid yn y ffor rw't ti'n meddwl am "fasnachu".'

'Sut felly?'

'Mewn gwybodaeth dwi'n delio rŵan. Nid nwydda.'

'W't ti'n darlithio ar y pwnc?'

Egluris i sut bod cwmnïa mawr a chorfforaetha â blys gwbod cyfrinacha'u cystadleuwyr. Ma'n nhw'n talu am gofnodion, memos, e-byst, adroddiada banc, cyfrifon ariannol, *R&D*, cynllunia marchnata, recordia o drafodaetha a sgyrsia ffôn ac yn y blaen a fydda inna'n hacio, bygio, clustfeinio ac yn tynnu llunia hefo camra digidol yn ôl y galw. Fel pob busnas llwyddiannus dwi 'di symud hefo'r oes, ac un electronig ydy hon. Os bydda'i angan ca'l 'y mhump ar ddogfen, ma hi'n haws llwgwrworbrwyo rhywun na mentro i rwla lle na ddyliwn i fod. Dwi'n ama ydy be dwi'n neud yn anghyfreithlon, a deud y gwir. Nac yn *unethical*, hyd yn oed. Ma'r bobol barchus iawn sy'n 'y nghyflogi i'n meddwl bod 'y ngwasanaeth i'n llesol iawn i fasnach a diwydiant wrth ei fod o'n hybu cystadleuaeth.

'Dwi'n falch nad w't ti wedi newid,' medda Luned â'r un wên ifanc yn ei llgada ac ar ei gwefusa.

'Mi dwi,' medda fi. 'Dwi isio riteirio. Ymddeol. A symud i rwla cha'i mo 'nhemtio i neud un joban arall fel "ffafr i hen ffrind" am ei fod o'n cynnig lot o bres imi.'

Gododd Luned ar ei thraed a 'nes inna'r un fath.

'Cym ofal, Dei,' medda hi wrth roid ei chôt amdani.

'Fydda i bob amsar,' medda fi.

'Hwyl,' medda Luned a'i llagada gwyrddlas yn llenwi. Darodd gusan frysiog ar 'y moch i ac allan â hi.

O'n i'n dal i syllu'n synfyfyriol ar ei hôl hi pan ddath Barry i nôl y llestri a'r gwydra ac i fusnesu,

'W't ti'n gweld hi heno?' medda fo.

'Nac dw, Barry,' medda fi. 'Ond ella bydda i cyn bo hir iawn.'

Ymwelwyr

Mi dreulis weddill y pnawn yn *gym* y Brython yn rhedag, seiclo a rhwyfo'n yn unfan cyn dowc yn y pwll nofio bychan, bach, a chael cawod arall. Wedyn es i'n llofft i newid eto a darllan am helynt Heulwen a hen gnawas o Seusnas oedd yr ysgol yn ei chyflogi i ddysgu *'anger management'* i blant anodd eu trin.

'Un bore dydd Gwener, tarodd Pamela Brown nodyn ar hysbysfwrdd ystafell yr athrawon – yn yr iaith fain yn unig, wrth gwrs – a'r camsillafiad *'reech'* yn lle *'reach'* arno. Pan gywirodd Heulwen y gwall â beiro goch, bu'r canlyniadau'n ffrwydrol. Wedi iddi fethu â chael atebion call gan yr athrawon i'w hymholiadau ynglŷn â phwy a gyflawnodd y fath anfadwaith amhroffesiynol, collodd Ms Brown ei limpyn yn lân a brasgamu i swyddfa'r Pennaeth, gan fynnu bod "Travolta" yn darganfod pwy a'i sarhaodd a bod hwnnw neu honno'n cael cerydd a chosb haeddiannol. Galwodd y Prifathro gyfarfod brys o'r staff i drafod yr argyfwng. "Y meddyg, iachâ di dy hun," sylwodd Meirwen Morus, Ast. Cref. parthed Ms Brown. "Tydy'r dyn yn dwat?" meddai Now *P.E.* am Travolta.'

Oleuis i'r teli am chwech i weld be oedd yn digwydd yn y byd mawr tu allan i stafall 29 Gwesty'r Brython Hotel. 'Run peth ag arfer: rhyfal a bygwth rhyfal, newyn, rhyw ffilm star yn disgwl, gwyddonwyr yn darganfod ffisig newydd arall at gansar. Newidis i i'r sianal Gymraeg i sbio ar y *Simpsons*. Ma'n nhw'n fwy o help na dim arall ar y teli i ddallt pam bod y byd fel mae o.

Erbyn saith o'n i isio bwyd ac awyr iach a chan ei bod hi wedi sdopio bwrw am chydig mi gerddis i'r Maes a rownd y Castall ar hyd Cei'r Rabar ac yn ôl i'r Maes a Bwyty Gardd Brenhinol *(sic)* Pekin Royal Garden Restaurant am foliad o 'Bwyd Mandarinaidd ar ei orau'. Roedd y lle'n fywiog, y bwyd yn iawn a'r hogan bach *Chinese* syrfiodd fi yn ddel, yn glên ac yn siarad Cymraeg Dre.

Toedd hi'm ond wyth arna i'n ôl yn y Brython a wyddwn i baswn i'n ca'l traffarth cysgu taswn i'n treulio'r ddwyawr, dair nesa'n darllan am Heulwen neu'n sbio ar y teli neu'n gorfadd ar 'y ngwely'n trio dallt pam o'n i'n dal yno'n lle'i hel hi'n ôl i Lundan at Barbara a'r byd go iawn. Felly mi dynnis 'y nhopcôt a mynd i lawr i'r bar am lasiad o rwbath gwan a sgwrs hefo Barry.

O'n i wedi anghofio'i bod hi'n nos Wenar. Roedd bar y Brython yn llawn joc o lyshwrs dosbarth canol hapus ac amball i giaridym yn eu plith a dim gobaith am lymad tawal na sgwrs gall hefo'r barman na neb arall. Wrth weld y sgrym sychedig am y cowntar fu ond y dim imi fynd yn f'ôl i'r llofft neu allan eto i chwilio am le tawelach pan sylwis i ar rwbath nath imi aros.

Parti swnllyd o ryw ugian yn ista wrth res o fyrdda wedi'u gwasgu at ei gilydd, rochor dde i'r bar yn canu 'Pen-blwydd hapus i Nerys' ac yn lluchio siampers i lawr y lôn goch. Nabodis i rei o'r gwyneba; wedi'u gweld nhw naill ai yn yr angladd neu ym mharti pen-blwydd Owain Thomas ers talwm. Toedd o ddim yno, na Margaret. Mi oedd Hywel ond heb Bet. A mi oedd Glyndwr Harries yno a'i fraich am y flondan wrth ei ymyl a'r ddau'n edrach yn annwl iawn i llgada'i gilydd wrth glincio'u gwydra. Pwy oedd hi? Lle oedd Heulwen? Drois i 'nghefn atyn nhw rhag i Hywel neu Glyndwr 'y ngweld i.

'Pwy 'di hon'na ma 'nentist i'n methu cadw'i facha 'ddarni?' medda fi wrth Barry wrth i hwnnw dollti'n siandi i.

'Ei *ex* o.'

'Pwy? Lona?'

'Hi'di'r unig ex-gwraig sy gin Harries am wn i. Llond brothel o ex-fodins. Dyma chdi. *One pound thirty.*'

'Ma'n nhw'n bihafio fwy fel dau gariad na gŵr a gwraig wedi diforsio.'

'Weithia ma'n nhw fel cath a chi. Weithia'n *lovey-dovey*. Fath â heno, pan dydy Rod Stanley a Heulwen ddim hyd lle i grampio'u steil nhw. Pwy sy nesa?'

Ffendis fwr bach gwag a chadar mewn cornal ddigon pell o olwg Glyn Harries a'i griw ac 'asesu'r sefyllfa'. Toeddwn i ddim yn lecio hyn o gwbwl. Be oedd yn mynd ymlaen rhwng Harries a hi os oeddan nhw mor 'lovey-dovey' pan oedd hi'n siwtio nhw? Be fasa'n 'y nisgwl i'n y fflat nos fory? O'n i'n ca'l yn setio i fyny? Fel deudis i, dwi 'di bod yn amheus o *commission* jobs rioed. Ges i 'nhemtio i hel hi am Lundan hefo £2.5k Glyndwr Harries yn 'y nghês a twll ei din o.

Ddyliwn i fod wedi ildio i'r demtasiwn gall honno. Pam 'nes i ddim? Cydwybod broffesiynol? Wedi rhoid 'y ngair? Go brin. Isio dallt y bobol 'ma o'n i, dwi'n meddwl. Isio'u nabod nhw. Isio gwbod be oedd o dan y gwyneba clên a'r geiria hwyliog . . . 'Hen foi iawn . . . Cymro i'r carn . . . ' Be oedd hynny'n 'feddwl?

A ma £5k ddwywaith gymaint â £2.5k.

Gymris gegiad o'r siandi a'i adal o a mynd i'n llofft. Yn fan'no, dan glo yn y cês roedd y gêr ro'n i wedi'i brynu ar gyfar y job: menyg rybar tena, *pencil-torch* a phleiars, i gyd o Woolworths, *golf-jacket* ysgafn o Burtons a balaclafa/*beany cap* o Army Megasurplus, 'ngoriada proffesiynol i a'r rhei ges i gin Glyn. Roddis y *jacket* amdana a 'nhopcôt drosti, y pleiars a'r goriada ym mhocad dde'r gôt a'r dortsh yn y llall a'r menyg am 'y nwylo.

Sdwffis i 'nwylo'n ddwfn i bocedi'r gôt wrth gerddad o'n stafall ar hyd y coridor, i lawr y grisia i'r lobi. Allan â fi o'r Brython fel roedd haid o betha ifanc meddw'n mynd i mewn. Dipyn o geir ar y lôn a phobol ar y palmentydd fel cerddis i am y Royal Oak. Damia. Roedd 'na foi'n sefyll yng ngheg Lôn Lechi'n bytheirio i'w ffôn. 'OK. OK. Deud wrth Kenny ceith o'i ganpunt . . . Cyn bo hir. Cyn bo hir . . . Dwi'n gwbod bod gin i tw-ffiffti neithiwr . . . Dwi 'di'u gwario nhw . . . Deud wrth y cwd bo fi wedi ca'l yn mygio . . . '

Es yn 'y mlaen heibio criw o ddynion ifanc ddath allan o'r Royal Oak dan daeru ymhlith ei gilydd lle oeddan nhw am fynd nesa: Crown, Albert, Castle, George . . . Cyrradd Maes Pendist, troi i'r dde ac i'r dde eto i mewn i Lôn Bach Boeth oedd yn wag diolch i 'Ragluniaeth' chwadal y boi oedd yn gyfrifol 'mod i yno.

Chwe munud wedi imi adal y Brython o'n i'n rhoid sbonc dros y wal i mewn i iard nymbar 36 ac yn rhoid y goriad cynta yn y clo. Dim traffath hefo hwnnw na'r ail un ac i mewn â fi i'r lobi a chau'r drws ar yn ôl heb ei gloi o. Gleuo 'nhortsh. Roedd y larwm, fel deudodd Glyndwr, yn y twll dan grisia ar yn llaw dde i. Snip i wifra hwnnw hefo'r pleiars, pedwar cam i lawr y pasej at waelod y grisia ac i fyny'r rheini'n ofalus at ddrws y fflat. Gwrando. Dim smic ond sŵn ceir o Stryd y Bont. Agor y drws yn ddistaw bach a chamu i mewn i'r landin gan adal y drws yn gil-agorad. Bob man fel y bedd. Toedd ddim raid imi ddefnyddio'r dortsh rŵan am fod gola o'r stryd yn dŵad drw'r sgeilat. Edrach i mewn i stafall fwya'r fflat. Y cyrtans ar agor a lampa oren Stryd y Bont yn rhoid digon o ola imi weld bod y stafall wedi'i rhannu'n ddwy: lle byw hefo soffa, cadeiria teli, stereo ac ati yn ochor y stryd; cegin yn ochor Lôn Bach Boeth. Sylwis ar ben y 'staere tro', chwadal Glyndwr, yng nghongol y gegin; roedd y rheini'n mynd i lawr i storwm yng nghefn Seiontsports medda fo . . .

Munud gymrodd y *recce*, os hynny. Ar hyd y landin â fi at

ddrws y stafall wely, oedd ar y dde. Roedd y cyrtans wedi'u cau a mi ddefnyddis y dortsh i ffendio'r *fitted-wardrobe* rochor draw i'r gwely dwbwl.

Roedd y seff oedd y tu fewn i'r wardrob yn gymaint o antîc faswn i wedi medru'i hagor hi hefo pin papur cry ond toedd gin i ddim amsar i ddangos yn hun a ddefnyddis i un o 'ngoriada i. Welis i'r 'ysbail' ar unwaith: cwdyn sachlian yn llawn, fel roedd eu 'perchennog' wedi deud. Agor y cwdyn a gweld yng ngola'r dortsh bod ei lond o o emwaith, darna aur, cadwyna, broetshis a thair Rolex. Oedd Harries yn *Rolex-fetishist*? O be welwn i, roedd o'n o agos ati hefo gwerth y stwff. £50,000 o leia. Be arall oedd yn y seff? Roedd gin i ddigon o amsar i fusnesu. Iesu Grist o'r Sowth! Bwndeli o bapura £50! Milodd o bunna. O'n i am eu cymryd nhw? Nac o'n. Toedd gin i ddim byd yn erbyn Lona ac ella 'mod i'n gneud cam hefo hi'n barod. Be arall? Dau fideo. *Rod 'n Lon, Sexy Video* a *Rod 'n Lon Sexy Video II*. A *photo-album* bach o Boots a rhywun – Lona, siŵr gin i – wedi glynud labal ar y clawr a sgwennu mewn llawsgrifan dwt y geiria 'Llunia Sglyfaethus Londi Chroen a Hot Rod'.

Mi oeddan nhw! Yn sglyfaethus! Blydi hel! Roedd Lona'n dipyn o hogan. 'Yn meddu dychymyg byw' fel basa'i hathro Astudiaethau Rhywiol hi wedi deud pan oedd hi'n rysgol tasa 'na fath bwnc; ma'n siŵr bod erbyn hyn. Ella bod Rod Stanley'n actor ciami ond mi oedd gynno fo'r 'cyfarpar' i gyrradd y brig yn y diwydiant porn ac yn fwy golygus na'r llabystia sy'n gneud hynny'n broffesiynol. Hogyn del heb fod yn ferchetaidd. Pryd tywyll. Digon tebyg i Elvis pan oedd hwnnw'n ifanc. Dim rhyfadd bod Lona'n cadw hyn dan glo. Oedd gin i amsar i roid y fideos yn y *VCR*?

Nac oedd. Proffesiynoldeb pia hi. Rois i'r llunia a'r mags yn ôl yn y seff a'i chloi hi a dosbarthu'r petha ro'n i wedi dŵad i'w nôl rhwng pocedi 'nhrywsus, yn siacad a 'nhopcot. Cau drws y wardrob. Edrach o 'nghwmpas i neud yn siŵr bod bob dim fel roedd o pan ddes i i mewn, ac am y drws. A stopio'n stond a 'nghalon i'n curo. Be oedd y sŵn 'na? Bwm-bwm-bwm metalig. Eiliad gymrodd hi imi ddallt bod rhywun yn dŵad i fyny'r grisia heuar o'r siop. Chydig hwy i feistroli 'mhanic a'n awydd i i fynd i'r lle chwech.

Roeddan nhw'n y gegin erbyn i mi gyrradd yn *exit* ar dop y grisia . . . Gamis drw'r drws a sefyll ar y stepan ucha heb ei gau a gwrando. Pwy oedd hefo Lona? Oedd Stanley wedi troi i fyny'n y Brython? Ynta . . . ?

Erbyn hyn roedd y boi ar y soffa neu un o'r cadeiria tra'i bod hi'n dal yn y pen arall, yn tollti diod i wydra, debyg. Nabodis i lais jerro ar unwaith er bod ei dafod o'n dew.

'Taswn i isio mwy o lysh, cyw, faswn i wedi aros yn y pyb.'

'Unwaith fydda i'n dechra ar y siampyrs fydda i'n clŵad blas mwy,' medda hi ac ista wrth ei ymyl o, neu arno fo. Iechyd da!'

'Iechyd ceffyle!' fel byddan nhw'n deud adra.

'Tw't ti'n uffar o gês, Harries. Twteimio dy *fiancée* bach ifanc, ddel hefo dy gyn-wraig.'

'Be amdanach chdi'n twteimio dy toiboi hefo hen groc?'

'Hen be ddeudist ti?'

'"Groc" . . . '

'Feddylis i ma . . . Hei! Stopia hi!'

'Ge di weld pa mor hen!'

Benderfynis bod hi'n bryd imi madal nes imi'i glŵad o'n deud:

'O, Lon. Fasa bob dim yn grêt rhyngddan ni eto tasan ni mond yn setlo'r hen gynnen wirion ynglŷn â'r gema. W't ti'n gwbod mai fi pia nhw.'

'Paid â dechra hynny, plîs, Glyn, a difetha bob dim,' medda hitha'n siarp. 'Dwi 'di deud wrthach chdi nad ydw i am eu gwerthu nhw. Jest galw yma i'w prisio nhw nath Derek . . . '

Dynnis y drws ar yn ôl a mynd i lawr y grisia a thrw'r cyntadd cyn ddistawad â chysgod. Cil-agor y drws, sbecian allan a gweld pâr ifanc yn smocio dôp – fedrwn i glŵad ei ogla fo – yng nghysgod y wal oedd ochor arall i'r lôn, gyferbyn â iard nymbar 36. Fu raid imi aros am oesoedd cyn symudon nhw. Dim mwy na phum munud, ma'n debyg, dan wasgu bocha 'nhin yn ei gilydd am ei fod o ar y brethyn a 'nwylo i'n chwysu ac yn cosi'n annioddefol. Bob hyn a hyn ddath sŵn chwerthin ac amball sgrech o'r fflat. Oedd Lona'n chwara'r un gema hefo Glyn a Rod? O'r diwadd mi ath yr hogyn a'r hogan i gyfeiriad Maes Pendist. Gyfris inna i ddeg yn ara deg cyn mynd allan a throi'r goriada yn y ddau glo fel taswn i bia'r lle, croesi'r iard, dringo dros y wal yn ofalus iawn rhag imi ga'l damwain, a cherddad yn ôl i'r Brython *via* Lôn Llechi, Lôn Cei Bach a Lôn Bangor.

Pum munud gymris i dynnu 'nhopcôt a'n siacad, gollwng be oedd yn yn stumog i'r lle chwech, molchi 'ngwynab a 'nwylo a rhoid be oedd yn 'y mhocedi i dan glo yn y cês. Lawr â fi'n ôl i'r bar wedyn. Edrychis ar yn watsh wrth ymuno hefo'r 'hapus dyrfa': 33 o funuda oedd wedi mynd er pan adewis i. Oes.

Roedd 'y mwr bach i'n dal yn wag a neb wedi twtsiad yn y siandi. Steddis a disgwl i Barry edrach i 'nghyfeiriad i a rhoid nod a winc arno fo pan nath o. Lyncis i 'niod ar 'y nhalcan a mynd at y bar am ragor. Ges i'n syrfio o flaen rhei oedd yno o 'mlaen i am fod Barry'n 'y nabod i.

'Tw't ti ddim yn bôrd sduff yn ista'n fan'na ar ben dy hun bach drw nos yn sipian siandi?' medda'r barman dan chwistrellu lemonêd i'r gwydryn.

'Tydw i ddim yn bôrd, Barry,' medda fi . . . 'Dwi fath â chdi. Wrth 'y modd yn 'studio'r natur ddynol.'

'Ddest ti i'r lle rong, mêt,' medda'r barman wrth amneidio at y gynulleidfa o feddwon. 'Anifeiliad ydy'r rhein!'

Ymwelydd Arall

'Paid ag ista,' gorchmynnodd Lona wrth ddilyn ei hymwelydd i stafell fyw y fflat.

'Dwi'n haeddu croeso gwell na hyn'na, gobeithio!' chwarddodd yntau ac eistedd ar y soffa ledr, ddu, ddwy sedd.

'Ma hi yn tynnu at hannar nos,' ebe Lona. 'Jest rho'r papura imi'u seinio, imi gael mynd i 'ngwely a chditha adra at dy wraig.'

Safai hi â'i breichiau ymhleth dros ei mynwes gan syllu'n flin arno ef yn agor ei dopcot drom ac yn ymledu'n ddigywilydd dros y soffa.

'Neith hynny rywbryd eto,' meddai ef.

Ebychodd hi ei hymateb: 'Be?'

'Rwbath arall sy'n pwyso ar yn meddwl i heno . . . '

'Os w't ti'n meddwl cael hwyl arna'i am nad ydy Rod yma, gin i ddau air ichdi. Ffyc off! Faint o weithia raid imi ddeud wrthach chdi?'

Gwnaeth yr ymwelydd siap sws â'i geg. Yn reddfol, tynnodd hithau wregys ei *bathrobe* wen yn dynnach amdani.

'Er mor hyfryd fydda hel 'y nwylo dros y corff bendigedig sy dan dy wenwisg bur, ddihalog, dim i'r perwyl hwnnw y des i yma chwaith. Cofia di, tasat ti'n digwydd newid dy feddwl . . . Gan nad ydy'r *young man* ar y cyfyl . . . ?'

'Jest deud be sy gin ti i ddeud a cer!'

'Lle da ydy'r Clwb Hwylio.'

'Deud ti.'

'Lle da i glŵad be sy'n mynd ymlaen yn y Dre 'ma.'

'*Grumpy old men* yn hel clecs.'

'Glywis i dy fod ti a 'Rod' yn cychwyn ar *world-cruise* yn o fuan.'

'Pwy ddeudodd hynny wrthat ti?'

'Dy ŵr di'n un.'

''Nghyn-ŵr i.'

'Mae o'n dal yn ŵr ichdi yng ngolwg Duw.'

'Stopiodd hynny chdi rioed rhag hel dy facha drosta i pob cyfla gei di.'

'*Touché!*'

'A tydy 'mywyd personol i ddim o dy fusnas di.'

Ymsythodd yr ymwelydd â'i wyneb yn duo. Syllodd i lygaid y wraig ifanc heriol ac meddai: 'Ma hi'n fusnas i mi dy fod ti wedi codi trigian mil o gownt yr hen wraig cyn madal am fisoedd o jolihoit, heb sôn gair wrtha'i.'

'Ugian mil . . . ' meddai hi heb lawer o argyhoeddiad yn ei llais.

'Trigian, medda Parry Midland.'

Gwenodd yr ymwelydd ac ychwanegu'n athronyddol 'Tydy'n rhyfadd na fedra'i yn fy myw alw'r hen gyfaill yn "Parry HSBC"? "Wili Hong Kong & Shanghai" o bosib.'

Eisteddodd Lona ar un o'r ddwy gadair esmwyth o boptu'r aelwyd â'i marwor trydan. 'Mi gei di dy daliada arferol tra bydda'i i ffwr,' addawodd.

'Diolch yn dew. Mi gymra'i be sy'n dy sêff di hefyd.'

'Dim ffiars o beryg,' llefodd Lona gan liniaru ei hymateb ar unwaith wrth i'r llall wgu'n fygythiol. 'Yli. Ma hi'n hwyr rŵan. Ddo'i draw i'r offis 'cw wsnos nesa a fydd gin i rwbath mewn amlan frown godith dy galon di. OK?'

Cododd Lona ar ei thraed gan wenu'n betrus i ddechrau ac yna'n fwy calonnog pan gododd yr ymwelydd gydag ochenaid ac 'Os mai felly ma'i dallt hi' cymodlon.

'Ffonia fora Llun i ddeud pryd medra'i ddŵad draw a . . .'

Cyn iddi orffen y frawddeg roedd yr ymwelydd wedi dodi ei ddwylo mawr am ei gwddf, ei chodi oddi ar ei thraed, ei lluchio ar y soffa a gorwedd ar ei phen.

'A'i ddim o 'ma heb drigian mil!' sgyrnygodd.

'Ffyc off!' ebe hithau er bod ei ddwylo'n tynhau am ei llwnc.

'Olreit 'ta,' meddai'r ymwelydd â'i anadlu'n cyflymu. 'Trigian mil neu ffwc! Be fydd hi?'

Tynnodd ei ddwylo oddi ar ei gwddf, agor ei chôt faddon a chodi ei choban sidan dros ei hwyneb gan ddadlennu ei chedor euraid a'r bronnau oedd yn dal yn lluniaidd er i ddau blentyn eu sugno. Sgrechiodd hithau a gweiddi 'Olreit! . . . Olreit, y bastad!'

Safodd yr ymwelydd ac yn yr un symudiad roedd wedi cydio yng ngarddrwrn Lona a'i llusgo oddi ar y soffa. Gwthiodd hi allan o'r stafell i'r landin, ar hyd hwnnw a thrwy ddrws agored y stafell wely.

'Hogan dda! Hogan gall!' murmurodd. 'Weli di mo'i golli o.'

Eisteddai'r seff fechan sgwâr ar silff ganol y wardrob â'i chefn wedi ei phowltio i'r pared. Er bod y bygythiad i'w threisio wedi codi arswyd ar Lona a'i gorfodi i ildio i ewyllys yr ymwelydd, roedd yn benderfynol o beidio â rhoi iddo'r boddhad o'i gweld yn crio. 'Gwllwn fi 'ta!' gorchmynodd.

'Dim tricia,' rhybuddiodd yntau.

'Fasa agor seff heb oriad yn uffar o dric da!'

'Lle mae o?'

'Fedra i'm cofio.'

Trodd yr ymwelydd ei braich yn giaidd y tu ôl i'w chefn a gwasgu ei chorff yn erbyn ei gorff ef. 'Cofia'n reit sydyn neu mi ffwcia'i chdi gynta a'r seff wedyn!'

Pan gofiodd Lona fod ei hallweddi ar y *chest-of-drawers* aeth yr ymwelydd i'w mofyn ar ôl rhoi sgwd iddi hi o'i ffordd. 'Agor hi,' gorchmynnodd ac estyn y bwnsiad ati.

Derbyniodd Lona'r allweddi, dethol un a'i dodi yn nhwll clo'r seff yn anewyllysgar . . . Gynted ag y gwnaeth hynny, gwthiodd yr ymwelydd hi o'r neilltu ac agor y blwch dur. *'Eureka!'* ebychodd pan ddarganfu yr hyn a geisiai tra eisteddai Lona ar y gwely dwbl yn brwydro rhag i'w chynddaredd ferwi drosodd yn ddagrau poeth.

'Trigian mil, ia? A'i ddim i'w cyfri nhw. Dwi'n dy drystio di,' cyhoeddodd yr ymwelydd â boddhad gan wthio sypiau trwchus o arian papur i bocedi ei dopcot.

Cododd Lona oddi ar y gwely a dodi ei dwylo hi yn y seff.

'Mi w't ti wedi cymryd y jiwylri,' gwaeddodd wrth ymbalfalu'n wyllt . . .

'Y be?' holodd yr ymwelydd.

'Jiwylri! Mewn bag! Mi w't ti wedi cymyd hwnnw'r cythral!'

'Naddo. Ar 'y ngwir!' taerodd yr ymwelydd 'Chymis i ddim ond be sy'n ddyledus imi. Am bob dim 'nes i drosdat ti!'

'Toes nelo be sy'n y bag yna ddim â chdi.'

'Sgin i ddiawl o syniad am be w't ti'n sôn, ddynas!' arthiodd yr ymwelydd.

'Y sglyfath hafin!' sgrechiodd y wraig ifanc hysterig a gwthio ei dwylo i bocedi topcot yr ymwelydd gan beri i bapurau hanner canpunt syrthio ohonynt. 'Sgin ti ddim hawl i ddim o'r rheina!!'

'Y pres, 'mhres i, a dim byd arall gymris i, yr hulpan wirion!' bloeddiodd yr ymwelydd gan roi hergwd i Lona nes ei bod ar wastad ei chefn ar y gwely. Llamodd hithau oddi arno a chrafangu gwyneb y dyn â'i hewinedd hirfain, cochion.

Dyna pryd y collodd yr ymwelydd ei limpyn yn llwyr. Lluchiodd Lona yn ôl ar y gwely a hyrddio'i hun ar ei phen. 'Olreit 'ta'r ast! W't ti wedi gofyn amdani!' rhuodd. Sodrodd ei weflau ar ei cheg tra'n lledu ei llwynau â'i ddwylo.

Plannodd Lona ei hewinedd eto yng ngwyneb y treisiwr. Udodd hwnnw mewn poen. Dododd ei ddwylo mawr am ei gwddf a'i wasgu, heb lwyddo i'w thawelu nac i reoli ei strancio. Gwasgodd yn dynnach ac yn dynnach. Yn ei flys a'i gynddaredd, gwasgodd yn dynnach na'i fwriad.

Drannoeth y Drosedd

Ddeffris bora wedyn a hen deimlad annifyr yn llenwi 'mhen i, fel taswn i wedi gneud neu ddeud rhwbath noson gynt ddyla fod gin i gwilydd ohono fo.

Cofio 'mod i wedi mynd i fflat Lona Harries i gopio gemwaith ei chyn-ŵr a jest â cha'l cop yn hun. Wedyn, copio Glyn a Lona'n dechra gêm o dadi-a-mami. Pwy oedd y lembo mwya? Harries 'ta fi? Pam gwrandawis i arno fo? £5k. Dyna pam.

Drychis ar yn watsh ar y bwr bach wrth erchwyn y gwely. Hannar awr wedi wyth. Amsar codi. Toedd yn apwyntiad i hefo deintydd gora'r Gogledd ddim tan ddeg ond ro'n i wedi synfyfyrio hen ddigon yn ystod y dyddia dwytha. O'n i ar dân i hel hi o'r Dre, imi fedru rhoid y syniada a'r teimlada oedd wedi 'nghorddi i ers yr angladd mewn cyd-destun call. Ond cyn hynny roedd raid imi nôl 'y nghyflog. A haglo hefo Harries. Fydda hwnnw'n gyndyn o dalu be oedd o wedi'i addo.

Orfodis i'n hun i gymryd yn amsar wrth neud 'y musnas, ca'l cawod, siefio hefo rasal a dŵr poeth, gwisgo amdana a mynd i lawr grisia am y *Full Welsh Brecwast Cyflawn Cymreig*. Toeddwn i ddim isio dangos i Harries mor awyddus o'n i i madal. Fytis yn hamddenol gan edrach drwy dudalenna cefn y *Times* a'r *Dail y Post* (fel bydda teulu Tegfan yn galw papur Lerpwl) ac roedd hi'n hannar awr wedi naw arna i'n sefyll wrth y ddesg yn y cyntadd yn gofyn i'r hogan ifanc bryd gola am 'y mil.

Er bod hi'n dramoras mi ddalltodd be ofynnis i ac ymddiheuro yn Seusnag am bod hi ddim yn siarad Cymraeg a'i chyfrifiadur hi wedi crasho. Fasa'r ots gin i aros am ryw chwartar awr? Roedd 'na ddyn a dynas diamynadd heb fod hefo'i gilydd o 'mlaen i'n y ciw. Ddeudis i OK a mynd i fyny i'n llofft.

Roedd y cwdyn llian dan glo yn 'y nghês i. Agoris y cês, tynnu 'nillad budur o'u bag Sainsbury's, rhoid yr 'ysbail' yn hwnnw a mynd â fo hefo fi i 'nghar oedd wedi'i barcio o dan goedan goncyrs fawr o flaen yr hotel. Es ar hyd Lôn Bangor am ddau gan llath, rownd cylchdro, dros y *fly-over* sy wedi difetha'r Dre er mwyn arbad i draffig fynd drwyddi, i fyny heibio Rigls i dop Dre, troi ar y dde gwerbyn â'r gaer Rufeinig ac i lawr y ffor sy wedi'i henwi ar ei hôl hi.

Ma'n llgada i'n sensitif iawn i bob dim sy nelo fo â'r polîs a glocis i'r ddau gar gwyn â'r streips melyn i lawr eu hochra yn syth-bin er eu bod nhw ym mhen draw'r stryd. Fetis i eu bod nhw o flaen tŷ Harries a mi o'n i'n iawn. Yn syniad cynta i oedd dreifio heibio'n ara deg ond mi welis dwll rhwng dau gar wedi'u parcio ar y chwith, gwerbyn ag 8. A chanllath, os hynny, o ddrws ffrynt 77, tŷ pen teras tai deulawr ryw ganrif oed hefo gerddi bychan o'u blaena. Semi oedd 77 â'i walia wedi'u chwipio hefo cerrig mân a gwawr binc arnyn nhw . . . Ddim rhyfadd bod Harries yn colli ei dŷ mawr, braf ym Maes Glas.

O 'mlaen i roedd y Cae Cicio. Welwn i mono fo. Dim ond y maes parcio tarmac, *Clwb Cefnogwyr CTFC Supporters' Club* lliw llefrith wedi cawsio, a wal uchal wedi'i phlastro'r un fath. Er bod gin i atgofion hapus am y lle toedd gin i ddim amsar i fynd i'w hel nhw. Be oedd wedi digwydd? Oedd Lona wedi sbio'n y seff ar ôl i Glyn madal, ei ama fo o gymryd ei gelc a'i riportio fo i'r slobs? Os gnath hi, mi atebon yr alwad yn sydyn ar y naw. Bosib na ynglŷn â rhyw fusnas amheus arall roedd y Glas yn nhŷ'r dentist. 'Ta waeth. Toedd hi ddim yn gneud sens imi fod yn y cyffinia hefo llond bag Sainsbury's o emwaith doji . . .

Steddis yn 'y nghar yng ngharparc y Brython am chwartar awr go lew yn meddwl be o'n i am neud nesa. Mi alla'r slobs fod hefo Harries neu Harries hefo'r slobs drw dydd. Mynd yn ôl i Lundan fydda galla a ffonio Harries. Mi alla fo ddŵad i nôl ei sdwff neu fi gadw fo'n saff tan yn *appointment* nesa neu ryw drefniant arall. Es i'n llofft, hel 'y mhetha at ei gilydd a mynd at y ddesg i setlo 'nghownt. Roedd y cyfrifiadur, diolch byth, wedi dadgrasho erbyn hyn.

'Where are you from?' medda fi wrth yr hogan tra oedd y peiriant yn printio'r bil.

'East Germany,' medda hi. 'Dresden'.

'Really? I'm very interested in Dresden china.'

'It's very beautiful.'

'What else do I know about Dresden?'

'It was bombed very much during the Second World War.'

Fuon ni yn Dresden neithiwr / A'i phlastro fesul stryd . . . Naci. Hamburg oedd honno.

'Yes. I'm sorry,' medda fi, wn i ddim pam, a rhoid 'y nghardyn iddi.

Groesodd Barry'r Barman y cyntadd fel o'n i'n deud *auf wiedershen* wrth yr Almaenas.

'Hwyl ichdi, Barry,' medda fi. 'Wela'i chdi 'mhen rhyw fis. Cyn hynny, ella.'

'Tyd hefo fi i'r bar,' medda'r barman yn sobor o ddifrifol. 'Gin i rwbath i ddeud wrthach chdi.'

Roedd y bar mawr yn wag a distaw; gwahanol iawn i'r tro dwytha fus i yno.

'Os oeddach chdi'n meddwl dŵad yn d'ôl i Glyn Harries orffan trin dy ddannadd di,' medda Barry. 'Anghofia fo.'

'Pam?' medda fi, a synnu ei fod o mor ddramatig.

'Ma'r cont yn jêl ac yno bydd o am sbel.'

'Yn jêl? Be mae o wedi'i neud? Yfad a gyrru?'

Sgwydodd y barman ei ben. Roedd o'n mwynhau ei hun.

'Naci,' medda Barry. 'Rwbath dipyn gwaeth, Dei. Lladd ei wraig.'

'Be?' medda fi wrth suddo i waelod y donnan. Ddalltis i'r un gair o be ddeudodd Barry wedyn a fu raid imi ofyn iddo fo ailadrodd ei stori pan ddes i ata'n hun.

Chydig cyn wyth bora hwnnw, roedd Nerys, y ddynas fydda'n gweithio i Lona Harries yn Seiontsports, 'run fuo'n dathlu'i phen-blwydd yn 40 y noson gynt, wedi cyrradd ei gwaith, ac yn ôl ei harfar wedi mynd i fyny i'r fflat i neud panad iddi hi ei hun ac i Lona, fel bydda hi os oedd y bòs wedi cysgu yno. 'Panad, Lona?' medda Nerys o'r gegin. Dim atab a dyma hi'n gofyn wedyn: 'Te 'ta coffi?' Dim atab eto, felly dyma hi'n mynd i ddeffro'i bòs a phan ath hi i mewn i'r llofft, dyna lle'r oedd honno'n gelan ar y gwely. Lle y diawl yno. Gwaed hyd y cynfasa a dodran wedi'i luchio i bob man.

'Sut clŵis di hyn, Barry?' medda fi.

'Mam ffoniodd fi,' medda'r barman. 'Ma hi'n gweithio'n cantîn HQ slobs yn Maes Clinca. Ro'dd Nerys mewn cythral o stad ac aethon nhw â hi yno i drio'i cha'l hi i ddŵad ati'i hun, iddyn nhw ga'l ei holi hi. Ofynnodd slobs i Mam neud panad iddi a mi oedd Nerys yn fwy parod i ddeud yr hanas wrthi hi nag wrthyn nhw. Fuo raid iddyn nhw alw am ddoctor at Nerys yn diwadd.

'Glŵodd Mam y slobs yn siarad hefyd. ath 'na rei i restio Glyndwr Harries, rhei erill i chwilio am Rod Stanley, a ddaw 'na rywun yma bora'ma i holi be welis i'n fan hyn neithiwr. Pwy oedd yn lysho hefo Glyn a Lona aballu. Ella byddan nhw isio gair hefo chdi, Dei.'

Ddychrynis i. 'Fi? Pam fasan nhw isio siarad hefo fi, Barry?'

'Oeddach chdi'n bar neithiwr 'toeddacht? Welis di'r ddau'n mynd o 'ma hefo'i gilydd tua naw, do?'

'Welis i monyn nhw'n mynd,' medda fi, 'ond sylwis i

arnyn nhw. O'n i'n ista rownd gongol yn fan'cw trw nos, Barry, os w't ti'n cofio. Rhaid ichdi'n sgiwsio i rŵan. Gin i siwrna hir o 'mlaen. Fedra'i ddim coelio hyn am Glyndwr Harries. Wn i ddim be i feddwl. Hwyl.'

Fedra i ddim cofio llawar am y daith, dim ond y cychwyn o dan goedan goncyrs y Brython, y canol mewn *services* yng nghyffinia Birmingham a'r diwadd yn nhŷ *fence* yn Brixton. Dwi yn cofio'r cwestiyna oedd lond yn meddwl i. Be oedd wedi digwydd rhwng imi adal fflat Lona Harries a phan laddodd Glyn hi? Oeddan nhw wedi ffraeo ynglŷn â'r celc roeddan nhw'n feddwl ei fod o yn y seff? Neu am drip Lona rownd y byd hefo Rod Stanley? Roedd Barry wedi sôn bod nhw'n *'lovey-dovey'* weithia a 'fel cath a chi' ar adega erill. Mae gin bara priod, ex-priod a phobol sy'n byw tali ddigon o betha i ffraeo amdanyn nhw, yn enwedig ar ôl lysh.

Sut oedd y digwyddiad yn mynd i effeitho arna i? Ro'n i'n disgwl i Harries gyfadda ar unwaith ond mi alla wadu; gwadu a chredu be oedd o'n ddeud am ei fod o'n methu gwynebu'r gwir. Taeru mai rhywun arall laddodd Lona. Rhywun roedd o wedi rhoid goriada'r fflat a thalu dwy fil a hannar iddo fo gymryd bagiad o emwaith o seff ei gyn-wraig. Weithia fydda fy meddwl i'n laru mynd rownd a rownd a mi welwn i'r Cae Cicio, neu ei du allan o, o leia, fel gwelis i o'r bora hwnnw a chofio pnawnia Sadwrn hapusa 'mywyd i, pan fyddwn i'n mynd hefo Dad i weld Dre'n chwara. Fydda gynnon ni seti'n y Stand yng nghanol criw o ddynion erill oedd i gyd yn ei nabod o ac yn chwerthin pan fydda fo'n deud rwbath doniol am un o'r chwaraewyr neu'r reff. Ffarmwrs oedd dau, un yn fwtsiar ac un yn 'gariwr' 'run fath â 'nhad. Dynion ryff heb fod yn goman. I gyd yn smocio sigaréts, cetyna ac amball sigâr ac yn pasio *hip-flask* neu botal o 'rwbath i dwmo dy galon di' i'w gilydd.

Fydda'r Parch. Deiniol Thomas yn y Stand yn reit amal, hefo'i ffrindia fo, rhei mwy sidêt a llai swnllyd na 'nhad a'i ffrindia. Sgin i ddim co' gweld Hywel yno hefo Mr Thomas a mi ddeudis hynny wrth y mab flynyddoedd wedyn. Eglurodd Hywel sut bydda fo'n mynd hefo'i dad i'r Ofal nes i griw o hogia Maes Gwyrfai eu dilyn nhw allan ar ôl ryw gêm dan neud ati i dyngu a rhegi, e.e., 'Iesu Grist! Toedd *centre-half* nhw'n ffwcin gont budur! Oedd o'n haeddu cic yn 'i ffwcin gwd am y dacl yna, cont!'

'Roedd 'nhad yn gwenu fel tasan nhw'n adrodd adnoda o'r bumed salm ar hugain yn sêt fawr Capal Horeb ar fora Sul,' medda Hywel, 'ond dyna'r tro ola'r es i hefo fo i weld gêm ffwtbol.'

Ro'n i ac Eddie, yn nabod yn gilydd ers blynyddoedd ac yn dallt yn gilydd i'r dim. Boi gonast a dibynadwy. Mi gytunodd ar unwaith i roid y gemwaith, y £2.5k a 'ngoriada proffesiynol i yn rhwla diogal a difa'r dillad oedd amdana'i pan es i i fflat Lona Harries, a'r goriada ges i gin ei gŵr. Fu's i ddim hefo fo chwartar awr cyn nelu blaen y Mondeo at Muswell Hill. At adra. A Barbara.

Unwaith eto'n Llundain annwyl

Fu's i rioed mor falch o gyrradd adra nac o weld Barbara. Roedd hitha'r un mor falch o 'ngweld i. Ffonis i cyn cychwyn o'r Dre ac wrth adal tŷ'n mêt yn Brixton a gyntad clŵodd hi fi'n agor drws ffrynt a chamu i'r cyntadd mi redodd i lawr grisia a lluchio'i hun i 'mreichia i.

Ro'n i wedi ofni'r aduniad; ofn na hynny fydda dechra'r diwadd. Ac yn llawn euogrwydd am y petha cas ro'n i wedi'u meddwl am Barbara yn ystod y dyddia dwytha a'r petha negyddol am yn perthynas ni, ond gyntad ag y lapion ni'n breichia am yn gilydd a chusanu roedd hi fel deffro o hunlla ar fora heulog, braf, neu ddŵad dros bwl o salwch corff a meddwl.

'Pam w't ti'n crio?' medda fi, (yn Seusnag, wrth gwrs).

'Feddylis i 'mod i wedi dy golli di,' medda hitha drwy'i dagra wrth inni fynd i mewn i'r *lounge* ac ista â'n breichia am yn gilydd ar y soffa fawr gyfforddus sy â'i chefn at y *french windows* a rar.

'Pam feddylis di hynny?'

'Toeddat ti ddim isio siarad hefo fi . . . '

'Fedrwn i ddim,' medda fi â bys ar 'y ngheg.

'Medda chdi.'

'Wir yr.'

'A phan nest ti, roeddat ti'n swnio mor bell.'

'Dau gan milltir.'

'Mewn gwlad arall.'

'Mi o'n i.'

'Dyna be o'n i'n 'feddwl. Roedd petha mor wael rhyngddan ni cyn iti fynd. Wedi bod felly ers wsnosa. Ofnis i bo chdi'n dengid orwtha'i a basat ti'n aros yno.'

'Dim ar ôl be ddigwyddodd,' medda fi ac adrodd yr hanas i gyd o pan adewis i'r tŷ y dydd Mawrth cynt i pan drosglwyddis i 'ysbail' Glyndwr Harries a'r £2.5k i ofal y cyfaill yn Brixton.

'Synnwn i ddim tasa Glyndwr Harries yn 'y nghyhuddo i o ladd Lona ac y daw'r cops yma i'n holi i.'

'Nest ti'i lladd hi?'

'Be?!'

'Sori. Oedd raid imi ofyn.'

'Oedd. Faswn i ddim, fedrwn i ddim gneud peth felly.'

'Wn i,' medda Barbara. 'Ond mi w't ti wedi bod yn wirion.'

'Do. Am y tro ola.'

'Tan y tro nesa.'

Ollyngodd Barbara fi a medda hi'n dawal, oedd yn fwy bygythiol na tasa hi'n codi'i llais: 'Ma raid iti riteirio, Dai. Toes 'na ddim dyfodol inni os na 'nei di.'

'Nagoes.'

'W't ti isio dyfodol hefo fi?'

'Ydw,' medda fi a'i feddwl o.

'Dim mwy o dor cyfraith. O unrhyw fath.'

'Be taswn i'n ca'l 'y nal yn sbidio?'

'Dwi o ddifri, Dai.'

'Wn i. Clyw. Dwi wedi blino. A'i i 'ngwely.'

'Gymri di rwbath i fyta gynta?'

'Cwsg ydw i isio, nid bwyd.'

'Ddo'i atat ti ar ôl imi orffan ryw betha sy gyn i i'w gneud yn y gegin,' medda Barbara a tharo cusan ar 'y moch i.

Y dydd Sul hwnnw oedd un o'r Sulia perffeithia ges i'n

Llundan. Codi tua naw, a Barbara a fi wedi'n hadfywio gorff ac enaid. Brecwast o ffrwytha, *croissants* a choffi yn yn cegin fawr Ffrengig ni mewn tŷ ma'i ddodran, ei gyrtans a'i bapur wal a ballu mor *français* pam bod raid inni fynd yno i fyw? Es i draw i'r ganolfan hamdden wedyn am gêm o ffwtbol pump-bob-ochor efo'r criw arferol, cymysgadd o *somethings-in-the-City*, mecanic, dau athro, gweision sifil, gyrrwr tacsi, rhei hefo'u busnesa'u hunan a hogia erill wn i ddim sut ma'n nhw'n ennill eu tamad. Fel arfar, fyddwn i'n mynd am beint hefo nhw i'r *Marquess of Queensbury*, ond y Sul hwnnw roedd 'na bobol ddiarth yn dŵad acw am ginio.

Toedd Jack Prentiss, y sgwennwr, a'i wraig Veronica, sy'n artist ac yn gerflunydd, ddim yn ddiarth iawn erbyn hynny. Gwarfodd Barbara â Jack ryw ddwy flynadd ynghynt pan nath hi *feature* arno fo ar gyfar yr *Independent*. Ddaethon nhw ymlaen hefo'i gilydd mor dda ddangosodd hi rei o'i straeon iddo fo a hefo'i gyngor o a help yr asiant gafodd o iddi mi gyhoeddodd *The New Yorker Magazine* stori wedi'i seilio ar helynt ei thad a'r *gangsters*. Ond cyn câi'r stori ei phrintio fu raid i 'Abe Weisseman' a'r coliars achubodd ei grwyn o a'i deulu adal y Blaid Gomiwnyddol.

'Be 'di'r pwynt sgwennu os na chei di ddeud y gwir?' oedd 'y nghwestiwn i pan ddarllenodd Barbara lythyr y *New Yorker* wrtha'i.

'Dim ond rhan fach o'r gwir ydy'u bod nhw'n Gomiwnyddion,' medda'r awdur yn big.

'Rhan hanfodol o'r stori yna,' medda fi. 'Ma gwadu politics 'Abe' a'i ffrindia yn eu sentimentaleiddio nhw'n stereoteips fasa'n gartrefol yn *How Green was my Valley*. Yn ôl dy dad, y gwahaniath rhwng ei blaid o a lefftis cymedrol ydy bod y Comis yn barod i fod yn gymaint o fastads â'r bastads ar yr ochor arall. Ddyla fo wbod.'

'A chditha'r bastad,' medda Barbara a thynnu'i thafod arna'i.

Driodd Barbara ddŵad allan ohoni drwy ddadla bod

sensoriaeth yn bod dan bob trefn boliticaidd a bod sgwenwyr ac artistiaid ym mhob oes wedi gorfod bod mor gyfrwys â llond ogo o lwynogod. Soniodd hi am awduron fel Molière, Bulgakov a Shakespeare oedd wedi llwyddo i ddeud eu deud er eu bod nhw'n byw dan wladwriaetha totalitaraidd.

'Twyt ti ddim yn byw mewn gwlad dotalitaraidd – eto.' Medda fi.

'*We're all living under monetarist totalitarianism,*' oedd atab merch ei thad.

Ella mai gin Jack Prentiss cafodd hi hyn'na. Toedd o ddim gymaint i'r chwith â Harry Miller ac yn lot cleniach. Blaid Lafur henffasiwn ac yn erbyn y Drefn, yn enwedig yn ei fyd o'i hun, ffilm, llyfra, theatr a'r cyfrynga. Boi diddorol iawn heblaw pan fydd o'n cwyno am sgwenwyr yn cael eu sarhau gin gynyrchwyr, cyfarwyddwyr, comisiynwyr, actorion *et al.* a'u sgriptia'n cael eu stumio a'u hambygio gin y philistiaid hynny. Ond ma gynno fo stôr o straeon doniol am *showbiz* a mi fedrith siarad am jazz, politics, crefydd, rhyw, celf ac unrhyw bwnc arall godith pan ddaw pobol gall at ei gilydd am bryd o fwyd. Mi wrandith ar farn pobol erill hefyd; toes 'na ddim byd yn Fi Fawr yn y boi er ei fod o'n enwog.

Ma'r un peth yn wir am Veronica a rheswm arall ei bod hi'n blesar bod yn eu cwmni nhw ydy byddan nhw'n anghytuno'n ffraeth ac yn ffyrnig hefo'i gilydd bob hyn a hyn; Jack hefo'i ben moel, clustia mawr, gwynab nicotîn, rhyw bedair modfadd yn fyrrach na'i wraig, yn neidio i fyny ac i lawr yn ei sêt fel mwnci'n mynd i dop y caitsh; hitha Veronica, *statuesque*, urddasol, gwallt hir oedd yn goch pan oedd hi'n ifanc ac wedi'i lifo'n ddu fel glo yn taflud cyllyll geiriol drwy rethreg ei gŵr heb gynhyrfu dim. Gafon ni'n diddanu felly'r Sul hwnnw.

Pan darodd Barbara ar Jack a Veronica mewn arddangosfa yn y Tate yn ystod yr wsnos mi feddyliodd y galla'u gwadd nhw am ginio dydd Sul esmwytho rhywfaint ar benwsnos anodd. Wrth inni slochian *Chateauneuf du Pape* rhwng y *cassoulet toulousain* a'r caws mi sonion am yr arddangosfa a mi ddangosodd Jack imi'r llun *cubist, L'équipe de Cardiff*, ar glawr y catalog: y *Tour Eiffel* a chwaraewr rygbi o Gymru yn ei grys coch, ill dau, yn ôl Jack, yn symbola o Foderniaeth ac yn dangos gwlad mor egniol, deinamig, a blaengar oedd de Cymru yn 1905 .

'Rydan ni i gyd wedi mynd i lawr rallt ers hynny,' medda fi. 'Be ddigwyddodd?'

'Dau Ryfal Byd a Dirwasgiad,' medda Barbara.

'A Streic y Glowyr a Maggie Thatcher,' medda Jack. 'Ond rydach chi wedi dŵad dros hynny, fel ma'ch Cynulliad chi'n ei brofi. Ma'n rhaid ichi ddal ati i fod yn wahanol. Mae bodolaeth Cymru yn her i'r Imperialaeth newydd sy'n ailwampio'r byd ar ddelw'r *US of A'*.

Gafodd Jack ei eni a'i fagu yn Newcastle ac un o'i ddiarhebion o ydy *'Tyneside is a Celtic nation'*. Be mae o'n feddwl ydy bod y rhan honno o Loegar wedi cael ei hegsploetio, ei dirmygu a'i diystyru`yn economaidd ac yn ddiwylliannol gin Lundan a de-ddwyrain Lloegar, 'run fath â Chymru, Iwerddon a Sgotland. Mae o a'i lach ar *the Oxbridge set* aristocrataidd a dosbarth canol ucha sy wedi tra-arglwyddiaethu dros ddiwylliant y Seuson ers canrifoedd. Yn ôl Jack, y ffor cafodd o a gwerin debyg iddo fo'u traed i mewn yn y teli pan ddechreuodd hwnnw, oedd bod y snobs yn edrach i lawr eu trwyna ar TV ac yn gweld radio fel y cyfrwng delfrydol i bobol ddiwylliedig a dysgedig fel nhw. Ond cyn bo hir mi sylweddolon bod y teli'n talu'n well o lawar ac erbyn hyn maen nhw'n sgwennu, cynhyrchu, cyfarwyddo ac yn actio bob dim welwn ni ar y bocs a dyna un rheswm pam bod y rhan fwya ohono fo'n rwtsh amherthnasol i fywyda'r rhan fwya o'r boblogaeth. 'Mae'r TV'n rhoid be ma'n nhw isio i bobol ond nid be maen nhw'i angan,' ydy pregath Prentiss.

Chydig iawn ŵyr o am y diwylliant Cymraeg ond mae

gynno fo feddwl mawr o awduron fel Gwyn Thomas, Lewis Jones a Jack Jones oedd yn sgwennu'n Seusnag. Wyddwn i ddim am fodolaeth y rheini cyn i Jack sôn wrtha'i am ei ddylad iddyn nhw. Eu disgrifiada nhw o gymdeithas a chymeriada y medra fo uniaethu hefo nhw ysbrydolodd o i ddechra sgwennu am weithiwrs, rafins, bwcis, rapscaliwns, mama, chwiorydd a chariadon byd oedd yn estron i *'the Oxbridge and Bloomsbury crowd'*.

Adawodd Veronica ddinas Corc yn un ar bymthag *'after a childhood and adolescence racked by all the clichés that inhabit the contemporary Irish novel: drunken father, downtrodden mother, cottageful of siblings, nun-ridden education, priest-ridden society'*. Toedd 'na ddim llawar o debygrwydd rhwng ei llun hi o Werddon â'r wlad o gesys, meddwon hapus, merthyron ac arwyr roedd Hywel a Luned Tomos wedi gwirioni arni. Glywis i'r ddau'n dyfaru na chafon nhw'u geni'n Wyddelod. Roedd barn Brotestanaidd, basiffistaidd Mr a Mrs Thomas ynglŷn â Werddon a'r Gwyddelod yn nes at un Veronica heblaw eu bod nhw o blaid parhad yr Iaith a hitha'n gweld marwolaeth Cymraeg a Gwyddeleg yn ddatblygiad normal ac anochal; dyla'r Cymry fanteisio ar eu meistrolaeth o'r Seusnag *'to communicate with the world and transmit your culture and values to a global audience'* medda hi.

Toedd hynny ddim ar agenda Barbara a fi. Digwydd sôn naethon ni bod ni'n dau isio symud o Lundan ond yn anghytuno ynglŷn ag i le. Roedd Jack ar dân am inni fynd *'back to your roots and bring up a Welsh-speaking family. It would be an act of resistance.'*

'Roots strangle. You'd both be bored stiff. Stay where you are,' oedd cyngor ei fusus o.

Roedd hi'n tynnu at saith pan aethon nhw ac wedi inni gliro'r bwr a rhoid y llestri'n y peiriant naethon ni fawr ddim am weddill y noson heblaw edrach drw'r papura a sbio fymryn ar y teli.

Ddeffris berfeddion nos â 'ngheg i'n sych ar ôl y gwin,

ond dim hynny ddeffrodd fi. Ro'n i'n teimlo'n euog. Yn gyfrifol am farwolaeth Lona Harries. Tasa hi a Glyn wedi 'nal i fasa fo ddim wedi'i lladd hi. Roedd hynny'n sdiwpid. Ond fedrwn i ddim peidio teimlo'n ddrwg drosti a phitïo be ddigwyddodd iddi. Hiraeth amdani hyd yn oed. Wyddwn i gymaint amdani er na chwarfis i moni rioed. Hi a'i phlania. 'Daeth i ben deithio byd.' Ma marwolaeth mor derfynol.

Fedrwn i yn 'y myw fynd yn ôl i gysgu ac wrth droi a throsi a gwingo mi ddeffris Barbara.

'Be sy?' medda hi. 'W't ti'n poeni?'

'Ma hi'n mynd i fod yn ddiflas yma'n ystod y dyddia nesa,' medda fi. 'Ddaw 'na slobs o Dre i'n holi i ac i fynd drw'r tŷ 'ma a'r siop i chwilio am rwbath i 'nghysylltu i â be ddigwyddodd i Lona Harries. Fasa'n well gin i tasach chdi'n mynd i Ffrainc fory neu drennydd yn lle dydd Sadwrn, fel roeddan ni wedi trefnu.'

'Ddoi di ddim o gwbwl?'

'Ddim nes bydda i'n glir o'r smonach yma.'

'Pryd fydd hynny? Deg dwrnod ar y mwya fedra'i aros yn Ffrainc.'

'Ddo'i atat ti gynta medra'i. Fydd arna inna angan gwylia.'

'Rho dy freichia amdana'i,' medda Barbara a throi ei chefn ata'i.

Mi 'nes i â'n llaw ar ei bron a mi gysgon.

Ddechreuodd eu diddordab nhw amlygu'i hun ben bora dydd Llun efo galwad ffôn *wrong number*. A fel o'n i'n gyrru 'nghar o Meadow Road ddaeth 'na gar slobs i 'ngwynab i o'r pen arall. Oedd 'na rei streipiog yn mynd heibio'r siop yn Dukes Avenue yn ara deg hefyd a mi ges ymholiada gin bobol oedd ddim yn dallt llawar am *antiques*.

Pan ffonis Hywel ganol y bora mi addawodd ei ysgrifenyddas basa fo'n ffonio'n ôl. Pan ffonis eto ar ôl cinio roedd o mewn cwarfod arall. Ges air hefo fo o'r diwadd, gyda'r nos. Beti atebodd yn ei hwylia gora nes imi ddeud pwy o'n i. Mi oerodd ei llais wrth iddi ddeud bod Hywel yn 'helpu Gwion hefo rhyw draethawd. Geith o dy ffonio di'n ôl?'

'Ella medri di'n helpu i,' medda fi. 'Jest cyn imi adal y Brython, fora Sadwrn, ddeudodd Barry'r barman rwbath anhygoel wrtha'i; bod Glyndwr Harries wedi'i restio am lofruddio'i gyn-wraig. Isio gwbod ydy hynny'n wir ydw i, Beti, a pha ddatblygiada fu er hynny.'

'Gei di air hefo Hywel,' medda hi.

Amseris i faint gymrodd hi i'r cyfaill ddŵad at y ffôn. Tri munud 16 eiliad. Roedd ynta mor sych â'i wraig pan atebodd o. Ac yn nerfus hefyd.

'Dei . . . ?'

'Ia . . . '

'Rydan ni i gyd mewn stad o sioc yn pen yma. Pawb yn Dre. Cwbwl fedra'i ddeud wrthach chdi ydy bod Glyndwr wedi'i gyhuddo o ladd Lona ac *on remand* yn Lerpwl. Mae o'n gwadu'r cyhuddiad. Mynnu na rhywun arall nath.'

'Toedd o ddim i weld yn foi basa'n brifo neb ond ei beshynts,' medda fi.

'Tydw i ddim yn gweld hyn'na'n ddoniol, Dei,' medda fynta.

'Na finna chwaith, Hywal. Glyn ydy'r dentist gora es i ato fo rioed.'

'Yli, Dei, dwi ar ganol helpu'r hogyn 'cw.'

'Siŵr iawn. Nos dawch, Hŵal.'

Pan es i â Barbara i Heathrow bnawn dydd Mawrth dilynodd BMW du fi yno ac yn ôl a gneud yn siŵr 'mod i'n sylwi arno fo. Wyddwn i basan nhw'n galw'n o fuan, rhag i minna hedag i rwla. Mi ddaethon chwech o'r gloch ar ei ben fora Merchar . . .

Rhag iddyn nhw gael y plesar o falu 'nrws ffrynt i mi neidis o 'ngwely, taro 'nresingown amdana a'n slipas am 'y nhraed a charlamu i lawr grisia. Drawis switshys gola'r cyntadd a'r un uwchben y drws cyn agor a gweld hannar dwsin o blismyn yn eu dillad eu hunan ar yr hiniog.

'*Good morning,*' medda fi wrth y ddau oedd ar flaen y gad, un yn dal ac yn fain ac yn colli ei wallt a'r llall dipyn iau, deg ar hugian os hynny, yn llond ei siwt lwyd. Roeddan nhw'll dau'n reit cwl ond y pedwar tu ôl iddyn nhw yn ysu i i ruthro i mewn i'r tŷ a'i falu o a fi'n rhacs.

'Bora da, Mr Davies,' medda'r moelyn a chyflwyno'i hun a'i fêt imi. 'Ditectif-arolygydd John Lloyd-Williams a ditectif-gwnstabl Jason Greene ydan ni, o Heddlu Gogledd Cymru ac aeloda o'ch heddlu lleol chi ydy'r cyfeillion sydd hefo ni. Rydan ni ar hyn o bryd yn ymchwilio i lofruddiaeth Mrs Lona Harries yr wsnos dwytha ac wedi cael gwarant i'ch holi chi ynglŷn â'r digwyddiad ac i archwilio'ch catra chi a'ch siop chi yn Dukes Avenue, Muswell Hill rhag ofn bod yno dystiolaeth o ryw fath alla helpu'n hymholiada ni.'

'Dowch i mewn,' medda fi a chamu'n ôl er mwyn i'r ddau Gymro a'r pedwar eliffant o Sais lenwi'r cyntedd. Ddechreuodd y Seuson ar eu gwaith ar unwaith dan arweiniad Greene tra awgrymodd Lloyd-Williams ella baswn i'n lecio 'ymweld â'r bathrwm' a gwisgo amdana cyn dŵad hefo nhw i stesion leol i gael yn holi. Ddath o i fyny ar f'ôl i a gosod ei din ar gopi arbennig o dda o gadar *Chippendale* ar y landin tra gnes i'n hun yn barod.

Gymris i'n amsar i molchi ac i wisgo 'nillad gwaith arferol – siwt lwyd heb fod yn rhy ffurfiol, crys glas gola, tei las tywyll a sgidia duon. Toedd yr inspector ddim yn disgwl imi edrach mor barchus. 'Oeddach chi'n nabod Mrs Harries, Mr Davies?' medda fo wrth inni fynd i lawr grisia.

'Nag o'n,' medda fi. 'Welis i hi ddwywaith. Unwaith mewn parti yn nhŷ'n ffrind, Owain Thomas, bedair, bum mlynadd yn ôl ac wedyn, o bell, hefo'i gŵr, yn y Brython, nos Wenar dwytha.'

'Rydach chi'n nabod Mr Harries yn reit dda?'

'Nagdw.'

'Gafon ni'r argraff eich bod chi'n dipyn o lawia.'

'Do wir?'

'Do wir. Ga'i ofyn ichi am oriada'r adeilad yma a'ch siop chi, Mr Davies?'

Wedi imi'u rhoid nhw iddo fo ac egluro prun oedd prun mi alwodd yr Inspector ar Greene a phan ddath hwnnw i'r cyntedd o'r stydi lle bydd Barbara'n sgwennu, mi orchmynnodd Lloyd-Williams iddo fo aros hefo fi tra bydda fo'i hun yn cael gair hefo'r lleill.

'Lle neis gin ti'n fan hyn, Davies,' medda Greene a'i wên o'n awgrymu 'ond mi w't ti yn y cach rŵan, washi.'

'Diolch yn fawr,' medda fi.

'*Proceeds of ill-gotten gains*, ia?'

'Ia. Ma hynny'n lot haws na gweitho a tw't ti ddim yn talu *tax*.'

'Gei di dalu, mêt,' medda'r plisman a'i llgada'n culhau'n broffesiynol.

'Ydach chi'n barod 'ta hogia?' medda Lloyd-Williams wrth ymuno hefo ni a phwyntio at y drws ffrynt oedd heb ei gau er pan gyrhaeddon nhw.

'Tyd 'laen,' medda Green â hergwd imi hefo'i ysgwydd.

Roedd eu car wedi'i barcio ar draws ceg y dreif a dau gopar mewn iwnifform yn pwyso arno fo dan smocio'n slei bach. Daflon nhw'u ffags pan welon nhw ni ac agorodd un y drws cefn.

'Gobeithio na fydd ddim ots gynnoch chi ista'n cefn rhwng Jason a fi, David?' medda Lloyd-Williams a mynd rownd i'r ochor arall.

'Sgin ti ddim dewis eniwe,' medda Greene a gwthio 'mhen i lawr fel byddan nhw mewn *cop-shows* ar y teli. Mi gafodd 'mhenelin i'n ei fol a'n sowdwl ar flaen ei esgid nes bod bysadd ei droed dde o'n crensian.

'Ladda'i chdi'r bastad!' medda Jason Greene ar dop ei lais a chythru imi.

Tasa'r ddau Sais a Lloyd-Williams heb ei ddal o'n ôl mi fasa wedi'n leinio i.

'Oes raid ichdi ddangos dy hun o flaen rhein?' medda Lloyd-Williams dan ei anadl.

'Asoltiodd y basdad fi,' medda'r ditectif-gwnstabl wrth i mi fynd i mewn i'r car fel oen bach. Pan steddodd o wrth yn ymyl i wenis i jest ddigon i'w bryfocio fo heb i'w fòs o sylwi.

Tydy'r slobfa gosa ddim yn bell o tŷ ni ond aethon ni heibio hi a dwn 'im faint o rei erill. Mynd o Muswell Hill ar hyd yr A504 drwy East Finchley, lle stopion ni i'r glas oedd ddim yn gyrru fynd allan i brynu coffi i'r tri ohonan ni'n y cefn a dwy ham rôl i mi.

Am yr A406 wedyn. Feddylis i 'bod nhw am fynd â fi'n ôl i Gymru ond yn lle troi tua'r Gorllewin aethon ni'r ffor arall. Roedd y *North Circular* a'i chylchfanna, ei goleuada a'i thwneli, fel bydd hi bob bora, â'i llond o lorïa anfarth a thagfeydd. Yn ara a herciog iawn yr aethon ni heibio Golders Green, Finchley, Wood Green, Tottenham, Harringey, Walthamstow ac yn y blaen.

Pwrpas hyn oedd gneud imi boeni lle oeddan nhw'n mynd â fi a rhoid digon o amsar i'r slobs yn y tŷ a'r siop ffendio tystiolaeth i 'nghysylltu i hefo marwolaeth Lona Harries. Ddeudis i'r un gair. Dim ond gwenu'n ôl pan fydda'r Inspector yn gwenu arna i ac ar Greene pan fydda hwnnw'n sbio'n hyll.

Ar ôl ryw awr a hannar roeddan ni allan yn y wlad. Wel, Epping Forest, sy'n lle braf i fynd am dro neu bicnic. Ac i ryw gilfach hefo byrdda a meincia a swings aballu yr aethon ni ar ôl gadal yr A406.

Roedd hi'n fora reit braf, mwy fel gwanwyn na hydref. 'Cymylog gydag ysbeidiau heulog' fel byddan nhw'n deud.

'*You two lads can stretch your legs for twenty mintues,*' medda Lloyd-Williams wrth y gyrrwr a'i fêt. '*We're going to be talking Welsh and you'll only think it's about you.*'

'*Not to worry, sir,*' medda'r gyrrwr '*We're quite used to people talking about us in strange tongues.'*

'Neith mymryn o awyr iach, os oes y fath beth i gael yn Llundan, ddim drwg i ninna,' medda'r Inspector ac aethon ni i gyd allan o'r car.

'Baaa! Baaa!' medda'r gyrrwr pan oeddan nhw rhyw bumllath orwthan ni a mi aethon yn eu blaena dan biffian chwerthin.

'Penna bach!' medda Greene.

Wrth i Lloyd-Williams yn tywys ni at at fwr a mainc sownd-yn-ei-gilydd dan goedan dderwan fawr mi ges gyfla i edrach yn fanwl arno fo a Greene am y tro cynta. Y bòs yn ei bumdega, yn dal a main ac yn moeli. Siwt frethyn lwydwyrdd, rincliog, rychiog amdano fo. Darn cul ei dei gwyrdd tywyll yn hirach na'r darn llydan. Toedd yr Arolygydd John Lloyd-Williams ddim yn 'blisman drama' – o bell ffor, fel ffendis i – ond ma'i debyg o ar y bocs yn reit amal. Hen foi rhadlon, cymdeithasol, mwy o gydymdeimlad hefo'r werin na'r crach ond yn dipyn o gadno ac yn barod i droi tu min at griminal, aeloda busneslyd neu bwysig o'r cyhoedd a phlismyn erill pan eith petha'n flêr. Jack Frost/David Jason neu, inspectors y nofela ditectif Cymraeg ddarllenis i ers talwm yn Tegfan. Maigret oedd yr *archetype* a mi oedd John Lloyd-Williams hefyd yn sgut am ei getyn.

Alla Jason Greene fod un o *front-row forwards* Lloegar ar ei ffor i Buckingham Palace neu 10 Downing Street yn ei siwt ora. Roedd ei ben o'r un siap â phel rygbi ond yn fwy, a gwallt brown cwta, cwta fel cap *suede* am ei gorun.

'Ma'n siŵr dy fod ti'n methu dallt pam yn bod ni wedi dŵad â chdi am dro i'r wlad, David?' medda'r Inspector wrth inni ista. Ddeudis i ddim a mi ath yn ei flaen. 'Dim byd sinistr, gyfaill. Jest nad ydyn nhw'n barod amdanan ni'n y stesion yn Walthamstow lle byddwn ni'n cynnal y cyfweliad swyddogol. Ond mi rydd gyfla i Jason a finna egluro be 'di'r cefndir i hyn i gyd. Jason?'

'Ma Glyndwr Harries *on remand* ar gyhuddiad o ladd

Lona Harries, ei ex, nos Wenar dwytha,' medda Greene. 'Mae o'n gwadu'r cyhuddiad ac i weld yn *genuinely upset* gin farwolaeth Lona. Pan ofynnon ni iddo fo pwy arall alla fod wedi'i lladd hi, mi enwodd o chdi. David.'

Boerodd Greene yn enw i o'i geg fel rheg neu wenwyn.

'Ddeudith ddyn rwbath yn y fath sefyllfa,' medda fi. 'Ond pam fi?'

'Am fod Mr Harries yn deud iddo fo roid set o oriada fflat Mrs Harries ichdi, David,' medda'r Inspector, 'a dy fod titha wedi cytuno, am *fee* o bum mil o bunna, i fynd i mewn i'r fflat, torri i mewn i seff Mrs Harries a chymryd ohoni gasgliad o jiwylri a phetha gwerthfawr roedd o, Mr Harries, yn mynnu mai fo oedd pia nhw.'

'Mi ofynnodd Glyndwr Harries imi neud hynny pan es i ato fo fel *patient*,' medda fi.

'Gytunist di a roddodd ynta'r goriada ichdi!' medda Greene yn eiddgar.

'Gytunis i i feddwl dros y cynnig,' medda fi, 'ac i alw i weld o fora Sadwrn i ddeud be o'n i wedi'i benderfynu. Fasa fo'n rhoid y goriada imi taswn i'n cytuno. Roedd Mr Harries wedi clŵad 'mod i wedi bod yn gneud y math yna o beth ar un adag. Ond rydw i'n 'troedio'r llwybr cul' ers blynyddoedd, bellach, Mr Greene.'

'Deud ti,' medda Greene.

'Ffaith.'

'Pam gnest ti'r tro yma?' medda Lloyd-Williams.

''Nes i ddim, Inspector. A mi es i i Ffordd y Gaer, fora Sadwrn, efo'r bwriad o ddeud wrth Harries 'mod i'n gwrthod ei gynnig o,' medda fi. 'Pan welis i ddau gar polîs tu allan i'r tŷ feddylis i basa'n gallach imi'i throi hi am adra. Y peth dwytha ma rhywun â record fel sy gin i ydy ca'l ei gysylltu hefo rhywun sy mewn trwbwl hefo'r heddlu.'

'Mae Glyndwr Harries yn deud ei fod o wedi rhoid y goriada ichdi nos Iau,' medda Lloyd-Williams

'Ydy o wir?'

'Dwi'n 'i goelio fo, Davies,' medda'r ditectif-gwnstabl, yn cynhyrfu. 'Roddodd o'r goriada ichdi a 'nes di'u hiwsio nhw.'

'Naddo. Ddwywaith.'

'Dim ei hex hi oedd yr unig *visitor* gafodd Lona Harries nos Wenar,' medda Greene a'i lais o'n codi.'

'Naci?' medda fi gan obeithio toedd yn llais i ddim yn crynu gymaint â'n stumog a 'nhin i.

Sylwodd Greene ei fod o wedi taro man gwan a mynd am y *jugular*. Waeddodd o'n fuddugoliaethus i 'ngwynab i: 'Rhywun adawodd alwyni o'i *DNA* dros Lona a'i dillad gwely hi!'

Gymerodd hi eiliad neu ddau imi sylweddoli be oedd o wedi'i ddeud a mi wenodd y ddau blisman ar ei gilydd, yn siŵr 'mod i wedi cael y farwol. Ond yn lle crio mi chwerthis. Llond 'y mol. O ryddhad. Ac am ben y twat, Greene.

'Pam w't ti'n chwerthin, David?' medda'r Inspector a mi sobris ar unwaith.

'Am fod Mr Greene wedi trio 'nychryn i mewn ffor mor blentynnaidd,' medda fi. 'Fydd yn Ni-En-Ê i ddim byd tebyg i be sy gynnoch chi.'

'Gawn ni weld,' medda Lloyd-Williams.

'Cewch. Be gymwch chi? Piso, poer neu waed? Neu ddiferyn o'r tri?

'*Cocky bastard!*' medda Greene dan sgyrnygu. 'Gawn ni chdi am *conspiracy* os na chawn ni chdi am ddim byd arall.'

Ddeudis i ddim byd, dim ond gwenu a mi oedd y siom ar wyneba'r ddau slob yn dangos mai fi enillodd y rownd honno.

'Dos i chwilio am y ddau gyfaill, Jason,' medda Lloyd-Williams yn dadol. 'Deud wrthyn nhw yn bod ni'n barod i godi'n pac.'

'OK, Bòs,' medda Greene yn dal yn ei hyll a ffwr â fo i gyfeiriad y llwyni rhodedendron y diflannodd y ddau blisman arall i'w canol nhw.

'Ma gin yr hogyn deimlada cry ynglŷn â'r achos arbennig yma, David,' medda'r Inspector fel tasa fo'n ymddiheuro. 'Mi oedd o a Mrs Harries yn dipyn o ffrindia.'

'Oeddan nhw?' medda fi a'n aelia i'n awgrymu'u bod nhw'n fwy na ffrindia.

'Dim byd felly,' medda'r Inspector yn big. 'Be haru ti? Ma'r hogyn yn hapus iawn hefo Llinos a'u dwy hogan bach.'

'Neis iawn.'

'Ma Jason yn dipyn o sborstman. Helpodd Mrs Harries lawar arno fo pan oedd o'n ddisgybl yn Ysgol Dre a hitha'n ditsiar yno. Yn ei siop hi fydda fo'n prynu'i gêr i gyd. Nid y fo fydd yr unig un i weld chwith ar ei hôl hi. Mi oedd Lona Harries yn ddynas boblogaidd iawn tua'r Dre 'cw.'

Ofynnis i os na rygbi oedd gêm y ditectif-gwnstabl.

'Naci, David,' medda'r Inspector â rhybudd yn ei lais, 'Karate. Mae o wedi cynrychioli Cymru yn y gêm, os mai gêm ydy hi. A hynny er ei fod o'n Sais wedi'i eni'n Salford. Smudodd rhieni Jason i gadw'r Post yn Rhoslas pan oedd o'n hogyn bach. Faint soniodd Glyndwr Harries wrthat ti am y jiwylri ofynnodd o ichdi di eu recwisisionio?'

'Bod 'na werth ryw £50,000 yno. Ei fod o wedi'u derbyn nhw fel 'rhoddion' gin rei o'i gwsmeriad i osgoi talu treth incwm. Bod Lona wedi gneud yn dda iawn o'r ysgariad a nad oedd gynni hi hawl i'w cadw nhw.'

'Toedd 'na'r un fodrwy, darn aur na mwclis yn y seff pan agoron ni hi. Od 'te?'

'Beryg bod Lona'n eu cuddiad nhw'n rhwla arall."

'Ddeudodd Lona wrth Glyn eu bod nhw'n "saff yn y seff". Dyna'i geiria hi.'

'Medda fo.'

'Ma Mr Harries yn dy gyhuddo di o gymryd y jiwylri, David, ac o ladd ei gyn-wraig.'

'Tydw i ddim yn synnu.'

Roddodd Greene, oedd wedi dŵad yn ei ôl atan ni, ei big i mewn.

'Dim hi fasa'r ddynas gynta ichdi'i lladd.'

Ddeudis i ddim. Wyddwn i be oedd yn dŵad nesa.

'Chdi laddodd yr hen wraig honno. Mrs Henley oedd ei henw hi?' medda Greene yn rêl llanc. 'Roddist di hartan iddi do, pan dorrist ti i mewn i'w thŷ hi. Lwc i chdi ddath hi ddim ati'i hun ne' fasa chdi'n dal i mewn am *manslaughter*. O leia.'

'Strôc gafodd Mrs Henley wrth drafod *antiques* oedd hi isio'i gwerthu imi,' medda fi. 'Taswn i ddim yno mi fydda hi . . . '

'Wedi marw? Fuo hi farw'n o fuan wedyn. Tasat ti heb dorri i mewn i'w thŷ hi, fasa hi'n dal yn fyw hiddiw.'

Drois i at Lloyd-Williams a deud: 'Dwi ddim am atab rhagor o'ch cwestiyna chi na gwrando ar hwn yn palu clwydda amdana'i heb dwrna, Inspector.'

'Siŵr iawn, fachgan, siŵr iawn,' medda Lloyd-Williams gan wenu i ddangos ei fod o a fi'n ffrindia. 'Fydd hi'n rhyfadd dy holi di'n Saesneg. Go brin cei di dwrna Cymraeg yn pen yma.'

'Holwch fi'n Gymraeg,' medda fi, 'Gyfieithia i, os bydd raid. Dim ond bod rhywun yno i neud yn siŵr na cha'i 'nghamdrin gynnoch chi.'

'Ddeudodd rhen D.T Thomas, heddwch i'w lwch, ddeudodd yr hen bererin wrtha'i dy fod ti'n dipyn o Gymro, chwara teg ichdi,' medda'r Inspector. 'Roedd gynno fo feddwl uchal ohonach chdi. "Roedd Hywel ni a Dei fel dau frawd", medda fo.'

Ddeudis i ddim ond roedd 'na gwestiwn ar 'y ngwynab a'r plisman yn falch o'r cyfla i'w atab.

'Dwi'n flaenor yn Horeb ers blynyddoedd, fachgan. Yn Ben Blaenor, erbyn hyn, am 'y mhechoda. Mi o'n i a 'ngweinidog yn dipyn o *chums*. Ac fel gwyddost ti, os buo 'na "gymorth hawdd ei gael mewn cyfyngder" rioed, yn stydi'r Gweinidog y caet ti o. Fuost titha'n seiadu hefo fo o bryd i'w gilydd, Dei?'

'Do,' medda fi â gwên am wên.

'Mi driodd D.T. ddwyn perswâd arnat ti i "droedio'r llwybr cul", os dalltis i'n iawn? I "ddychwelyd i'r gorlan"?' Roedd yn meddwl i'n gweiddi ar y ddau blisman o Sais 'Lle ddiawl ydach chi pan ma rywun isio chi?' wrth imi atab mewn llais mor dduwiol ag y medrwn i:

'Fuo dylanwad Mr Thomas, a Mrs Thomas hefyd, yn llesol iawn imi er pan o'n i'n hogyn bach.'

Godis oddar y fainc a gofyn: 'Fasa'r ots gynnoch chi taswn i'n stwytho mymryn ar 'y nghoesa? Ma'n debyg na ista byddwn ni am sbel eto?'

'Ar bob cyfri, fachgan. Ddo'i hefo chdi,' medda'r Inspector a chodi'r un pryd â fi. Ac ychwanegu wrth sbio dros yn ysgwydd i. 'Awn ni ddim ymhell. Dyma nhw'n eu hola.'

Mi aeth y cyfweliad yn slobfa Walthamstow yn reit dda am na fi elwodd fwya ar y rihyrsal yn Epping Forest. Roedd 'y nhwrna i mor ifanc, anodd credu ei bod hi wedi pasio'i Lefel A heb sôn am raddio. Carol Mcloughlin oedd ei henw hi; Gwyddelas o'r ail genhedlaeth yn Llundan ac yn ddigon bodlon i wrando ar y ddau blisman a fi'n parablu'n Gymraeg heb ddallt gair. Fyddwn i'n egluro iddi bob hyn a hyn be oeddan ni'n ddeud, i mi gael amsar i feddwl . . .

Mi sgwennis ddatganiad iddyn nhw ar ddiwadd y cyfweliad a'i gyfieithu o i Carol. Dyma'r gwreiddiol:

Dydd Mawrth, Tachwedd 9fed roeddwn yn angladd y Parch. Deiniol Thomas yng nghapel Horeb. Y bore wedyn, dydd Mercher 10fed, euthum am dro o amgylch y dref cyn cychwyn am adref. Deuthum ar draws criw o fechgyn yn chwarae pêl-droed ger stad gyngor Maes Gwyrfai ac ymuno yn y gêm. Yn ystod y gêm daeth pen un o'r bechgyn i wrthdrawiad â fy ngheg a malu dant. Trefnodd fy nghyfaill Hywel Thomas, mab y Parch. Deiniol Thomas, imi fynd i weld deintydd ar unwaith. Ei gyfaill o, Mr Glyndwr Harries oedd hwnnw.

Euthum i Ddeintyddfa Mr Harries yn y Maes, ar unwaith. Cynigiodd Mr Harries dynnu bonyn y dant oedd wedi malu, gosod un arall yn ei le a rhoi triniaeth am bris rhesymol dros ben i ddanedd eraill oedd angen sylw. Derbyniais ei gynnig a mynd yn ôl i'r Ddeintyddfa y bore wedyn, dydd Iau yr 11eg o Dachwedd. Ar ddiwedd y sesiwn honno dywedodd Mr Harries wrthyf ei fod yn gwybod am fy ngyrfa droseddol a gofyn imi fynd i mewn i fflat ei gyn-wraig, Lona yn Stryd Bangor a chymryd o seff yno emwaith a phethau gwerthfawr eraill oedd, yn ôl Mr Harries, yn eiddo iddo fo ac nid i'w gyn-wraig. Roedd o'n awyddus i'w cael nhw'n ôl i'w feddiant am fod Mrs Harries yn bwriadu mynd am daith rownd y byd gyda'i chariad yn y dyfodol agos. Dywedais y buaswn yn meddwl dros y cynig ac yn galw yng nghartref Mr Harries yn Ffordd y Gaer y bore Sadwrn canlynol, Tachwedd y 13eg, i roid gwybod iddo a oeddwn am wneud y 'job' ac i gael goriadau'r fflat ganddo pe byddai fy ateb yn un cadarnhaol.

Nos Wener, Tachwedd y 12fed, roeddwn ym mar mawr gwesty'r Brython lle'r oeddwn yn aros a gwelais Mr Harries yno gyda chriw o ffrindiau. Nid wyf yn meddwl i Mr Harries fy ngweld i. Gofynnais i'r barman pwy oedd y ddynes yn eistedd wrth ymyl Mr Harries am ei fod o a hi yn annwyl iawn hefo'i gilydd ac am fy mod i'n gwybod bod Mr Harries wedi dyweddïo hefo'i nyrs, Miss Heulwen Williams. Dywedodd y barman mai Mrs Lona Harries, cyn-wraig Mr Harries oedd y ddynes. Dyna un o ddau dro imi weld Mrs Harries. Y tro o'r blaen oedd flynyddoedd ynghynt mewn parti yng nghartref Mr Owain T. Thomas, mab hynaf y Parch. Deiniol Thomas.

Tua naw o'r gloch sylwais ar Mr a Mrs Harries yn gadael y bar gyda'i gilydd.

Ryw hanner awr wedyn euthum innau i fy llofft.

Fore dydd Sadwrn, ar ôl brecwast, euthum yn fy nghar i Ffordd y Gaer gyda'r bwriad o ddeud wrth Mr Harries nad oeddwn am dderbyn ei gynig ond pan welais ddau o geir yr Heddlu wedi eu parcio o flaen ei gartref, penderfynais mai *doethach fyddai dychwelyd i Lundain heb siarad hefo fo.*

Pan euthum yn fy ôl i'r Brython i nôl fy mhethau a thalu fy mil daeth Mr Barry Jones, y barman, ataf a dweud bod Glyndwr Harries wedi ei arestio a'i gyhuddo o ladd ei gynwraig, Lona. Roeddwn wedi fy syfrdanu ac yn methu credu'r peth.

Ar ôl mynd yn fy ôl i Lundain ffoniais Mr Hywel Thomas i holi a oedd yr hyn yr oedd Barry Jones wedi ei ddeud wrthyf yn wir ac fe gadarnhaodd Mr Thomas ei fod o.

'Diolch yn fawr, Dei. Mi fydd hwn o help mawr inni. Fel bob dim ddeudist di wrthan ni a sy wedi'i ricordio. Diolch ichdi am fod mor ewyllysgar.'

Toedd Greene ddim mor impresd. 'Hmm!' medda fo'n feirniadol 'Ma 'na ddwy n yn *cynnig* ac yn *dannedd*.'

'Rydan ni'n mynd i dy restio di rŵan,' medda Lloyd-Williams ac aros dau guriad dan syllu ar 'y ngwynab i i weld a o'n i wedi dychryn cyn mynd yn ei flaen, 'a dy ryddhau di ar fechnïaeth, *police bail*, rhag ofn byddwn ni isio gair efo chdi eto rywbryd. Y cwbwl mae o'n olygu, fel gwyddost ti'n iawn, ydy bydd gofyn ichdi i bicio i mewn i fan hyn unwaith yr wsnos tra byddwn ni'n meddwl medri di'n helpu ni.'

'Cofia bydd hogia ni'n pen yma'n cadw golwg arnach chdi,' medda Greene. 'A phaid â meddwl dilyn dy fodan i Ffrainc. Ei di ddim pellach na Heathrow.'

'*What did he say?*' medda Carol McLoughlin, y dwrneias.

'*I think Mr Greene is insinuating that I'm still the prime suspect in the murder case,*' medda fi gan wenu ar y ddau slob. '*I'm scared stiff.*'

Dial

Toedd y Glas ddim wedi malu dim byd yn 27 Meadow Drive na'r siop, na hyd yn oed gadal llanast ond yn y ddau le mi rois glwt dros bob dim oedd wedi'i symud o'i le arferol i ga'l gwarad o hoel eu bacha nhw.

Ffonis B. wedyn i ddeud be oedd wedi digwydd. Toeddwn i ddim yn siŵr a oedd Greene yn blyffio pan ddeudodd o cawn i'n stopio'n Heathrow ond toedd gin i ddim blys rhoi praw ar hynny. Na ffansi dengid i Ffrainc tra bod 'na betha'n digwydd yn Dre alla effeithio ar weddill 'y mywyd i.

Mi oedd 'na jobsys oedd raid imi'u gneud, rhei oedd wedi hel tra bu's i o adra: llythyra i'w hatab a'u sgwennu, ordors i'w postio, ffurflenni VAT i'w llenwi ac yn y blaen. A dydd Gwenar mi es i Sothebys dros gwsmar i fidio am *cameo glass vase* wedi'i llofnodi gin George Woodall, un o'r meistri. Mi ath honno am filodd mwy nag oedd o'n barod i dalu. Wast ar bnawn.

Mi ges benwsnos o hel meddylia a beio'n hun. Beio'r Parch. D.T. Thomas hefyd. Tasa fo heb farw pan nath o a Glyndwr Harries heb falu awyr am Drefn Rhagluniaeth a'i ddyléd i'r Bugail Da faswn i ddim yn y fath boitsh.

Erbyn nos Sul ro'n i wedi ca'l llond bol a bora dydd Llun, ar ôl gwirio *security*'r tŷ a'r siop, mi ffonis y polîs lleol i ddeud bo fi'n mynd i'r Dre ar fusnas, byddwn i'n aros yn y Brython

114

ac yn riportio unwaith yr wsnos yn slobfa Maes Clinca.

Wedyn mi ffonis Barbara i ddeud be o'n i wedi'i benderfynu. Toedd hi ddim yn lecio be glywodd hi. Meddwl basa'n saffach imi gadw draw a gadal i'r helynt ei sortio'i hun allan. Ddeudis i bod gin i ofn i hynny ddigwydd a finna'n fwch dihangol. Ei hatab hi oedd, 'OK. Dos. Ond dwi isio ichdi fynd â dy laptop hefo chdi a gaddo e-bostio adroddiad ata'i bob nos am be w't ti wedi bod yn neud y dwrnod hwnnw.'

'Be sy?' medda fi. 'Yr awen wedi gwywo yng ngwres yr haul? Cofia mai fi bia'r hawlfraint ar bob dim sgwenna'i atach chdi.'

A finna ar fin madal ges ffôn gin y ddynas sy'n gyfrifol am *Human Resources* un o *NHS Trusts* mwya Llundan. Roeddan nhw'n mynd i breifateiddio gwasanaetha llnau ryw hosbitol ac isio imi ffendio sut basa'r undeba'n ymatab. Fasan nhw'n annog streic? Faint o gonsesiyna fasa raid i'r *Trust* neud, etc.

'*I'm sorry,*' medda fi, '*I have to go to Wales on family business, following a bereavement,*' a mi oedd y ddynas yn llawn cydymdeimlad.

Fasa B, wedi bod o'i cho taswn i wedi derbyn contract i sbeio ar undab. Hogan ei thad eto. Dyna pam baswn i wedi gneud rhyw esgus beth bynnag. Dyna'r unig reswm. Tydy hi ddim fel tasan ni'n byw yn oes Lord Penrhyn a Powell Dyffryn. Fel dwi'n ei gweld hi, dwy gang yn cwffio am damad mwy o'r gacan iddyn nhw'u hunan ydy corfforaetha mawr ac undebau. Pawb drosto'i hun a'r Diawl dros bawb ydy hi arnan ni, ddynion busnas bach.

Roddis i'r ffôn i lawr, pacio a nelu blaen y Mondeo at yr A406, yr A40, yr M6 a Gwlad y Menyg Gwynion.

Roedd Barry â'i gefn at y cowntar ac yn ffidlan efo un o'i optics pan gerddis i mewn i far mawr y Brython.

'Ga'i hannar o lager siandi?' medda fi.

'Iesu Grist o'r Sowth Pôl!' medda'r barman pan welodd o fi.

'Naci. David Davies o Muswell Hill,' medda fi.

'Be ffwc w't ti'n neud fan hyn?'

'Trio prynu hannar o lager siandi.'

Dolltodd Barry'r cwrw a'r lemonêd i wydryn dan stagio arna i fel tasa gin i faw trwyn dros 'y ngwynab a chachu ci dan wadan yn esgid . . .

'Alwodd dau slob o'r Dre 'ma i 'ngweld i wsnos dwytha,' medda fi wrth iddo fo roid 'y mhres i'n y til. 'Oeddan nhw fel tasan nhw'n meddwl na fi laddodd Lona Harries.'

'Dim nhw 'di'r unig rei,' medda Barry wrth daro'n newid i ar y cowntar o 'mlaen i. 'Chdi nath?'

'Faswn i yma'n siarad hefo chdi taswn i wedi gneud?'

'The murderer always returns to the scene of the crime.'

'Yn pa gomic ddarllenis di hyn'na?'

'Beano.'

'Gawn ni sgwrs?'

'Dwi'n brysur.'

'Wyt,' medda fi a bwrw golwg dros haid o lysiwrs anweledig oedd yn pwyso ar y bar. Ath ynta'n ôl i osod optic ar botal Bell's a rhoid honno'n ei lle.

'Ddim fi laddodd Lona, Barry,' medda fi. Toedd y barman ddim fel tasa fo'n gwrando arna'i ond mi es yn 'y mlaen. 'Hawdd dallt pam bod Glyndwr yn beio rhywun arall. A mi fasan well gin y slobs 'ngha'l i nag aelod parchus o ddosbarth canol Dre. Os meddylian nhw gawn nhw getawê hefo hynny, mi 'nân. Dwi isio gwbod pwy fasa isio lladd Lona Harries, a pham, imi fedru amddiffyn yn hun.'

'Pam na ofynni di i dy fodan?' medda'r barman dros ei ysgwydd.

'Pa fodan?'

'Honno fuo'n ca'l cinio hefo chdi yma. Luned Tomos. Hi 'di twrna'r dentist.'

'Fasa hynny ddim yn syniad da.'

116

'Na fasa ma'n debyg,' medda Barry a gwllwng joch o wisgi i wydryn i neud yn siŵr bod yr optic yn gweithio a'i lyncu o ar ei dalcan rhag ei wastraffu o. Drodd i ngwynebu i wedyn a deud, 'A deud y gwir yn onast wrthach chdi, ia, tydw i ddim yn meddwl na chdi laddodd hi.'

'Nagwyt?'

'Dy destio di o'n i rŵan, i weld os o'n i'n iawn. Ddeudis i wrth Greene bod chdi'n apirio'n *genuinely shocked* pan sonis i wrthach chdi am Lona. Oedd o'n reit big. "Ma Davies yn *master criminal*," medda fo. "Wedi hen arfar deud clwydda a chuddiad ei deimlada."'

'*Not guilty on all counts, your honour,*' medda fi a phrofi bod y ddau gyhuddiad ola'n wir. Faswn i'n lecio sgwrs gall hefo chdi, Barry. 'Ga'i brynu swpar ichdi'n *chinks* Maes ar ôl ichdi orffan heno?'

'Dwi *off* heno. Gei di brynu peint neu ddau imi'n Pendre Vaults. Wela'i chdi yno am saith.'

Ma'r Pendref Vaults ar gongol ucha Sgwâr Pendref, rhyw ddauganllath o bigyn y graig sy'n edrach i lawr ar y Dre. Adeilad nobl ar siap V ond pyb bach cyfyng sy tu mewn. *Saloon bar* rhyw ddegllath o hyd a thair o led yn cynnwys y cowntar a'r silffoedd poteli, hefo mainc hir â'i chefn at ddwy ffenast *smoked glass*, dau fwr bach a chadeiria yn pen pella orwth y drws, a dwy stôl dal wrth y cowntar. Mae 'na adwy i'r barman a drws i'r cwsmeriad yn cysylltu'r *Saloon* hefo'r *Lounge* yn y cefn sydd â jest digon o le i fwr *pool* a chydig o fyrdda a chadeiria.

Toedd 'na neb yn y bar pan es i i mewn heblaw'r flondan potal yn siarad Cymraeg Sowth ar y teli ond mi oedd y *Sun* neu'r *Mirror* wedi'i agor ar y cowntar wrth ymyl peint o fityr ar ei hannar a ffag yn mygu mewn ashtre. Trw'r adwy rhwng y ddau far mi glywn beli *pool* yn clecian yn erbyn ei gilydd.

Roedd y barman yn sefyll yn yr adwy'n gwatshad y gêm. Mi syllis ar gefn ei grys ffwtbol coch o a Steven Gerrard am hannar munud cyn rhoid pesychiad poléit.

Arhosodd y barman i'r chwaraewr gymryd ei siot cyn troi ei ben a deud, 'Ddo'i atach chdi rŵan'. Tair siot arall a diwadd y gêm ac mi ddath, yn foi bychan, tena efo mwstash cul ar ei wefus isa. 'Ia?' medda fo'n swta a rhoid y ffag oedd yn yr ashtre'n ei geg, llyncu'r mwg a'i rhoid hi'n ôl.

'Potelad o ddŵr byrlymus,' medda fi.

'Be?'

'Sparkling mineral water?'

'Sgin i ddim.'

'Orange juice?'

Gymrodd y barman botal fechan o silff isal tu ôl iddo fo a thollti'r cynnwys i wydryn hannar peint heb handlan.

'Ydy Barry yn bar cefn?' Medda fi wrth roid papur pumpunt ar y cowntar i dalu.

'Pa Barry?'

'Barman Brython.'

'Pwy sy'n holi?'

'David Davies.'

Newidiodd y boi drwyddo. 'Y David Davies?' medda fo'n glên, fel taswn i'n seléb. 'Ddeuda'i wrth Barry bo chdi yma.'

'A gofyn iddo fo be mae o'n yfad.'

'Guinness,' medda Steve a mynd efo 'mhumpunt i at yr adwy a gweiddi, 'Ma dy fêt di wedi cyrradd, Bar.'

Glywis i lais Barry'n deud 'Deud do'i ato fo pen dau funud', a ddath y llall yn ei ôl i ailadrodd y negas a thollti'r Guinness. Tra oedd o wrthi wrandewis i ar y flondan yn gwironi wrth holi actoras ifanc oedd newydd ennill 'rôl flaenllaw' mewn *musical* yn y West End – prawf digamsyniol bod Cymru'n dal i haeddu cael ei chydnabod fel 'Gwlad y Gân'.

'Sori am hyn'na,' medda Barry pan gyrhaeddodd o ymhen ryw bum munud. 'Collwr gwael a thalwr gwaeth ydy'r boi guris i.'

Toeddwn i ddim yn siŵr os na barman y Brython oedd o

pan welis i o gynta, oedd o'n edrach mor wahanol yn iwnifform dynion ifanc Dre, crys ffwtbol – *Man U.* oedd Barry'n gefnogi – jîns a trenyrs. 'Steddwn ni?' medda fi a throi at y fainc.

'Tyd at y bwr yn gongol 'cw,' medda fynta. 'Ma hi'n haws yfad a sgwrsio'r un pryd yn fan'no.'

Wrth inni ista sylwon ni bod y barman yn rhythu ar dudalan ganol y *Sun* fel tasa fo'n studio fo ar gyfar M.A. 'Fasa'r ots gin ti, Dic?' medda Barry a chamu'i ben ata i. 'Ma' hyn yn breifat.'

'Siŵr iawn, siŵr iawn, Barry,' medda Dic a mynd â'i beint yn ei law i watshad gêm arall o *pool* oedd newydd ddechra.

Fuo raid imi brynu dau beint arall i Barry ac atab rhes o gwestiyna gynno fo cyn ei fod o'n barod i atab yn rhei i. 'Run petha â Lloyd-Williams a Greene oedd o isio wbod ac ar ben hynny: pwy o'i deulu o o'n i'n rysgol hefo nhw? Faint o weithia fu's i'n jêl a pham? Sut ces i 'nhrin yno? O'n i'n meddwl basa fo'n gneud hi yn un o *top bars* Llundan? Oedd gin i gontacts fasa'n rhoid gwaith iddo fo'n rwla felly?

Ddath ryw hannar dwsin o gwsmeriad erill i mewn i'r bar tra oeddan ni'n siarad ond rhwng eu clebran nhw a'r teli toedd 'na neb ond ni'n dau'n clŵad yn geiria ni pan lwyddis, o'r diwadd i ga'l Barry i sôn am be oedd wedi digwydd ynglŷn â marwolath Lona Harries.

Roedd o wedi clŵad o le da bod Glyndwr Harries wedi ca'l amsar calad iawn gin y Glas, wedi torri i lawr a chrio fel babi drw dydd Sadwrn a dydd Sul.

'Roedd o mewn stad mor ofnadwy, jest i Luned Tomos ei secsiono o fo ond ddath ato'i hun pan sonion nhw am hynny a chyfadda'i fod o wedi ffwcio Lona nos Sadwrn ond gwadu bod o wedi'i lladd hi. Gyhuddodd o chdi, Dei. Dyna pam ath y slobs i lawr i Lundan i dy holi di. Holon nhw Rod Stanley, *Superstar, super stud* a coc oen hefyd. Oedd o mewn gig yn Lerpwl hefo rhei o'i fêts, nos Wenar ond mi oeddan nhw'n ôl yn Dre erbyn tri o'r gloch bora, felly mi allasa fo fod wedi'i lladd hi, ond oedd y lleill yn deud bod Stanley wedi bod hefo nhw ac yn *stoned* drw'r amsar. Ath ynta i'r pot hefyd ond dydd Llun mi alwodd y slobs i weld o a deud bod nhw'n *convinced* bod Harries yn deud y gwir a na chdi laddodd Lona ond bo chdi'n *master criminal* ac wedi cyfro dy dracs yn rhy dda iddyn nhw dy nabio di. Ath Stanley i dop caitsh, ma'n debyg, a mae o wedi bod yn brolio'n pybs hyd Dre bod o'n gwbod lle w't ti'n byw a'i fod o am ga'l *hitman* o Lerpwl neu Manceinion i ddelio hefo chdi os na fydd y slobs yn gneud eu gwaith.

'Lle clywist ti hyn i gyd?

'*I refuse to reveal my sources.*'

'Peint arall?'

'OK. Gei di wbod. Mam. A *wpc* bach handi fydda i'n ei ffwcio pan fydda i isio gwbod rhwbath am y slobs, ac am rei o hwrs, lladron a meddwon Dre.'

'Fedri di ofyn i Rod Stanley neith o 'nghwarfod i?'

'*Get your retaliation in first?*'

'Laddis i mo Lona a tydw i ddim yn meddwl na'i gŵr hi nath chwaith. Ella bydd gin i well syniad ar ôl siarad hefo'r cariad. Ofynni di i Mr Stanley am *interview* imi?'

'OK. Ond paid â meio i os daw o â *hitman* hefo fo.'

'Ydy Dre wedi mynd yn Chicago?'

'Reit debyg i Lerpwl a Manceinion.'

Dim ond chydig wedi wyth oedd hi arna i'n gadal y Vaults a toedd gin i ddim mynadd mynd yn ôl i'r hotel i sbio ar teli felly mi es am dro hir, i lawr drw'r Maes at y Cei, rownd y Castall, heibio'r Marina newydd yn yr hen Ddoc ac ar hyd y llwybyr cerddad ar lan y Fenai am ddwy filltir, yn y twllwch. Wrth edrach dros y dŵr at Sir Fôn feddylis na'r un siap welodd y Rhufeiniaid ddwy fil o flynyddoedd yn ôl ar ôl iddyn nhw dorri'r coed i gyd. Rŵan ma'r Cymry a'r Seuson am y gora'n gosod carafania'n eu lle nhw.

Grwydris oddar y llwybyr a thros draeth o gerrig

llwydion at fin y dŵr oedd yn llifo'n gry gan lepian yn swnllyd a feddylis i pwy fasa 'ngholli i taswn i'n cerddad i mewn iddo fo a gadal i'n hun fynd? Barbara. Dim ond hi. Fasa 'na lot o bobol wrth eu bodda.

Dau reswm da dros beidio â hel meddylia. Ma tro i'r wlad yn effeithio felly arna'i bob gafal. Gerddis yn ôl am y Dre a'i goleuada gyntad medrwn i.

Es i o'r Dre bora wedyn, yn car, rownd Pen Llŷn, ffor byddwn i'n mynd hefo Dad a Mam ers talwm pan fydda fo'n aros hefo ni am *week-end*. Mi fydda'r tri ohonan ni'n hapus yr adega hynny. Dad a fi'n mynd i'r môr a Mam yn gwatshad ni. Picnic neu ginio mewn pyb. Mwy o lan môr ac am adra a Dad wedi ca'l peint neu ddau neu dri ar y ffor adra'n yn sôn am ei anturiaetha pan fydda fo'n gyrru *HGVs* i Dwrci, Sbaen, Yr Almaen a gwledydd Dwyrain Ewrop pan oeddan nhw'n gomiwnyddol.

Oedd hyn yn gneud lles o gwbwl imi? Yn yn helpu i i nabod yn hun? Neu'n 'y ngneud i'n wan a sentimental ac yn dyfaru na fasa petha wedi bod yn wahanol? Sy'n emosiwn hollol ddi-fudd. Fedar neb ddewis ei rieni, na phryd mae o'n ca'l ei eni, nac yn lle.

Roedd hi'n hannar awr wedi chwech arna i'n croesi cyntedd y Brython.Yr Almaenas, Eva oedd wrth y ddesg a mi alwodd arna'i i ddeud bod Barry isio gair hefo fi. Roedd y bar mawr yn weddol lawn o griw drinc-ar-ôl-gwaith a fuo raid imi aros sbel cyn medrodd Barry ddeud wrtha'i heb i neb glŵad basa Rod Stanley yn y Royal George am naw.

'Cyndyn oedd o i ddechra,' medda'r barman. 'Wrthododd pan ffonis i gynta ond newidiodd o'i feddwl a'n ffonio i'n ôl i ddeud OK.'

'Sut naboda'i o?' medda fi er bo fi'n gwbod a finna wedi gweld y *compromising photos* ohono fo a Lona.

'Fo fydd y pons mwya'n y George mewn cystadleuath galad. *Goatee* bach gwirion ar ei ên, tsiaen aur am ei wddw ac un arall am ei arddwrn, *courtesy of late mistress.*'

Ddath dwy hogan ifanc â'u bolia'n golwg er bod hi'n noson rynllyd at y bar ac ordro alcopops.

'Ga'i weld ych *IDs* chi genod?' medda Barry a newid ei feddwl pan aethon nhw i'w hanbags a deud, 'OK. Jest dangoswch ych tits imi.'

Ma'r George tu ôl i'r Post Mawr a rhyw ddau gan llath o'r Maes. Ma 'na ddwy lôn gul bob ochor i'r pyb. Un hefo wal a ffens heuar ar ei phen hi rhag i neb syrthio gan troedfadd i iard o warwsys a chytia blêr ar gwr Cei Llechi. Llall yn ddwy res o hen dai 'blaw am y dafarn sy'n hen un wedi'i moderneiddio i edrach fel clwb nos tu mewn a thu allan, a mymryn o faes parcio tu ôl iddi.

Llond y lle o hogia a genod 'run oed â'r ddwy welis i'n y Brython, y genod yn dangos eu bronna a'u bolia a gwallt yr hogia'n biga draenog neu wedi'u siefio. Y mwyafrif yn paldaruo ar dop eu lleisia ac yn anwybyddu'r *stand-up* tew mewn crys coch ar y stej. Rhyw ugian yn trio gwrando ar hwnnw; rhei'n pwyso ar y bar a rhei'n ista hwnt ac yma ar resi o gadeiria yn gwynebu'r llwyfan.

Roedd Rod Stanley a thri o'i fêts yn ista yng nghanol y rhes flaen ac yn chwerthin am ben un o jôcs y comidian tew. Y pedwar mewn polos a siwtia duon. Galaru ar ôl Lona. Ella.

'Co'n rhedag i mewn i Capal Pab yn Pendre bora Sul dwytha ac yn gofyn i pab oedd o'n gneud *confessions*. "Ydw, siŵr Dduw," medda hwnnw, "dyna'n job i 'te?" "OK," medda co, "fu's i'n comitio adyltyri hefo dynas o Bengroes neithiwr a ffwcis i hi ddeg o weithia." "Hei, *hold on*," medda pab, "Pam w't ti'n deud hyn wrtha i? Tw't ti ddim hyd yn oed yn Gatholic!" "Nacdw," me co, "ond o'dd raid imi ddeud wrth rywun!"'

Drodd y pedwar eu penna pan steddis i ar ben y rhes. 'Rod Stanley?' medda fi wrth yr un hefo'r locsyn bach a'r cadwyni aur. Nodiodd ynta'i ben mymryn lleia.

'S'ma'i? David Davies ydw i,' medda fi'n fwy poléit nag oedd y pons yn haeddu.

Nodiodd o'i ben eto heb ddeud yr un gair a throi i sbio ar y boi'n mynd drwy ei betha ar y stêj.

Roedd hwnnw – Huw Honco oedd ei enw barddol o – yn reit ddoniol, a deud y gwir. Ar ôl y jôc am 'y pab' glywon ni bobiad o rei am ddefaid, e.e., honno sy'n gorffan hefo 'Be ddeudodd ei mam hi?'

'Mê!'

A 'Glwsoch chi am y co o Maes Gwyrfai gafodd gopsan yn ffwcio dafad ar y Foryd? Gafodd o dri mis yn Walton er bod y ddafad wedi brefu wrth slobs bod hi'n ei garu o. Ond o'dd hi dan oed eniwe, a jêl gath o. Y peth gwaetha'n fan'no oedd y bwyd a phan ddath o adra dyma fo'n gofyn i'w fam am sgram. Roddodd honno blatiad o wair o'i flaen o.

'"Ffwcin hel, Mam, be'di hyn?" medda'r co.

'"Os 'di o'n ddigon da i dy gariad di, John, mae o'n ddigon da i chdi!", medda hitha.'

Dynnodd H.H. sylw at y ffaith ei fod o'n gwisgo crys rygbi Cymru fel esgus dros ddisgrifio be sy'n digwydd 'pan fydd Gavin Henson yn chwara Charlotte Church' a mi orffennodd hefo hanas hogyn bach o Sais yn crefu ar ei dad i brynu crys rygbi Cymru 'am fod hogia fel Gav a Shane yn chwara mor ffantastic. Ofynnodd o deirgwaith a cha'l twll clust a bonclust bob tro gin ei dad. *"No way! No way! You're English. I'm English, your mum's English, you were born and bred in England. No way are we going to let you support a bunch of wild Welsh wankers."* Y *punch-line* oedd 'A'r drydydd waith dyma'r co bach yn gweiddi *"I've only been Welsh three weeks, Dad, and I hate you fucking English already!"* '

Gafodd H.H. gymeradwyaeth gynnas gin 16 o'i wrandawyr ac un danbaid gin bedwar. Rod a'i fêts oedd rheini. Godon nhw ar eu traed dan chwibanu a bloeddio 'Yee-hah!'

'Diolch yn fawr!' medda'r comidian tew a neidio oddar y llwyfan nes bod y llawr yn crynu. Nelodd o'n syth at ei bedwar ffan. Sgwydon nhw ei law a chrafu ei din o fel tasa fo newydd ennill Oscar. Wedyn mi steddodd o wrth ymyl Stanley ac ath dau o'r mêts o'r pyb. Chymrodd neb sylw ohona i.

Ddechreuis deimlo'n annifyr. Toedd arna'i mo'u hofn nhw. Wyddwn i medrwn i handlo'r pedwar a'r comidian hefo'i gilydd heb lawar o draffath. Ond mi oedd 'na ryw ddrwg yn y caws. Rhyw gynllwyn ar gerddad.

Ddechreuodd dobio byddarol y miwsig disgo fedar pobol ifanc ddim gneud hebddo fo a mi o'n i ar fin awgrymu'n bod ni'n symud i rwla tawelach pan drodd Stanley ata'i a gweiddi dros y sŵn:

'W't ti isio siarad?'

Atebis i ddim. Dim ond nodio a waeddodd o eto:

'Ma hi'n swnllyd uffernol fan hyn. Awn ni i rwla distawach.'

Nodis i'n gadarnhaol.

'OK,' medda Stanley wrtha i a rwbath arall dan ei lais wrth y mêts. Gododd o a'r mêt oedd ar ôl, lapio'u breichia am Huw Honco a gwthio'u ffor at y drws drw'r talant ifanc gan stopio bob hyn a hyn i amball un ysgwyd llaw efo'r actor fel tasan nhw'n cydymdeimlo.

Roedd y ddau fêt arall yn disgwl amdana ni pan aethon ni allan i'r stryd oedd yn edrach yn ganoloesol am fod y lamp stryd gyferbyn â'r pyb wedi diffodd.

'I le 'dan ni'n mynd?' medda fi.

'Yn fflat i fasa gora,' medda Stanley. 'Gawn ni lonydd yn fan'no. Ma 'nghar i'n carparc. Tyd.'

Brasgamodd y pedwar, fel tasan nhw newydd weld *Reservoir Dogs*, i'r carparc tywyll. Ddilynis inna'n ara deg a sefyll yn yr adwy. Roedd 'na rwbath yn drewi.

Pan sylweddolon nhw 'mod i'n nogio mi stopion a throi ata'i.

'Tyd 'laen, Davies,' medda Stanley ond oedd ei llgada fo a'r lleill ar rwbath neu rywun tu ôl imi. Drois inna mewn pryd i weld haid o hogia ifanc, wyth i ddeg ohonyn nhw. Yn dŵad ar drot tuag ata'i hefo *baseball bats* yn eu dwylo.

'Gorau amddiffyn, ymosod,' chwadal yr hen air. Mewn sefyllfa fel hyn, o leia, pan ma'n nhw'n disgwl ichdi redag orwthyn nhw. Nabodis i'r polyn lein ar flaen y gad er bod y gola'n giami. Trw reddf yn fwy na'n llgada, debyg. Sgonji! Y bastad main oedd yn gyfrifol am bob helynt ges i wedi i sment ei gorun o dorri 'naint i. Es i'n syth amdano fo â 'nwrn dde i'w geg o dan obeithio medrwn i falu rhei o'i ddannadd o a chipio'r pastwn o'i law o hefo'n llaw chwith. Mi lwyddis ond cyn medrwn i iwsio'r pren a dengid drwyddyn nhw i'r stryd o'n i'n ca'l 'y ngholbio a 'nyrnu o bob cyfeiriad. Ges glec ar 'y ngwegil a syrthio ar 'y nglinia. Ddechreuodd y docs gicio. Es i'r *foetal position* â 'nwylo dros 'y mhen nes iddyn nhw ddechra'n iwsio'i fel trampolîn. Godis yn hun droedfadd neu ddwy'n uwch na'r carparc a thrio hyrddio'n hun drwyddyn nhw fel blaenwr mewn gêm rygbi'n torri drwy *ruck* a gneud yn o lew nes ca'l warrog arall ar 'y mhen a cha'l ffatan dan feddwl 'Fydd'na uffar o olwg arna'i pan ddeffra'i, pryd bynnag fydd hynny . . . '

Munud neu ddau fu's i'n anymwybodol. Freuddwydis 'mod i'n 'y ngwely mewn hosbitol a haid o nyrsys a doctoriad yn taeru uwch 'y mhen i. Pan ddeffris i mi welis 'mod i ar wastad 'y nghefn ar garparc y George a'r gwehilion oedd wedi rhoid stid imi'n ffraeo ymhlith ei gilydd ac efo rhywun arall.

Rod Stanley a'i ffrindia oedd y rheini. Gofis sut ces i'n hun yn ffasiwn sefyllfa a meddwl na'r peth calla fasa cymryd arna 'mod i'n dal i gysgu nes dŵad ata'n hun yn well. Toedd hi ddim yn anodd smalio. Roedd gin i wayw ofnadwy'n 'y mhen ac yn rhanna erill 'y nghorff ond toedd 'y ngwynab i fawr gwaeth o be deimlwn i.

Gaeis i'n llgada cyn i neb sylwi a gwrando ar y lleisia. Ddalltis i na Stanley oedd yn deud petha fel: 'Ddeudoch chi basach chi'n rhoid diawl o gweir iddo fo. Tydw i ddim yn galw hyn yn gweir. Toes 'na ddim marc ar wynab y cont.'

'W't ti isio inni'i ladd o?'

O'n i'n nabod y llais yna.

'Dim ond torri dipyn o esgyrn a'i ddympio fo yn bŵt 'y nghar i, fel gnaethoch chi addo. Os ydach chi isio'r ffiffti cwid arall, Blac . . . '

''Na i hyn'na ar ben yn hun am ffifti cwid.'

'Cau hi Sgonj.'

'Sbia be nath y cont i mi.'

Stanley: 'Dyma chdi, Sgonji. Ffiffti cwid.'

Iolo *aka* Blac: 'Sdwffia nhw, Stanley. Ma hwn yn fêt i ni a tydy o ddim yn mynd o'ma hefo chdi a dy gachwrs.'

Sgonji: 'Tydy o ddim yn fêt i mi.'

Stanley: ''Dach chi'n fêt hefo llofrudd ydach chi? 'Dach chi'n dallt na hwn laddodd 'y nghariad i, Lona Harries? Rhowch o yn bŵt 'y nghar i a dowch ar yn hola ni i'n fflat i a gewch chi glŵad y bastad yn cyfadda na fo nath.'

Blac: 'Os medri di brofi hynny, Stanley, dos at y slobs.'

Stanley: 'Dyna'r pwynt 'te? Fedar neb brofi. Awn ni â fo at y slobs wedi iddo fo gyfadda.'

Blac: 'Nest ti addo canpunt inni am roid cweir i hwn. Naethon ni hynny ac arnach chdi ffiffti arall inni. Rho'r mags inni a ffyc off.'

Stanley: Dos i chwara dy nain.

Llais arall: Yn y jyngl.

Blac (yn gynddeiriog): Be ddeudodd y cont?

Stanley: Dim byd. Dowch, hogia.

Blac: Welwch chi'r Lexus cw? Os na fydd o o'ma mhen munud, a dwi'n meddwl munud, malwch y winsgrin, y ffenestri a'r lampa.

'Nes i basio allan eto a'r tro nesa deffris i roedd 'nghefn i'n pwyso'n erbyn wal y carparc a rhywun yn trio tollti brandi i mewn i 'ngheg i. Glywis i lais Iolo'n deud: 'Mae o'n dŵad ato fo'i hun. Gleuwch hi.'

Agoris i'n llgada fel roeddan nhw'n madal.

'Diolch yn fawr ichdi,' medda fi wrth Iolo.

'Sori,' medda'r hogyn du. 'Wyddwn i ddim na chdi oedd y boi oedd Stanley isio inni'i leinio.'

'Dŵr fasa well gin i, Iolo,' medda fi a mi ath i'r pyb i nôl o imi. Roddodd hynny bum munud imi ddŵad ata'n hun yn gynt na tasa fo yno'n siarad hefo fi.

Ro'n i'n gweld yn iawn, er bod 'y mhen i'n brifo'n ddiawledig. 'Nghoesa a 'nghlunia hefyd ond roedd y *bomber jacket* ledar a'r *Arran sweater* wedi arbad 'y nghefn i. Erbyn i Iolo ddŵad yn ei ôl hefo'r dŵr mi o'n i ar 'y nhraed ac yn cerddad yn ôl a blaen yn ara deg i stwytho.

'Yn Brython w't ti'n aros, ia?' medda Iolo a rhoid dyrnad o bapur lle chwech imi sychu'r gwaed oddar 'y ngwynab a 'ngwegil. 'W't ti'n dal braidd yn simsan. Ddo'i hefo chdi.'

'Fasa'r ots gin ti taswn i'n dŵad adra hefo chdi gynta?' medda fi.

Ath o i dop caitsh ar unwaith: 'Be? Ichdi'n riportio i i Mam? No wê!!'

'Dyna be ddylwn i neud,' medda fi, 'er bod gin i gymaint o le i ddiolch ichdi. Clyw, Iolo. Dim Rod Stanley a'i griw ydy'r unig rei sy'n meddwl na fi laddodd Lona Harries a ma arna'i angan help dy fam.'

'Nest di'i lladd hi?'

'Naddo. Ella medar dy fam yn helpu fi i brofi hynny.'

'Be ddeudi di am hyn?' medda Iolo ac edrach ar yr olwg oedd arna'i.

'Bod Stanley a'i ffrindia wedi trio 'nghidnapio i a chditha a'r hogia wedi'n achub i.'

'Fydd hi'n falch o glŵad bod fi wedi gneud rwbath da am *change*,' medda'r hogyn du wrth inni gychwyn am y Maes.

Roeddan ni wedi bod yn cerddad am ryw ddeg munud a newydd fynd heibio'r Pendre Vaults pan ofynnodd Iolo imi o'n i wedi bod yn mynd hefo'i fam o, ers talwm. Ddeudis i 'mod i a dyma fo'n gofyn, 'Hi roddodd *chuck* i chdi 'ta chdi iddi hi?'

'Frifis i dy fam wrth fynd i Lundan, yn lle aros yng Nghymru efo hi,' medda fi. ''Nes i dro gwael â hi. Paid di.'

Ddeudodd yr un ohonan ni air wedyn nes cyrhaeddon ni geg Ael-y-Bryn, *cul-de-sac* llydan o dai pedair llofft godwyd yn nhridega'r ganrif ddwytha.

'Fasa'r ots gin i tasach chdi a Mam yn dŵad yn ffrindia eto sdi,' medda Iolo.

'Diolch yn fawr, Iolo,' medda fi a gwenu er 'y ngwaetha.

Lloches

Ddychrynodd Luned pan welodd hi'r olwg arna'i. Roedd hi isio ffonio am ddoctor ond wrthodis i. Mi goeliodd hi'n yn stori ni. Tydy ymosodiada o'r fath ddim yn anarferol yn Dre dyddia hyn. Wedi iddi ddŵad drost y sioc a chlŵad yr 'hanas' mi heliodd Iolo i'w lofft i neud ei waith cartra, lle dylsa fo wedi bod ers oria 'yn lle crwydro hyd y Dre yn gneud dryga hefo'r hen Sgonji 'na a'i griw.'

'Lwcus bo fi,' medda'r jarff, 'neu dwn 'im be fasa wedi digwydd iddo fo. Nos dawch, Dei.'

'Ista,' medda Luned wrtha i, 'tra bydda i'n llenwi'r bath ichdi', ond rhosis i ar 'y nhraed rhag maeddu ei dodran hi.

Faswn i ddim wedi medru ca'l gwell gofal. Bath cynnas a Dettol yn'o fo. Eli antiseptig i roid ar y briwia. Llian mawr gwyn i sychu'n hun, a pyjamas glân a *bathrobe* wen i roid amdana a thra o'n i'n molchi ac yn meddyginiaethu, 'y nillad isa, 'nghrys a'n sana i'n troi yn y peiriant golchi.

Wrth imi roid y pyjamas amdana fedrwn i ddim peidio dyfalu pwy wisgodd nhw ddwytha.

Roedd 'na fygiad o lefrith cynnas â mêl yn'o fo a dwy *neurophen* yn disgwl amdana'i i lawr grisia lle buo raid imi ailddeud be ddigwyddodd. Orffennis i drw ddeud bod gas gin i feddwl be fasa Stanley a'r lleill wedi neud imi tasa Iolo a'i ffrindia heb eu stopio nhw.

'Dwi'n synnu at Rod Stanley,' medda hitha. 'Feddylis i na dipyn o wimp oedd o.'

'Roedd y chwech oedd hefo fo'n hogia mawr, cry, Luned. Diolch ichdi am y tendans. Dwi'n teimlo lot gwell. Ond dim dyna pam ofynnis i i Iolo am ddŵad â fi yma. Dwi isio siarad hefo chdi am be sy'n ca'l ei ddeud amdana i a marwolaeth Lona Harries. Dim Glyndwr Harries a Rod Stanley ydy'r unig rei sy'n meddwl na fi lladdodd hi.'

'Wn i,' medda Luned. 'Tydw i rioed wedi meddwl hynny, Dei. Fiw imi ddeud hynny wrth Glyn.'

'Ond chei di ddim llawar o sens gin i heno. Mi alla 'mod i yma greu problema ichdi. 'Nei di bicio â fi'n ôl i'r hotel a gawn ni siarad fory?'

Aros fu raid imi. 'Fydda i'n codi am saith, Manon am chwartar i wyth a Iolo am wyth,' medda Luned pan ddath hi i weld sut o'n i. 'Fydd hi'n reit wyllt yma, felly tria beidio â dŵad ar yn traws ni.'

'Be ddeudi di wrth Manon?'

'Na ffrind i Yncl Owain ac Anti Margaret w't ti ac yn aros hefo ni am fod Yncl Owain i ffwr ac Anti Margaret yn sâl.'

'Ydyn nhw?'

'Ma hi adra o'r ysgol, eto, fynta'n Estonia ac w't titha'n ffrind iddyn nhw. Felly tydw i ddim yn euog o ddeud celwydd wrth yn hogan bach. Côd pan siwtith hi chdi a helpa dy hun i be bynnag leci di i frecwast ond toes 'na ddim cig moch – rydan ni'n *veggies*. Alwith yn ffrind i, Non, sy'n ddoctor, tuag unorddeg i roid *check-up* ichdi, rhag ofn bo chdi'n *concussed* neu waeth. Fydd dy ddillad di ar y gist dderw ar ben grisia. Ddo i adra am un hefo rwbath inni i ginio a gawn ni sgwrs.'

'Diolch am bob dim, *Superwoman!*' .

'Tasat ti mond yn gwbod,' medda Luned â gwên bach smala ar ei cheg a thristwch yn ei llgada. 'Llynca dy dabledi'n hogyn da a dos i gysgu. Nos dawch, Dei.'

Weithiodd y ffisig, y bath, y fatras feddal a'r cynfasa glân yn iawn a chyn pen dim ar ôl diffod y gola deimlis yn hun yn mynd dan bendroni pwy wisgodd y pyjamas ddwytha.

Ges i 'neffro gin syna teuluol: mam yn gweiddi, plant yn cwyno, lle chwech yn fflysho, drysa'n bangio, traed yn carlamu i fyny ac i lawr y grisia, hogan bach yn achwyn, hi a'i brawd yn hewian ar ei gilydd, y fam yn deud y drefn wrth y ddau, pawb yn mynd allan, drws ffrynt yn bangio, injan car yn tanio, drws ffrynt yn agor eto am fod rhywun wedi anghofio rwbath ac yn clepian y drws ar ei ffor allan nes bod y tŷ i gyd yn crynu, drws car yn agor a chau, Volvo'n bagio i lawr y dreif ac yn cychwyn ar ei daith.

Ac wedyn, distawrwydd. Bendigedig. Gysgis eto.

Deffro dipyn wedi naw a synnu gyn lleiad o'n i'n brifo. Ma 'na wahaniath rhwng ca'l dy gicio a dy golbio gin hogia yn eu harddega a thriniath gin ddihirod proffesiynol, fel gwn i o brofiad. Roedd docs a phastyna Iolo a'r gang wedi gadael eu hoel ond ddim fasa'n para.

Godis, molchi, gwisgo amdana a mynd i lawr i'r gegin i frecwesta'n hamddenol. Mi oedd 'na lestri wedi'u gosod ar y bwr imi a'r *Guardian* a'r *Daily Post* heb eu hagor wrth eu hymyl nhw. Sylwis bod 'na nodyn ar bwt o bapur ar y plat. Negas gin Luned yn deud wrtha'i am helpu'n hun i'r llefrith, ffrwytha, iogwrt ac ati o'r ffrij ac yn gorffan hefo'r geiria: 'Plîs paid â mynd i'r ardd nac allan o'r tŷ o gwbwl. Mae gen i gymdogion llygadog a fydda un o 'nghleientiaid i ddim yn hapus petai o'n clywed dy fod ti wedi bod acw. X. Lun'.

Edrychis drw'r ffenast ar y stribyn hir o rar yng nghefn y tŷ. A theimlo awydd cry i fynd allan ond mi fodlonis ar edmygu be welwn i: patio cysgodol o lechi glas, gwyrdd, piws a lliw rhwd, border bloda, lawnt, gardd lysia efo tŷ gwydr plastig a chwt pren yn ei phen draw hi. Roedd hi'n fora mwyn, tebyg i be ddyla'r gwanwyn fod a hynny wedi twyllo briallu yn y border 'gosa at y tŷ i ddeffro cyn pryd.

Fytis i 'mrecwast o sirial a thôst gan droi dalenna'r papura heb sylwi ar be o'n i'n 'ddarllan. Crwydro o gwmpas y tŷ wedyn i chwilio am gliwia. Sut oedd hi ar Luned erbyn hyn?

Synnis fod bob dim mor Ikeaidd, heb fawr ddim o'r hen betha gwerinol a ffug-werinol ma'r dosbarth canol Cymraeg mor hoff ohonyn nhw; heblaw am y llestri *willow pattern* ar y dresal fuo ym mharlwr Tegfan. A'r delyn. Nabodis i honno. Y delyn fydda Luned yn chwara pan oedd hi'r un oed â Manon.

Oedd Luned wedi dal y chwiw fodernaidd gin ei chwaer-yng-nghyfraith, Margaret? Gofis na dim ond ers rhyw bum mlynadd roedd hi a'i phlant yn byw yno. Toedd gynni hi ddim dewis ond prynu dodran cyfoes os oedd hi isio rhwbath chwaethus am bris rhesymol.

Roedd Luned fel tasa hi wedi rhoid trefn go lew ar ei bywyd. Ond mi oedd Iolo'n broblem. Ei lofft o oedd yr unig stafall flêr yn y tŷ; llanast o ddillad sports, cylchgrona ffwtbol a *gadgets* electronig. Be oedd yn 'gneud hi'n wahanol i lofftydd hogia erill o'r un oedran a'r un ardal oedd y posteri ar y parwydydd: Pele, Giggs, Viera, Henry, Martin Luther King, Nelson Mandela a Malcom X hefo *assault rifle* yn un law a'r llaw arall yn agor mymryn ar gyrtan ffenast.

Uwchben y llun o Malcom roedd y geiria *LIBERATE OUR MINDS*, ac odano fo *BY ANY MEANS NECESSARY*. Roedd gin daid Iolo feddwl mawr o MLK a Mandela, ond be am Malcom? A lle cafodd Iolo'r poster? Tasa gin i ddim llond trol o broblema'n hun mi faswn wedi poeni fwy be oedd yn mynd i ddigwydd iddo fo a'i fam.

Chydig wedi unorddeg, gyrhaeddodd Doc Non, dynas joli yn ei thridega. Destiodd hi fi i weld os o'n i'n *concussed*, edrach ar 'y nghleisia a 'mriwia i a deud 'mod i'n OK. Roedd Luned wedi gneud joban dda iawn o edrach ar yn ôl i, medda hi a chanmol ei ffrind fel dynas gre oedd wedi dŵad drw batshis anodd iawn a gorfod ysgwyddo baich a chyfrifoldab rhedag practis twrna a chynnal ei theulu. Roedd Luned yn poeni ei henaid am Iolo. Fel pob mam dyddia hyn gan gynnwys Non ei hun roedd hi ofn am ei bywyd iddo fo fynd i drwbwl difrifol neu fynd yn gaeth i gyffuria. Roedd hi'n lwcus bod gynni hi ŵr oedd wir yn tynnu ei bwysa ond roedd Lun druan ar ei phen ei hun ac yn gweld angan *'role model* gwrywaidd' ar Iolo.

'Nes i ddim brathu'r abwyd a mi ath y doctor yn ei blaen i sôn lle mor beryg oedd Dre wedi mynd – Lona Harries druan yn ca'l ei llofruddio gin ei gŵr ei hun a finna'n ca'l yn mygio. Pysgota oedd hi eto ond ddaliodd hi ddim byd yn fan'no chwaith.

Pan ddath Luned adra amsar cinio hefo *baguette* brie ac afol bob un inni, y peth cynta ddeudodd hi ar ôl holi sut o'n i, oedd basa raid imi fynd o'i thŷ hi gyntad ag o'n i wedi gorffan byta. Roedd y sefyllfa'n amhroffesiynol ac mi fydda hi mewn andros o drwbwl tasa Glyndwr Harries yn clŵad.

'Dyna ddeudis i neithiwr,' medda fi. 'Be o'n i isio ddeud wrthach chdi oedd hyn. Mi wn i nad fi laddodd Lona. Tydw i ddim yn meddwl na Glyn nath. Dwi yn meddwl bod 'na *third man* yn y cês a ma'r polîs yn meddwl hynny hefyd.'

'Sut gwyddost ti?'

'Rwbath ddeudodd Greene wrth yn holi i. Hola di fo.'

'Dwi'n teimlo'n hun yn mynd i ddyfroedd dyfnion iawn rŵan,' medda Luned. 'Stopiwn ni'r drafodaeth yna'n fan'na. Am y tro.'

Ges wbod bod Glyn *on remand* yn Walton ac na fydda'i achos o ddim am bedwar-bum-chwe mis; toedd 'na ddim sôn bod yr heddlu'n barod i ryddhau corff Lona i ofal y teulu yn y dyfodol agos.

Fuo 'na ddistawrwydd annifyr wedyn am sbel nes imi holi sut fora roedd Luned wedi'i ga'l.

'Di-fudd,' oedd yr atab. Roedd hi wedi bod ar ar y ffôn am hydoedd hefo dynas oedd ddim hyd yn oed yn gleient iddi. Cleient ei brawd, Owain, oedd Mrs Mary Parry *aka* 'Anti Meri', gwraig weddw yn ei hwythdega oedd wedi dŵad â'i phroblem at Luned am fod Owain yn Estonia yn delio hefo rhyw broblema oedd wedi codi hefo'i 'ddiddordeba masnachol o yn y wlad honno', a'i staff o ddim lawar o help am eu bod nhw wrthi fel lladd nadroedd yn paratoi ar gyfar archwiliad ariannol blynyddol y cwmni. Roedd y cnafon yn fwy na pharod i adal i'r hen wraig feddwl bod Luned yn dal i weithio i'r un ffyrm â nhw a mi roddon rif ffôn ei swyddfa hi iddyn nhw.

Problem Anti Meri oedd ei bod hi mor ddibynnol ar Lona Harries. Fydda Lona yn galw i'w gweld hi bob dydd, yn siopa bwyd, dillad a phetha at y tŷ drosti, yn cwcio ac yn golchi iddi yn ôl yr angan, yn mynd â hi i siopa ac i neud ei gwallt, yn trefnu i ddynion dendio rar a gneud jobsys mân a mawr yn ôl y galw. Roedd Lona wedi siarad hefo tair o ferchaid oedd wedi deud basan nhw'n edrach ar ôl yr hen wraig tra bydda hi i ffwr ond heb benodi neb am fod yr hen wraig mor byticlar ac yn gweld y tair yn goman.

Ddeudodd Anti Meri wrth Luned basa well gynni hi neud drosti'i hun, wir, na thrystio petha felly'n ei thŷ, ond mi oedd 'na un matar roedd yn rhaid delio hefo fo ar unwaith, am ei bod hi wedi methu cysgu'r un winc er pan glywodd hi am Lona druan. Y peth hwnnw oedd rhoid bolltia ar ddrws ffrynt a drws cefn 22 Bryn Gwyn, a chloeon cryfach hefyd, rhag i'r cena oedd wedi lladd Lona neud yr un peth iddi hi.

'Ma 'na fwy o gowbois yn Dre nag yn Dodge City,' medda Luned am fod 'tri o'r frawdoliaeth honno' wedi gaddo gneud y job a heb gadw'u gair. 'A cha'i ddim llonydd gin Anti Meri nes ffendia'i rywun.'

'Wn i dipyn am *household security*, Lun,' medda fi.

Ges i dipyn o sioc pan gyrhaeddis i'r Brython: rhywun yn 'y nghar i'n fflachio'r goleuada ata'i a finna'n meddwl 'mod i wedi'i adal o'n garij yr hotel. Wedyn mi sylwis bod *reg* y Mondeo gwyrdd tywyll hwnnw'n wahanol a Jason Greene tu ôl i'r llyw. Agorodd o'i ffenast a holi : 'Ble buost ti neithiwr, fab annwyl dy fam?'

'Meindia dy fusnas.'

'OK,' medda fynta'n ddigon clên. 'Ddoi di i mewn i'r car am funud?'

'I le 'dan ni'n mynd?'

'Nunlla. Isio sgwrs breifat ydw i. Dyma'r lle gora fedra'i feddwl amdano fo. Os ydy rhywun yn gollwng rhechan yn un pen o'r Dre ma pobol yn clŵad ei hogla hi'n pen arall.'

Gaeodd o'r ffenast ac es inna i ista wrth ei ymyl o'n y car.

'Tw't ti ddim yn edrach yn rhy wael, chwara teg.'

'Sori, del, tw't ti ddim 'y nheip i.'

'Glŵis i bo chdi wedi ca'l stid.'

'Do?'

'Be ddigwyddodd ichdi ar ôl i Rod Stanley a'i gyfeillion d'adal di'n dy waed?'

'Nhw oedd y diawlad, ia? Pam, sgwn i? Am fod rhyw dderyn bach wedi deud wrth Stanley na fi laddodd ei fodan o?'

'Beryg iawn. Sut est ti o'no?'

'Ddath 'na ddynas o'r pyb a pitïo wrtha'i. Ath hi â fi adra hefo hi.'

'Dynas ffeind.'

'Ydy. Ma'i gŵr hi'n *long-distance lorry driver* ac i ffwr yn China.'

'Fu's di'n lwcus.'

'Do.'

'Rheswm o'n i isio sgwrs hefo chdi, Dei,' medda'r ditectif-gwnstabl, 'ydy bod ni wedi ca'l *break-through* yn achos Lona Harries.'

'*Congrats*,' medda fi gan wbod bod 'na rwbath diflas i ddilyn.

Drodd Greene ei wynab mawr, hirgrwn ata'i a rhythu reit i 'ngwynab i wrth ddeud: 'Ia, Dei. Rydan ni'n dallt, rŵan, be oedd dy ran di yn y *case*.'

'Rioed?'

'Hyn ddigwyddodd,' medda'r plisman,' a'i llgada llwyd

135

fel dau *x-ray* ar yn ymatab i. 'Gest ti goriada'r fflat a dwy fil pum cant o bunna gin Harries, fel deudodd o, a threfnu i nôl ei sdwff o fflat Lona ar y nos Sadwrn. Ond pan welist di Mrs Harries yn y Brython nos Wenar, mi benderfynist tsiansio hi'r adag hynny. Mi est i'r fflat, bachu'r *loot* a roeddat ti'n d'ôl yn y bar yn sipian siandi mewn pryd i weld Mr a Mrs Harries yn madal hefo'i gilydd.'

'A mi es i'n f'ôl i'r fflat wedyn a'i lladd hi?'

'Naddo, David. Wn i na nest ti ddim,' medda'r ditectif. 'Ond mi fasa'n siwtio rhei pobol yn Dre 'ma tasa modd 'profi' hynny. *You're an outsider. An ideal scapegoat. The right guy in the wrong place at the right time.*'

'Tydach chi ddim nes at ffendio'r llofrudd go iawn?'

'Gynnon ni *brofile*. Pyrfyrt. Roedd Lona Harries *into S&M and weird sex games.* Fel gwyddost ti.'

'Sori?'

'Welist ti'r *photos* yn y seff?'

'Do?'

'Paid ag edrach mor ddiniwad.'

'Dos yn dy flaen ne' dwi'n mynd.'

'Ma 'na *third man* yn y *case* yma,' medda Jason Greene, o ddifri unwaith eto. 'Rhywun hefo'r un . . . diddordeba . . . rhywiol â Glyn a Lona. Roeddan nhw'll dau a fynta hefyd, o bosib, wedi bod yn yfad yn drwm, a mi nath y chwara droi'n chwerw. Ma Harries yn gwadu hynny, wrth gwrs. *In denial* am fod y *scenario* mor sglyfaethus er galla deud y gwir arbad ei groen o. Dyna'r theori rydan ni'n gweithio arni. Ar hyn o bryd. Be w't ti'n feddwl ohoni?'

'Ar wahân i'r rhan gynta, ma hi'n gneud sens. Pob lwc ichi.'

'Pob lwc i chditha, David,' medda'r plisman ac estyn ei gardyn o'i walat a'i roid o imi. 'Os byddi di'n teimlo fel sgwrs arall, ffonia fi ar yn *mobile*.'

O'n i newydd orwadd ar y gwely chysgis i ddim yn'o fo

noson gynt pan ganodd y ffôn. Barry'r barman yn holi os o'n i'n iawn. Ac yn taeru nad oedd o ddim wedi'n setio fi i fyny neithiwr.

'Warnis i chdi bod Stanley am dy waed di.'

'Do, Barry.'

'Fuo 'na slob yn holi amdanach chdi. Jason Greene.'

'Newydd sgwrsio hefo fo'n ei gar.'

'Iawn?'

'Iawn.'

'Ddeudis i ddim bo chdi heb gysgu'n rhotel neithiwr, Dei.'

'Diolch yn fawr ichdi, Barry.'

'Gest ti le braf?'

'Clyw, Barry. Dwi 'di blino braidd.'

'Chysgist ti ddim llawar, felly? Ga i'r hanas gin ti nes ymlaen.'

'Cei,' medda fi wrth y barman a 'Cei o ddiawl' wrthaf i'n hun.

Anti Meri

Agorodd drws 22 Bryn Gwyn hynny ganiataodd y tsiaen, jest digon imi weld gwallt gwyn, sbectol rhimyn aur a thrwyn Anti Meri.

'Mrs Mary Parry?'

'Ia. Pwy 'dach chi?'

'David Davies. Ofynnodd Luned Tomos imi alw i'ch gweld chi. I roid bolltia ar ych drysa chi.'

'Sut gwn i?'

'Sori?'

'Sut gwn i na chi ydy pwy ydach chi'n ddeud a phwy ddeudodd Luned ydach chi?'

Dynnis yn walat o bocad fewnol yn siacad ledar, a chardia credyd, debyd a Muswell Hill Library o'r walat a'u dal nhw, fesul un, chwe modfadd o flaen trwyn Anti Meri. Sylwis fod hwnnw'n fwy ac yn gochach na fasa disgwl i un dynas capal fod ac ama bod cysylltiad rhwng hynny a'r awal alcoholig chwythodd rhwng y drws a'i ffram.

'Dwyn rheina naethoch chi?' medda'r hen wraig.

'Naci wir, Mrs Parry. Fi pia nhw. A dwi yma am fod Luned wedi gofyn imi. Wir ichi.'

'Lle ma'ch twls chi?'

'Feddylis i basa'n well imi weld be sy 'i angan gynta, rhag dŵad â gormod o geriach hefo fi.'

'Un o'r Dre ydach chi?'

'O Brynrodyn yn wreiddiol.'

'Un o'r rheini.'

'Yn rhieni o Sir Fôn . . . '

'O le?'

'O Lannarch-y-medd.'

'Dowch i mewn.'

Estyniad o Lôn Dewi ydy Bryn Gwyn. Efo'i gilydd ma'n nhw'n sampl archaeolegol o ddatblygiad rochor ddwyreiniol i'r Dre yn yr ugeinfed ganrif. Am ryw ddau gan llath o le ma Lôn Dewi'n fforchio o Lôn Bangor ma teras tal, tri llawr, brics melyn godwyd cyn y Rhyfal Cynta, yn gwynebu alotments a chefna tai Lôn Bangor. Wedyn, semis brics coch o'r tridega ar y chwith, gwerbyn â thri neu bedwar o dai byddigions a choed a lawntydd o'u cwmpas nhw. Ar ôl y rheini, semis brics brown y pedwar a'r pumdega ar y ddwy ochor. Yna ma Bryn Gwyn yn dechra. Semis deulawr, tair llofft, wedi'u gwyngalchu ar y dde a bynglos ar yr un patrwm ar y chwith. Carrag lwyd fymryn mwy deniadol na *breeze-blocks* ydy deunydd y bynglos, sydd â'u cefna at y Fenai â mymryn o fiw o'u clytia o erddi dros y rhesi tai odanyn nhw.

Y tro dwytha bu's i'n y stryd oedd pan alwis i a Barbara yn 48 am banad hefo Mr a Mrs Thomas. Roedd eu tŷ nhw'n Hilton o'i gymharu hefo cartra Anti Meri. Toedd hwnnw ddim yn flêr nac yn fudur ond mi oedd o'n llwm. Groesis i'r hiniog i lobi dywyll â phapur fel tasa fo wedi rhydu ar y parwydodd a linoliwm 'run lliw ar lawr a dilyn yr hen wraig i'r stafall fyw. Yn fan'no mi oedd y cyrtans ar y ffenast fawr lydan wedi gwywo, y carpad piws wedi gwisgo a raflo a'r papur wal wedi llwydo er nad oedd 'na ogla tamp. Roedd pelydra plastig y tân lectrig yn peri ichdi deimlo'n gnesach nag oeddach chdi a mi fasa'n deg deud bod *waiting-room* Crosville yn fwy cysurus tasa 'na ddim set deledu plasma 42" yn un gongol, rhwng y ffenast a'r lle tân a chadar Parker Knoll fawr, ddwylath orwth honno.

Ddiffoddodd yr hen wraig ddwndwr y ceffyla oedd yn carlamu ar draws y sgrin hefo'r teclyn yn ei llaw a'n ordro i i ista ar soffa ledar synthetig, ddu fasa siop elusen yn ei gwrthod. Osodis 'mhen-ôl ar glustog tena oedd mor gyfforddus â *Daily Post* ddoe. Ddisgwylis i'r hen cwîn ista ar ei gorsedd ond mi ddaliodd ar ei thraed dan bwyso'i dwylo ar gefn y gadar freichia ac ymddiheuro am fod 'mor sdowt' wrtha'i gynna.

'Fedar rhywun ddim bod yn rhy saff dyddia hyn, na fedar, David? A'r hen fyd 'ma wedi mynd yn lle mor drybeilig o ddrwg. Yn enwedig ar ôl be ddigwyddodd i Lona bach, 'nghariad gwyn i. Roedd hi fel merch imi, David. Ches i ddim plant yn hun ond tasa gin i ferch faswn i wedi bod yn ffodus iawn tasa honno hannar cyn ffeindiad ag y buo Lona ata'i. Sgiwsiwch fi.'

Dynnodd Anti Meri hancas bocad lês fechan, fach o bocad ei hofarôl bloda wedi colli'u lliwia a chodi'i sbectol oddar ei thrwyn i ddabio'i llgada. 'Meddwl amdani o'n i pan gnocioch chi, David, a mi gododd hynny gymaint o hirath arna'i gymris rwbath dros 'y nghalon. Gymrwch chitha ddrinc bach hefo fi? 'Ta fasa well gynnoch chi banad?'

'Drinc bach, os gwelwch chi'n dda, Mrs Parry,' medda fi er basa'n well gin i'r llall.

'Sieri sy gin i, David,' medda'r hen wraig a mynd draw at y silff ben tân lle'r oedd 'na sgwnar hannar llawn yn cuddiad tu'n ôl i ffoto du a gwyn mewn ffrâm arian. Llun o Meri ei hun a'i diweddar ŵr Goronwy, ddwrnod eu priodas yn 1947 oedd o, fel yr eglurodd hi wrtha'i wedyn. Fo yn ei siwt newydd a hitha yn ei chostiwm â het gymaint â iâr yn clwydo ar ei phen. 'Ond ma gin i ddiferyn o wisgi ar gyfar y *gentlemen* fydd yn galw i 'ngweld i.'

'Diferyn bach lleia o hwnnw, Mrs Parry,' medda fi a'i gwyliad hi'n mynd at y *roll-top desk, circa 1930* ar y chwith i'r lle tân ac yn agor caead y ddesg. A dangos casgliad o boteli brown a gwyrdd a gwydra o wahanol siapia. Roddodd hi *top-*

up hael iddi hi ei hun gynta cyn tollti wisgi i glamp o dymblar.

'Diolch yn fawr, Mrs Parry,' medda fi wrth gymryd y gwydryn.

'Ma ichi groeso, David,' medda hitha. 'Iechyd da. A diolch yn fawr ichi am alw i neud cymwynas â hen graduras fel fi, 'ngwas i.'

'Iechyd da,' medda fi a chymryd sip gan ddisgwl i flaen 'y nhafod i grebachu, ond roedd o'n wisgi da iawn.

Ond 'gormod o ddim nid yw dda' a mi ofynnis am ddiferyn o ddŵr am ei ben o a chynnig mynd i'w nôl o'n hun.

'Siŵr iawn, 'ngwas i. Cerwch drwadd i'r gegin bach.'

Mi oedd honno yn fach a heb newid llawar er pan godwyd y bynglo dros ddeg mlynadd ar hugian yn ôl. Dolltis hannar y wisgi i lawr y sinc, rhoid dŵr yn ei le fo a mynd yn ôl at wraig y tŷ oedd yn ista'n ei chadar ac wedi troi honno i wynebu'r soffa.

'Ma hwn yn wisgi arbennig o dda,' medda fi wrth gymryd yn lle gwerbyn â'r hen wraig.

'Feddylis i basach chi'n lecio fo,' medda hitha, wrth ei bodd o ga'l cwmni i slotian. 'Soniwch wrtha'i am ych teulu, David, imi weld os ydw i'n eu nabod nhw.'

Toedd hi ddim, drw lwc, nac yn gwbod dim o'n hanas i'n bersonol a mi dderbyniodd yn ddigwestiwn y pictiwr o deulu bach normal baentis i. Mi es i fyny'n uwch fyth yn ei golwg hi pan ddalltodd Anti Meri 'mod i'n 'ddyn busnas', fel ei diweddar ŵr, Goronwy, fu'n cadw siop ddillad yn Stryd Llyn am dros ddeg mlynadd ar hugian. Pan riteiriodd o 'am fod yr hen siopa mawr felltith yn mynd â'i fusnas o'i gyd' y smudon nhw i Bryn Gwyn. Ymddeoliad cwta gafodd y cradur. Ymhen blwyddyn a hannar mi fu farw o gansar.

Roeddwn i wedi ca'l bywgraffiad cwta gin Luned. Rŵan mi ges yr hunangofiant llawn gin y gwrthrych ei hun. Dyma grynodeb wedi'i seilio ar y ddau:

Cadw Liverpool House, siop bentra Llanwddno, rhwng

Amlwch a Chaergybi, oedd rhieni Mary Parry (neé Jones). Hi oedd y fenga o dri o blant. Huw/Hiwi a Jane/Jinny oedd enwa'u brawd a'i chwaer. 'Rhoson nhw ill dau adra i edrach ar ôl y busnas a'u rhieni tra ath y chwaer fach i weithio yn siop ddillad merchaid Glamour Fashions yng ngwaelod High Street Bangor. Fydda hi'n lojio yn Farrar Road yn ystod yr wsnos a dyna sut dath hi'n ffrindia hefo Goronwy Parry, o Langefni, oedd yn gweitho yng nghangan Bangor o siop ddillad dynion, Mansfield, a'i briodi o yn 1947. Phriododd Hiwi na Jinny ddim.

Roedd Goronwy bymthag mlynadd yn hŷn na Meri ac wedi treulio tair blynadd yn Mericia ddiwadd y tridega. Mi fasa wedi setlo yno hefyd ond ddath y rhyfal a difetha'i blania fo, fel cymaint o betha erill. Pan briodon nhw, nath Meri addo emigretio hefo fo i'r States a mi fasan wedi mynd hefyd ond ffendion nhw bod hi'n disgwl. Benderfynon nhw aros tan basa'r babi'n ca'l ei eni a mynd wedyn. Gafon hogan bach, Menna ond dim ond tridia buo hi fyw. Ddeudodd y doctoriad na fasa Meri yn medru ca'l plant wedyn a mi ath hi'n dipresd a gwrthod yn lân meddwl am groesi'r Atlantic i rwla mor bell orwth ei theulu. Felly mi iwsiodd Goronwy y pres roedd o wedi'i gelcio i brynu siop ddillad dynion a fflat uwch ei phen hi ath ar werth yn Dre. Mi lwyddodd y busnas yn ardderchog, yn y blynyddoedd cynta, o leia, am fod Goronwy'n ddyn busnas mor dda ac yn gwbod sut i neud hefo pobol.

Ddaliodd Hiwi a Jinny ati yn Liverpool House am ddeg mlynadd ar ôl i'r hen bobol eu gadal nhw ond roedd hi'n mynd yn anoddach bob blwyddyn a'r diwadd fu iddyn nhw orfod gwerthu i Seuson gan nad oedd yr un Cymro wedi dangos yr intres lleia. Roedd pentra Llanwddno wedi newid yn ofnadwy a mi benderfynodd y brawd a'r chwaer symud i'r Dre a phrynu dau fynglo drws nesa i'w gilydd, 28 a 30, yn Bryn Gwyn yn o fuan ar ôl i Goronwy a Meri fynd yno i fyw.

Lwc iddyn nhw neud pan naethon nhw a hitha wedi colli

Goronwy toc wedyn. Mi fu'r Parch. Deiniol Thomas a Mrs Thomas a phobol y Capal yn ffeind iawn wrth Meri yn ei phrofedigaeth ond wydda hi ddim be fasa hi wedi neud heb Hiwi a Jinny. Mi fuon yn gefn iddi yn ei galar ac ar ben hynny mi oedd gin ei brawd a'i chwaer 'ben at fusnas' ac mi fedron ddelio hefo'r angladd, yr ewyllys, y polisia siwrans a'r siaria aballu oedd gin Goronwy a rhoid trefn ar ei stad o. A mi fu'r tri fyw'n gytun ac yn gymdogol tan bu Hiwi farw gynta ac yna Jinny o fewn blwyddyn i'w gilydd, ddiwadd y nawdega.

Mi fu Meri a'i brawd a'i chwaer ill tri'n ffyddlon iawn yn Horeb, yn ôl Luned, a phawb, yn blant ac oedolion, yn eu nabod nhw fel Yncl Hiwi, Anti Jinny ac Anti Meri. Mi fydda'r brawd ac un chwaer – dibynnu pwy fydda'n gneud y cinio dydd Sul – yn oedfa'r bora a'r tri yn oedfa'r hwyr. Mi fuon yn mynychu'r Ysgol Sul hefyd tra buo dosbarth oedolion yno. Chofiodd Luned yr un o'r tri'n gweddïo'n gyhoeddus nac yn darllan o'r Beibil na'r llyfr emyna hyd yn oed, ond toedd 'na'r un o'r Chwiorydd yn brysurach na Jinny a Meri pan fydda 'na de yn y festri, yn hwylio'r byrdda, tendiad ar bobol ac yn golchi'r llestri.

Yn festri Horeb y dath Meri a Lona Harries yn ffrindia. Wrth sôn pa mor ffeind fuo Lona wrthi wedi iddi golli'i brawd a'i chwaer ath Meri'n ddagreuol iawn, sychu'i llgada, chwthu'i thrwyn hefo'i hancas fechan, fach a thollti glasiad arall o sieri iddi'i hun i 'setlo'i nerfa'.

Ges inna gynnig joch arall ond ddeudis 'bod hi'n hen bryd imi gymryd mesuriadau'r drysa a mynd draw i'r iard goed yn Lôn Cei Bach i chwilio am y bolltia os o'n i am neud y job iddi'r dwrnod hwnnw. Fasa raid iddi ga'l drysa newydd os oedd hi isio cloeon cryfach.

'Fedrach chi ddim galw bora fory, 'ngwas i?' medda'r hen wraig. 'Fydda i'n arfar mynd am lei-down bach yn pnawnia. Beryg baswn i'n cysgu pan ddaethach chi'n ych ôl.'

'Iawn, Anti Meri,' medda fi a gweld bod hynny'n plesio.

'Pryd alwa'i?'

'Tuag unorddeg?'

'I'r dim.'

'Well imi roid pres ichi brynu'r bolltia a'r sgriws aballu.'

'Gewch chi setlo ar ôl imi'u prynu nhw,' medda fi, 'Ddo'i
â'r *receipt* ichi'i weld'. Ond fynna Anti Meri ddim bod mewn
dyléd i neb, hyd yn oed am noson.

'Cymrwch be fydd arnach chi'i angan o'r bocs sy tu ôl i'r
soffa,' medda'r hen wraig.

'Tu ôl i'r soffa?'

'Mewn bocs carbord.'

Hen un o focsys Silvikrin Shampoo oedd o ac yn hannar
llawn o fwndeli taclus o bapura ugian, deg a phump. Ar
amcangyfri sydyn mi oedd rhwng dwy a thair mil o bunna
yn y bocs. Gymris bapur ugian a'i ddangos o i Anti Meri.

'Ydach chi'n siŵr bydd hyn'na'n ddigon?' medda'r hen
wraig a gwydriad arall o'r sieri tywyll ar ei ffor at ei gwefusa.

'Ddyla fod, Anti Meri.'

'Chymrwch chi ddim dropyn bach arall, David? *One for
the road?*'

'Well imi beidio rhag imi ga'l yn sdopio gin y Glas.'

'Fasan nhw'n olreit hefo chi, David,' medda Anti Meri
wrth 'y nilyn i at y drws ffrynt, 'a chitha'n ffrindia hefo teulu
Mr Tomos Gweinidog. Ma'r polîs ffor hyn yn reit gall wrth
ddelio hefo pobol iawn.'

Ar ôl prynu'r geriach a heirio *drill* yn yr iard goed mi oedd
gin i noson unig arall i'w lladd. Ffonio Barbara a theimlo
hiraeth amdani hi ac am Ffrainc wrth wrando arni'n canmol
y bwyd ffantastig, y tywydd mwyn, y cwmni difyr a'r wlad
fendigedig o'i chwmpas hi a thrio peidio â dangos hynny
ormod. Rhedag ar hyd y Foryd a dŵad yn ôl drw'r wlad,
siwrna chwe milltir i gyd. Cawod. Swpar yn *chinks* Maes. Yn
ôl i'n stafall i orwadd ar 'y ngwely a synfyfyrio ynglŷn ag
ystyr bywyd a phyncia pwysicach. Teimlo'n saff nad oedd

modd i'r slobs 'nghysylltu i hefo marwolaeth Lona Harries. Ges 'nhemtio i fynd yn ôl i Lundan dwrnod wedyn ar ôl gorffan joban Anti Meri er bod gin i awydd gwbod be'n union ddigwyddodd i Lona. Ac i helpu Glyndwr Harries, os oedd o'n ddieuog.

Dim byd gwerth sbio arno fo ar y teli a mi orffennis ddarllan y nofal Gymraeg.

Ma petha'n mynd yn flêr iawn yn yr ysgol lle ma Heulwen yn ysgrifenyddas: un athro'n ca'l ei gyhuddo o helpu ei ddisgyblion hefo 'gwaith cwrs'. (Euog). Un arall o ymyrryd yn rhywiol hefo 'dwy o genod blwyddyn 9' (Dieuog). Niferoedd yn gostwng ac athrawon yn ca'l hwi. Syms y dirprwy brifathro sy'n gyfrifol am gyllideb yr ysgol allan ohoni'n ddifrifol ac yn creu argyfwng ariannol. Heulwen yn helpu'r Prif i ddatrys y problema hynny, ynta'n mynd yn fwfwy dibynnol arni ac yn fwyfwy hoff ohoni. Hitha'n gweld ei fod o'n well boi nag oedd hi wedi'i feddwl. Yr ysgrifenyddes yn ca'l bai ar gam gin y staff, y plant a'u rhieni pan ma priodas 'Travolta' yn chwalu; y gwir ydy bod Mrs Prifathro wedi laru ar fyw hefo *workaholic* ac yn symud at *alcoholic* o 'êjing rocstar' Cymraeg am ei bod hi'n meddwl ceith hi fwy o hwyl yn byw hefo hwnnw mewn hofal nag hefo'i gŵr 'mewn cartref moethus ymhlith crachach academaidd a chyfryngol ac *executives* o Saeson ffroenuchel'. Bywyd yn mynd yn annioddefol yn yr ysgol i Heulwen sy'n ymddiswyddo ac yn ca'l gwaith fel clarc i gwmni bysys yn agos i'w chartra. Y cyflog yn wael a Heulwen yn mynd yn isal iawn am ei bod hi'n methu ca'l dau ben llinyn ynghyd a dynion yn ei phlagio hi. Y nofal yn gorffan yn weddol optimistig hefo Heulwen yn ca'l galwad ffôn gin 'Travolta' yn deud wrthi ei fod o wedi ymddiswyddo a dechra cwmni o 'ymgynghorwyr addysgol' a'i fod yn chwilio am ysgrifenyddas tangamp i'w helpu o'n y fentar newydd. Heulwen yn derbyn y cynnig.

Diweddglo hapus ynta dechra gofidia?

DIY

Synnodd Anti Meri fi pan agorodd hi'r drws. Toedd hi ddim yn chwil, mi oedd gynni hi gôt *tweed* frown a gwyrdd ddel amdani, sgarff sidan i fatsho am ei phen ac roedd hi wedi rhoid twtsh o golur ar ei bocha a'i cheg.

'Bora da, David. Ydy'r car gynnoch chi?' oedd ei geiria cynta.

'Ydy,' medda fi, 'ond faswn i wedi cerddad heblaw am yr hen law smwc diflas 'ma a bod gin i geriach i gario.'

'Fasa'r ots gynnoch chi bicio â fi i Tesco cyn dechra ar y drysa? Ma gin i angan dipyn o negas a phrin 'mod i wedi bod allan o'r tŷ ers . . . ers dyddia, cofiwch.'

'Siŵr iawn,' medda fi a chamu heibio iddi i daro'r cariar hefo'r bolltia a 'nhwls yn y lobi . . . 'Wrth ichi ddŵad i mewn i'r Dre o'r pen arall mae o 'te?'

'Ia,' medda Anti Meri a thynnu'r drws ar yn hola ni, 'ond fasa'r ots gynnoch chi tasan ni'n mynd i un Bangor, David? Fydda i'n gweld mwy o ddewis yn fan'no.'

Wrth strapio'r hen ledi'n ei sêt mi ges chwa nid annymunol o *eau de cologne* a chompliment am y 'car clyfar' oedd gin i. A chais arall.

'Ma siŵr gwelwch chi fi'n bowld ofnadwy, David, ond mi fydda Lona'n mynd â fi *via* Sir Fôn bob amsar.'

'Ffor'no'r awn ninna 'ta.'

'Troi i'r chwith heibio wal y Faenol am Bont Britannia,

146

croesi honno ac i lawr i'r Borth, dros y bont arall, ymlaen i Upper Bangor ac i lawr am Stesion a throi i'r dde yn gwaelod. Fydda hynny'n rowndio gormod ichi?'

'Dim o gwbwl, Anti Meri.'

'Gin i feddwl mawr o'r hen Sir Fôn, wyddoch chi, David,' medda hi wrth imi danio'r injan, 'ac wrth 'y modd 'mod i'n medru gweld congol bach ohoni o rar 'cw. Fydda i'n edrach ymlaen, reit amal, at fynd yn f'ôl yno.'

'Smudwch chi ddim o'r Dre?'

'Dim nes daw hi'n amsar imi fynd i orwedd ym mynwant Llanwddno wrth ymyl Hiwi a Jinny a Tada a Mam.'

Feddylis i bod siwrna annifyr o 'mlaen i ond trw lwc mi drodd yr hen wraig oddar y trywydd morbid a lladd ar ragfarn pobol Sir Gynarfon yn erbyn rhei Sir Fôn. Toedd 'na ddim gymaint ohono fo hyd y lle rŵan, yn ôl Anti Meri, ond pan ddath hi a Goronwy i'r Dre gynta, jest ar ôl Rhyfal:

'Latsh bach! Mi ddeudan betha gwaeth am 'Foch Môn' a 'Gwlad y Medra' na glywch chi am bobol dduon o'r gwledydd poethion hiddiw. Beio'r undeba am hynny, fel am y rhan fwya o betha sydd o le ar gymdeithas, fydda Goronwy. Nhw ddechreuodd ledu straeon clwyddog am chwarelwrs o Sir Fôn yn dŵad â ffowlyn neu fenyn bach hefo nhw fora Llun i freibio'r stiward er mwyn ca'l gwell bargan. Dyna un o'r petha roedd Goronwy'n lecio fwya am y *States*, wyddoch chi, y ffor roeddan nhw wedi delio hefo'r *unions* fel bod nhw ddim yn medru *hold society to ransom* fel ma'n nhw'n neud yn y wlad yma. Neu fel roeddan nhw cyn i Mrs Thatcher roid halan ar eu cynffonna nhw.'

Roeddan ni'n nesu at y bont gynta cyn i Anti Meri roi'r gora i ganmol 'gwŷr mawr Môn' bob yn ail â lladd ar gorachod Sir Gynarfon. Ro'n i isio'i holi hi am Lona. Mi es ati drw ofyn ei barn hi am y cyn-ŵr, rhag ei hypsetio hi ormod.

'Biti garw'u bod nhw wedi abolisho'r *death penalty*.'

'Mae o'n mynnu ei fod o'n ddieuog . . . '

'Be arall ydach chi'n ddisgwl?'

'Be oeddach chi'n feddwl ohono fo cyn hyn?'

'Ffŵl. Dyn hefo bob dim roedd arno fo'i angan i'w neud o'n hapus. Gwraig ddel, llawar rhy dda iddo fo, cartra braf, dau o blant bach bendigedig. Mi luchiodd y cwbwl drw'r ffenast i gyboli hefo rhyw genod ifanc gwirion.'

Trw'r Capal roedd Anti Meri wedi dŵad yn ffrindia hefo Glyn a Lona. Roedd y ddau'n gneud dipyn hefo'r plant a'r bobol ifanc pan briodon nhw gynta a Lona bob amsar yn barod hefo'i sgons, brechdana, salad neu beth bynnag fydda'i angan at sosial, te parti neu angladd. Fydda Meri'n gwarchod iddyn nhw'n reit amal yn y dyddia hapus hynny; yn Lonaglyn, nos Wenar neu nos Sadwrn, fel arfar, ond 'rhosodd 'rhen blant' hefo hi am *week-end* unwaith pan ath eu rhieni i Sgotland i ganlyn y rygbi. 'Rhosodd hitha hefo nhw am wsnos mewn bwthyn ar lan y môr ryw fis Awst pan oedd y Steddfod Genedlaethol yn y Sowth, er mwyn i Lon a Glyn fedru mynd i nosweithia llawen neu am ddrinc hefo'u ffrindia.

Pan ddechreuodd petha fynd o chwith, roedd ar Lona ormod o gwilydd sôn am y ffor roedd o'n ei thrin hi wrth ei mham ei hun. At Anti Meri y trodd hi i rannu'i gofidia a nath Meri ei gora i fod yn gefn iddi.

'Os ath Lona oddar y rêls ar ôl y *divorce*', medda'r hen wraig wrth inni groesi Pont y Borth, 'arno fo roedd y bai am hynny.'

'Mynd hefo Rod Stanley 'dach chi'n feddwl?'

'A rhei erill o'i flaen o. I gyd yn manteisio ar unigrwydd Lona a'i hawydd hi i dalu'n ôl i'w gŵr. Ath hi'n *involved* hefo un gŵr priod. Tasa hynny wedi dŵad allan mi fasa 'na le ofnadwy.'

'Oedd hynny'n *serious*?'

Yn lle atab y cwestiwn mi gyhuddodd yr hen wraig Glyndwr Harries o 'ddifetha bywyd y beth bach a'i blant. Ac wedyn, David . . . '

Ddechreuodd yr hen wraig grio'n ddistaw gan sychu'r

dagra hefo'i hancas. Felly buo hi nes cyrhaeddon ni'r teras tai uchal ar y dde wrth ichi ddŵad i mewn i Bangor Ucha, lle cafon ni'n dal mewn tagfa am ddeg munud . . .

'Sut le oedd yn Bangor 'ma pan oeddach chi'n hogan ifanc?' medda fi i ysgafnhau'r awyrgylch angladdol yn y car.

'Difyr iawn, 'ngwas i,' medda Meri a sirioli drwyddi. 'Pawb yn hapus am fod y Rhyfel wedi darfod, llawar iawn o'r sdiwdants, y dynion felly, wedi dŵad yn ôl o'r *Forces* ac yn benderfynol o enjoio'u hunan; Coleg Bala-Bangor a Choleg y Bedyddwyr yn llawn o hogia ifanc disglair yn 'studio at y Weinidogaeth. Deiniol Tomos yn un ohonyn nhw. Ofynnodd o imi fynd allan hefo fo unwaith, mewn dans yn y Neuadd P.J. ond mi o'n i'n canlyn *ministerial* arall o Sir Fflint ar y pryd. Mynd mawr ar bob dim Cymraeg dyddia hynny, David. Blynyddoedd hapusa 'mywyd i.'

'Radag hynny cwarfoch chi Goronwy?' medda fi.

'Ia,' medda'r hen wraig a mi ddiflannodd y wên am eiliad neu ddau nes iddi ddeud, 'fu gin i dipyn o *young men* o'i flaen o cofiwch!'

'Raid bod gin Goronwy rwbath arbennig, i'ch bachu chi?'

'Mi oedd o'n fwy stedi 'toedd?'

Ddechreuodd y traffig symud a ddath y wên yn ôl fel tasa hi'n cofio rwbath arall.

Sgowsars oedd staff a chwsmeriad Tesco Bangor i gyd ond bod rhei'n medru siarad Cymraeg hefyd. Na. Dwi'n deud celwydd. Roedd dynas y *tannoy'n* siarad Seusnag posh. Glywis i Hywel Thomas yn galw'r peth yn *'ethnic cleansing by supermarket forces'*.

Heblaw am y poteli o *Cyprus Sherry* oedd yn werth eu prynu fesul chwech am bo chi'n ca'l 5% off, ysgafn iawn oedd siopa Anti Meri: tatws, moron, cabeitsian, dau afol, dau oren, pump banana, cig moch, sosej, torth, *tea-cakes*, pacad o fisgedi, blows wen a chydig o fanion. Dynnodd hi dri phapur ugian o rolyn oedd gynni hi yn ei hanbag lledar brown a gofyn imi dalu. Mi fynnodd 'mod i'n cadw'r newid, mymryn dan ddecpunt, a stwffio papur ugian arall i bocad yn siacad 'i dalu am y petrol ac am fod mor ffeind wrth hen graduras fel fi'. Roedd raid iddi ga'l prynu 'cinio iawn, *meat & two veg'* imi hefyd er basa caws ar dost, fel gafodd hi, wedi bod yn hen ddigon, a finna wedi cymryd y *Full Welsh Brecwast Cyflawn Cymreig* yn y Brython y bora hwnnw gan ddisgwl sesh drw dydd yn 22 Bryn Gwyn.

Mi ath Meri'n reit breplyd tra oeddan ni'n byta, yn fy holi i am Barbara, be oedd ei gwaith hi, lle'r oedd hi, edrach ymlaen at ei gweld hi pan fasan ni'n symud o Lundan i'r pen yna, cymryd arni ddigio am yn bod ni'n dal i fyw tali. Soniodd dipyn amdani hi a Goronwy, a Hiwi a Jinny, a sut byddan nhw ill pedwar yn mynd am bythefnos i Douglas yn Reil o Man bob mis Awst tan buo Goronwy farw.

Ar ffor nôl, mi oedd 'na gar slobs fel tasa fo wedi bod yn disgwl amdan ni wrth y cylchdro wrth wal Faenol lle ma ffor osgoi Felinheli yn dechra. Ella ma paranoia proffesiynol oedd o ac ella 'mod i'n iawn. Beth bynnag, ddilynodd y diawl ni yr holl ffor i Bryn Gwyn a mynd heibio'n ara deg bach pan stopion ni.

'Be haru nhw, 'dwch?' medda Anti Meri wrth inni fynd allan o'r car. 'Ffitiach tasan nhw i'w gweld hyd y Dre'n cadw cow ar y petha ifanc gwyllt sy'n meddwi a chadw reiat a'r cnafon sy'n torri i mewn i dai, chwadal na llosgi petrol yn dilyn pobol ddiniwad yn eu ceir.'

Ddechreuodd y lysho gyntad ag oedd yr hen wraig wedi cadw'i negas. Ges dollti'n wisgi'n hun a'i foddi o heb i 'mhartnar i sylwi. Mwya'n byd glywn i am Lona a Glyn, mwya ges i'n argyhoeddi nad fo laddodd hi. Os medra rhywun rhoid cliw imi pwy nath, Anti Meri oedd honno. Anti Meri ar y sieri.

Ar ôl i sgwnar neu ddwy hwylio i lawr lôn goch yr hen wraig, medda fi, yn ymddiheurol, 'Wn i bod sôn am Lona yn boenus iawn ichi, Anti Meri, ond ma raid imi ddeud hyn wrthach chi: ddigwyddis ei gweld hi'r noson buo hi farw, ym mharti pen-blwydd y ddynas fydda'n gweithio iddi yn y siop. Mi oedd Glyndwr yno hefyd. Mi aethon allan hefo'i gilydd ac ar delera da iawn, allwn i feddwl.'

'Mi oedd gin Lona dempar ofnadwy, David. Fynta hefyd. Allach feddwl mai dau o giaridyms Maes Gwyrfai oeddan nhw weithia, ffor byddan nhw'n gweiddi ar ei gilydd. A'r munud nesa'n fêl i gyd.'

'Ma'r dentist yn gwadu iddo fo'i lladd hi.'

'Wrth gwrs ei fod o.'

'Ydach chi'n meddwl bod hi'n bosib y gallasa fo fod yn deud y gwir? A na rhywun arall, y dyn priod buo Lona'n *involved* hefo fo, er enghraifft, oedd yn gyfrifol?'

Synnodd ymatab ffyrnig yr hen wraig fi: 'Peidiwch â siarad yn wirion am betha na wyddoch chi ddim amdanyn nhw! Ma'r dyn hwnnw'n *gentleman.* Gŵr bonheddig. *A pillar of society.*'

'Toedd o ddim mor barchus â hynny . . . '

'Dwi'n cyfadda ei fod o ar fai. A Lona hefyd. Ddeudis hynny wrthyn nhw. Ond toedd ei wraig o ddim yn un hawdd byw hefo hi. Tasa Glyndwr Harries heb dwyllo Lona, ei hiselhau hi a'i bradychu hi, fasa hi hefo ni hiddiw, 'nghariad gwyn i.'

Dyma'r dagra'n llifo eto.

Roedd well gin Meri sôn am ers talwm nag am rŵan. Ges i'r argraff ei bod hi wedi dŵad dros farwolaeth ei gŵr yn o lew ond bod colli Hiwi a Jinny wedi'i sigo hi a cholli Mrs Thomas a'r Parch Deiniol Thomas wedyn yn ddwy slap hegar arall. Ac ar ben hyn i gyd, diwadd ofnadwy Lona. Roedd byd yr hen wraig wedi chwalu'n dipia mân.

Wrandewis yn amyneddgar arni'n lladd ar y ddau weinidog driodd lenwi sgidia Mr Thomas pan riteiriodd o. Y cynta'n 'sych-dduwiol ddychrynllyd', yn bregethwr difrifol ac yn weddïwr maith fedra ddim agor ei geg heb alw'i hun a phawb oedd yn gwrando arno fo'n bechaduriaid; yn rhoid stop ar y gymdeithas lenyddol (er bod honno wedi mynd i lawr) a chyngherdda yn y festri ac yn troi clwb y bobol ifanc yn gwarfod gweddi wsnosol. Pharodd y boi hwnnw ddim yn hir. Mi ath i Fangor i weinidogaethu ar griw o rei tebyg iddo fo oedd wedi prynu hen gapal Batus 'lle ma'n nhw wrth eu bodda'n gneud eu hunan yn ddigalon ac yn edrach i lawr ar bawb arall.'

Un gwahanol iawn ydy'r gweinidog presennol ond tydy hwnnw ddim yn plesio chwaith. 'Rhy joli, os 'dach chi'n dallt be sy gin i, David. Chlywch chi byth bregath gwerth sôn amdani gynno fo ond mi gawn ni apêl bob dydd Sul ar inni helpu pobol dduon yn Affrica. Tydw i ddim yn deud nad oes angan cymorth arnyn nhw, cofiwch. Mi fu's inna'n hel at y Genhadaeth pan o'n i'n hogan. Ond dangos i ni, ei gynulleidfa fo, sut i fyw bywyda gwell ydy swydd gynta gweinidog 'te? Wel dyna dwi'n 'feddwl. Ac yn lle emyna, rhyw blant yn gneud sŵn mwya ofnadwy hefo'u gitârs a'u drymia yn y Sêt Fawr a disgwl i ninna godi ar yn traed a chlapio'n dwylo a gweiddi Haleliwia! Disgwl geith o gin i!'

Ar ôl riffio a rantio am ddirywiad bywyd crefyddol Dre am sbel mi dawodd yr hen wraig am hir. Feddylis ei bod hi wedi mynd i gysgu a chlirio'n llwnc i'w deffro hi.

'Dropyn bach arall?' medda Anti Meri wrth agor ei llgada.

'Dim diolch yn fawr,' medda fi. 'Dwi'n meddwl yr a i rŵan. Diolch yn fawr am y cinio a'r wisgi. Pnawn difyr.'

Godis ar 'y nhraed â 'ngwydryn yn yn llaw imi fedru tollti be oedd ar ôl yn'o fo i'r sinc heb iddi weld.

''Rhoswch funud, David,' medda Anti Meri a gwasgu botwm ar fraich ei chadar i sythu'r cefn. 'Rydach chi yn ddyn busnas, 'tydach?'

'O ryw fath, Anti Meri.'

'Ga'i ofyn cymwynas gynnoch chi?'

'Siŵr iawn.'

'Edrach drw 'mhapura i, David. Bilia, llythyra o'r banc, y Cownsil, gias a lectric ac ati. Lona druan fydda'n gneud hynny imi wrth gwrs. Hi a'r hen blant oedd i ga'l bob dim ar yn ôl i, wchi. Well gin i hynny nag i berthnasa fuo ddim ar 'y nghyfyl i ers blynyddoedd elwa. Fydd raid imi newid yn ewyllys rŵan, bydd? Swydd i Owain Tomos neu Luned fydd hynny, siŵr iawn, ond dwi'n siŵr medrwch chi roid trefn ar y petha erill. Fasach chi'n gneud hynny imi, 'ngwas i?

Gytunis a mi ath Meri â fi drwadd i stafall lai, rochor draw i'r gegin; *dining room* toedd neb wedi byta yn'i ers cantoedd, hefo bwr, pedair cadar a seidbord di-sglein, cwpwr gwydr yn llond llestri ffansi a *figurines* tegan rhad, a phedwar bocs storio plastig, gwyrdd gola, llachar â *ledger-files*, coch, gwyrdd, melyn a glas yn ffitio'n dwt ynddyn nhw . . . Roedd 'na labeli gwynion ac gefn bob ffeil: *Cyfreithiol, Cyfranddaliadau, Ffôn, Nwy, Trydan, Rhenti etc* ac ar y bwr, pentwr o amlenni brown a gwyn heb eu hagor.

'Mynd â nhw adra i'w 'studio fydda Lona,' medda Anti Meri. 'Ond ma croeso ichi neud hynny'n fa'ma os ydy'ch rŵm chi'n yr hotel yn rhy gyfyng.'

'Mi a'i â nhw hefo fi, os ca'i, Anti Meri' medda fi, 'Mi gymrith dipyn o amsar i fynd drw'r rhein i gyd.'

Chymrodd hi ddim llawar imi weld arwyddocâd be oedd yn y bocsys plastig. Roedd Anti Meri'n ddynas gefnog iawn, iawn, iawn. Wedi etifeddu tai yn Dre a'r cylch, tyddynnod yn Sir Fôn a gwerth cannoedd o filoedd o fuddsoddiada, cyfranddaliada a bonds orwth ei rhieni, ei gŵr a'i brawd a'i chwaer. A'r rheini i gyd, trwy renti, gwerthianna a lloga wedi dodwy cyfrifon banc anfarth. Dyna'r ffaith syfdanol gynta sylweddolis i.

Yr ail ddarganfyddiad o bwys oedd bod Mary Arianwen Parry, ddwy flynadd yn ôl, wedi 'aseinio pŵer atwrnai' dros ei stad i Lona Mai Harries mewn dogfen wedi'i pharatoi gin Owain T. Thomas a'i Gwmni, Cyfreithwyr. Roedd yr hen wraig feddw wedi trosglwyddo'i hawdurdod dros ei phres a phob dim oedd bia hi i Lona Harries. Yn ôl adroddiada'r banc, roedd Lona wedi defnyddio'r awdurdod hwnnw i godi dega o filoedd o wahanol gyfrifon Mary Arianwen Parry. Sylwis hefyd ei bod hi wedi gwerthu chwe thŷ a dwy siop yn Dre i Seintwar, am brisia ro'n i'n weld yn rhesymol iawn.

Ond y sioc fwya oedd sylweddoli maint y ffortiwn fydda Lona Harries a'i phlant yn ei hetifeddu ar ôl i Mary Parry newid ei hewyllys lai na blwyddyn ynghynt.

OTT oedd y twrna ddrafftiodd yr ewyllys honno wrth gwrs. Roedd hi'n bryd imi gael gair hefo fo.

OTT

Feddylis i bod Margaret Thomas a fi'n ffrindia. Roeddan ni wedi ca'l lot o sgyrsia difyr am byncia oedd o ddiddordab inni'n dau: dodran, tai, llunia, ffilmia, nofela Americanaidd. Ni'n dau'n lecio llyfra Donna Tartt ac yn meddwl bod Scott Fitzgerald yn well sgwennwr na Hemingway.

Toedd hi ddim yn gyfeillgar iawn pan ffonis i'r Plas a deud pwy o'n ni.

'O.' Saib hir. 'W't ti'n dal â dy draed yn rhydd, felly, Dei?'

Saib arall. Toeddwn i ddim wedi disgwl hyn.

'Ydy hynny'n dy synnu di?'

'Nacdi, a deud gwir. Ma'r Glas ffor hyn yn ddwl ac yn ddiog.'

Sylwis 'bod hi'n slyrio a 'nes i edrach ar yn watsh. Hannar awr wedi pump. Hmm. Er bod y criw yna i gyd yn lyshwrs, hi oedd y mwya cymedrol.

'Dim gwell na gwaeth na rhei rwla arall.'

'Chdi laddodd Lona Harries?'

Saib arall, rhag imi weiddi.

'Naci, Margaret.' Yn dawal.

'Ma 'na rei'n meddwl fel arall.'

'Pwy felly?'

'Pobol bwysig iawn, Dei bach. Y rhei sy'n gyfrifol am gyfraith a threfn a gweinyddu cyfiawnder ffor hyn.'

'Well imi ga'l gair hefo dy ŵr di 'ta. Ydy o wedi dŵad adra?'

'Ers ddoe. Mae o'n ei swyddfa. Yn dal i fyny hefo'r gwaith. Medda fo.'

'Fydd hi'n iawn imi'i ffonio fo?'

Saib.

'Margaret?'

'Ia ffonia fo. Fydd o'n falch o glŵad gin ti.'

'Toeddat ti ddim?'

'Sori, Dei. Am fod mor gas. Dwrnod cynta'n ôl yn yr academi ar ôl bod adra'n sâl. Uffernol. Dwi'n meddwl 'rhosa'i adra eto fory.'

'Diolch am roid gwbod imi be ma pobol yn ddeud amdana'i.'

'Cym ofal.'

Er cymaint o feddwl oedd gin i o Owain Thomas pan o'n i'n hogyn bach, fuon ni rioed yn ffrindia. Nac yn elynion chwaith. Jest na chymron ni at yn gilydd fel gnes i a'i frawd a'i chwaer o. Rhannol gyfrifol oedd y gwahaniath oedran. Fyddwn i'n ei weld o'n ormod o lanc. Yn Fi Fawr. Fydda fo'n ddigon clên hefo fi bob amsar ond braidd yn nawddoglyd. Ac yn f'atgoffa i bob hyn a hyn ei fod o a fi 'ar ochra gwahanol i'r cowntar cyfreithiol, Deio'.

Ysgrifenyddas atebodd pan ffonis i. Ddeudodd hi bod Mr Thomas mewn cwarfod a gofyn imi ffonio'n ôl bora wedyn. Rois i rif yn ffôn symudol iddi a deud baswn i'n ddiolchgar iawn i Mr Thomas tasa fo'n medru cysylltu hefo fi ynglŷn â matar personol pwysig pan fedra fo sbario munud. Nath hi hynny dan rwgnach ond mi ffoniodd Owain fi, chwara teg iddo fo, o fewn deg.

Roedd o fel mêl. Ac yn ddiolchgar. Pam? Am 'mod i, fel roedd o newydd glŵad, wedi bod mor ffeind wrth Anti Meri tra buo fo'i ffwr a'i swyddfa fo'n rhy brysur i roid sylw i'w chwynion hi. Fasan nhw'n gofalu am rhen ledi rŵan a 'diolch yn fawr ichdi eto, rhen goes'. Reit. Be 'di'r broblam bersonol 'ma sy'n dy boeni di? Dim byd rhy bersonol, gobeithio!'

'Tydy hi ddim yn broblam yn byd, Owain,' medda fi. 'Wedi penderfynu derbyn dy gyngor di ydw i.'

'Ynglŷn â be, felly, Dei?'

'Symud o Lundan i'r pen yma. Meddwl na chdi fydda'r boi i'n helpu i i ffendio tŷ, a *premises* i gynnal busnas tebyg i be sy gin i'n Muswell Hill.'

'Ydy Barbara wedi cytuno?'

'Ddim gant y cant. Ma hi'n dal i deimlo tynfa Ffrainc. Ella gallat ti'n sypleio i hefo dadleuon o blaid dŵad yma.'

'Wn i ddim am hynny.'

'Wyddost ti pam 'mod i ar dân isio dŵad yn f'ôl? Wrth sgwrsio hefo Anti Meri, sylweddolis i lle mor ddiddorol ydy'r Dre. Fedra Seintwar yn helpu ni? Fydda 'na jans am bres o Iwrop i sefydlu busnas yma? Faswn i'n wirioneddol ddiolchgar tasat ti'n medru rhoid chwartar awr imi cyn imi fynd yn f'ôl.'

'Pryd w't ti'n meddwl mynd?'

'Fory. Ga'i alw ben bora?'

'Ma bora fory'n llawn gin i, Dei.'

'O . . . '

'Lle'r w't ti rŵan?'

'Yn y Brython.'

'Fedri di bicio i'r Swyddfa 'ma rŵan hyn? Tydw i ddim yn rhy brysur i roid gair o gyngor i hen ffrind, a ffrind i'r teulu . . . '

Heblaw am bedair gwylan farus yn sgrechian ar ei gilydd wrth gwffio am grystyn, fasa Stryd y Castell mor dawal a difywyd â mynwant. Stryd dywyll ydy hi am fod yr honglad Normanaidd yn gysgod ar un pen a'r ddau deras o swyddfeydd trillawr bob ochor iddi mor agos at ei gilydd. Llwyd, brown, *beige* a gwyrdd sy bron yn ddu ydy'r lliwia ma'r twrneiod, asiantaetha ac adranna'r cownsil yn 'feddwl sy'n gweddu i'w delwedda nhw. Paent tebyg i goffi wedi oeri oedd ar dalcan *Owain Thomas a'i Gwmni, Cyfreithwyr.*

Toedd y tu mewn ddim yn lle i lonni calon dyn chwaith. Parchus, ceidwadol, urddasol a brown oedd yr ansoddeiria ddath i 'mhen i wrth i'r fenga o bedair ysgrifenyddas oedd wrthi'n teipio'n ddiwyd yn y dderbynfa 'nhywys ar hyd coridor hir at ddrws yn y pen pella oedd yn lletach ac yn gadarnach na'r rhei o boptu i'r coridor; drws pren tywyll a phlac pren goleuach arno fo a'r geiria *Owain T. Thomas, Ll.B.* wedi eu llythrennu'n euraid ar hwnnw.

Gododd Owain o'i gadar pan welodd o fi, ysgwyd llaw, a gofyn i'r hogan ddŵad â phanad o goffi bob un a bisgedi inni. Dyn tal, golygus hefo gwallt tywyll, tonnog yn dechra britho ac yn gwisgo siwt dridarn, *pin-stripe*, crys claerwyn a thei gochddu. Edrach i fyw dy llgada di wrth ysgwyd llaw yn gadarn a diffuant. Mi allsa fod yn *M.P.* Synnis i nad oedd y Blaid Bach wedi'i ddewis o. 'Ormod i'r dde i'r aelodaeth, rhy geidwadol,' yn ôl Hywel. 'Faswn i ddim wedi cefnogi Owain tasa fo ddim yn frawd imi.'

Fasan nhw'n gweld be ydy 'ceidwadol' tasan nhw'n cwarfod rhei o 'nghwsmeriaid i.

Roedd swyddfa Owain yn replica o'i stydi o'n y Plas ond 'bod hi'n fwy, a'r ddesg yn noblach. Y tystysgrifa arferol ar y parwydydd – un mewn iaith estron, Estoneg, ar gés – a llun o Saunders Lewis a'r ddau arall mewn ffrâm ar y parad tu ôl i'r orsadd *executive*, ledar, ddu.

'A mi w't ti ac Anti Meri wedi dŵad yn dipyn o ffrindia?' medda Owain wrth inni ista gwerbyn â'n gilydd bob ochor i'r ddesg. 'Chwara teg ichdi. Ma isio mynadd Job hefo'r ddynas weithia, 'toes? Gest ddigon o'i hanas hi a Hiwi a Jinny i fynd ar *Mastermind*, siŵr gin i?'

Sonis am roid y bolltia ar y drysa, y lysh a'n trip ni i Tesco ond ddim am y papura.

'Soniodd Anti Meri lawar am Lona wrthach chdi?' medda Owain ar ôl i'r ysgrifenyddas fynd a'n gadal ni hefo'n coffi

158

a'n bisgedi. 'Roedd gynni hi feddwl mawr o Lona. Mi fu'r ddwy'n glòs iawn . . .'

'Felly dalltis i,' medda fi. 'Roedd meddwl am Lona'n ddigon i neud iddi grio.'

'Roeddan nhw fel mam a merch,' medda Owain dan ochneidio.

'Toedd hi ddim yn cogio bod Lona'n sant chwaith,' medda fi'n ddi-daro. 'Ddeudodd hi bod Mrs Harries wedi bod yn *involved* hefo ryw ddyn priod, parchus.'

Welis i fymryn o dyndra o gwmpas y geg a'r llgada? Ond chwerthin ddaru o. 'Dim ond am un soniodd hi?'

'Mi oedd Lona'n dipyn o ddynas?'

'Yn dinboeth, Dei. Ond *de mortuis nil nisi bonum,* chwadal y Rhufeiniwr. "Am y meirwon na ddyweder dim ond da." Cofio ochor dda Lona druan ydan ni bobol y Dre. Ma be ddigwyddodd iddi wedi bwrw'i gysgod drostan ni i gyd, fel basach chdi'n disgwl mewn lle mor fach a phawb yn nabod ei gilydd. A ma arna'i ofn, Dei, bod hynny'n mynd i effeithio ar dy blania di . . . '

'Sut felly?'

'Wel,' medda Owain â thinc beirniadol yn ei lais, 'ma 'na bobol sy'n dy gysylltu di hefo be ddigwyddodd i Lona. Tasa 'na rithyn o wir yn y cyhuddiad fasat ti ddim yn fan hyn rŵan yn siarad hefo fi ond mi ofynnist ti am 'y nghyngor i a mi rho'i o ichdi. Mi gei di fwy o groeso yn Ffrainc nag yn Dre. Mi ddeudi di bod pobol yn annheg a rhagfarnllyd a fasa raid imi gytuno hefo chdi. Ond dyna sut mae hi. *C'est la vie.*'

'Sut basa hi taswn i'n gohirio nes bydd yr achos wedi bod?'

'Pwy a ŵyr?' medda'r twrna hefo ochenaid arall. 'Ond y ffaith drist, Dei, ydy bod amheuath a drwgdeimlad pobol, a dwi'n siarad am y gymuned fusnes, rŵan, wedi tynnu sylw at dy record di. Waeth faint fydda Hywel a fi'n siarad o dy blaid di, tydw i ddim yn meddwl y medran ni lwyddo i berswadio'n cyfeillion i dy dderbyn di'n gyflawn aelod.'

'Ma'r polîs yn dal i f'ama i felly?'

'Bo chdi a Glyndwr Harries wedi dŵad i ryw gyd-
ddealltwriath, ydyn. A ma hyn'na wedi dŵad o lygad y
ffynnon. Taswn i'n dy le di, Dei, mi awn i'n f'ôl i Lundan,
gwerthu dy dŷ a dy fusnas, mudo i Ffrainc hefo dy fodan a
gwyn ych byd chi.'

Ddiolchis i Owain am ei gyngor a'i amsar, ymddiheurodd
o am fod 'mor negyddol', ddoth hefo fi at y drws ac ysgwyd
yn llaw i. Adewis i'r adeilad a mynd allan i Stryd y Castell
oedd fel y bedd.

Orweddis ar 'y ngwely am awr a mwy'n pendroni be i neud
nesa, heb fod dim elwach. Roedd hi wedi wyth pan godis a
mynd draw i Safeway i brynu bechdana, ffrwytha a dŵr;
toedd gin i ddim mynadd i fynd i'r bar am snac nac i'r *chinks*
rhag i hynny myrryd â 'nghanolbwyntio i.

Fydda i'n ffonio Barbara, fel arfar, os bydda i o adra a
mewn penblath. Yn ddi-ffael, mi fydd gynni hi rwbath call i
ddeud ar y pwnc dan sylw ond wyddwn i ddim lle i ddechra
egluro cymhlethdoda'r busnas yma wrthi.

Erbyn deg mi wyddwn nad oedd dim amdani ond ffonio
Luned. Am resyma proffesiynol a phersonol fasa raid iddi
ga'l gwbod yn hwyr neu'n hwyrach be oedd ym mhapura
Anti Meri.

Manon atebodd. Ddeudodd hi bod ei mham allan a
'mhasio i mlaen at ei brawd . . .

'Haia, Dei! Pryd w't ti'n dŵad draw i'n gweld ni eto?'
oedd geiria cynta Iolo.

'Yn o fuan, Iolo,' medda fi. 'Pryd w't ti'n disgwl dy fam
adra?'

Ddim am sbel. Roedd hi wedi mynd i weld drama
Gymraeg yn Theatr Gwynedd a heb fynd â'i ffôn symudol
hefo hi rhag iddo fo ganu'n ystod y perfformiad.

"Nei di ofyn iddi'n ffonio i gyntad ddaw hi adra, Iolo?
Tydy'r ots pa mor hwyr. Gin i rwbath pwysig iawn i ddeud
wrthi.'

'Ga i wbod be?'

'Na chei, mêt. Sori. Busnas ydy hyn.'

'Ia wir?'

'Ia wir.'

Ganodd yn ffôn symudol i hannar awr wedi deg. Fachis i o'n syth gan ddisgwl mai Luned oedd 'no a chofio'r un pryd nad oeddwn i wedi rhoid rhif hwnnw iddi.

Llais dyn. Nabodis i mono fo i ddechra.

'Davies. Paid â holi'r un gair na deud yn enw i. Jest gwranda a gna be dwi'n ddeud. Ma Mrs Mary Parry, 22 Bryn Gwyn wedi cwyno bo chdi wedi mynd â thri bocsiad o bapura personol o'i thŷ hi heb ei chaniatâd hi, ar ôl bygwth ei brifo hi. Ma hynny'n dilyn ymweliad gan ei thwrna hi'n gynharach heno. Ben bora fory ddaw 'na aeloda o Heddlu Gogladd Cymru i'r Brython i dy restio di am y drosedd honedig a nôl y papura. Gna *photocopies* o'r rhei pwysica a'u rhoid nhw'n rhwla saff. Heno. W't ti'n 'nallt i?'

'Ydw. Sut cest ti'n nymbar i?'

'*State secret.* Wela'i chdi fory'.

Fel o'n i'n sortio'r papura 'pwysica' mi ganodd ffôn y stafall. Luned. Ddeudis i baswn i'n rhoid amlan hefo'n enw i arni drwy'i drws ffrynt hi yn nes ymlaen a gofyn iddi edrach ar ôl honno nes baswn i'n gofyn amdani'n ôl.

'Be fydd yn yr amlen?'

'Rwbath helpith dy gleient di, Glyn Harries. Ond fiw ichdi edrach arnyn nhw heno neu mi golli dy leisans fel twrna.'

'Rheswm da dros neud.'

'Dwi o ddifri, Lún.'

'Pryd ca'u gweld nhw?'

'Fory. Ella. Os bydda i'n lwcus.'

'Gawn ni sgwrs nes ymlaen. Fydda'i ar 'y nhraed tan berfeddion.'

'Ddim heno, Lún. Mi fydd fory'n ddwrnod prysur inni'n dau.'

Eva, yr Almaenas, oedd wrth y ddesg. Gytunodd hi ar unwaith imi iwsio'r llun-gopïwr a mi ges amlen fawr frown i roid y copïa ynddi hi.

Fyny â fi wedyn am Ael-y-Bryn a pharcio 'nghar yng ngheg y stryd. Roedd 'na ola'n *baywindow* tŷ Luned. Sbecis rhwng y llenni oedd heb eu cau yn y canol a gweld Luned yn cysgu o flaen y teli. O'i chwmpas hi roedd dalenna papur newydd, llyfra, ffeils a llanast Manon a Iolo. Roedd hi'n edrach wedi ymlâdd a fu ond y dim imi gnocio. Ddeffrôdd Luned a dŵad at y ffenast pan stwffis i'r amlen drw'r twll llythyra. Erbyn hynny ro'n i'n ôl ar y stryd a toedd 'na ddim golwg ohona'i pan agorodd hi'r drws ffrynt.

Bai ar Gam

Hepian 'nes i'r rhan fwya o'r noson honno, fel bydd rhywun sy'n disgwl ca'l ei ddeffro ben bora, a chysgu fel twrch pan gnocion nhw am hannar awr wedi chwech. Agoris a gweld Lloyd-Williams, Greene a dau Sais cyhyrog mewn iwnifform yn sefyll yn y coridor.

Ddeudodd y prif gopyn eu bod nhw wedi 'derbyn cwyn oddi wrth Mrs Mary Parry, 22 Bryn Gwyn eich bod chi, David Wynne Davies wedi myned â thri blwch plastig gwyrdd yn cynnwys dogfennau preifat o eiddo Mrs Parry o 22 Bryn Gwyn yn erbyn ei hewyllys gan fygwth trais corfforol yn ei herbyn petai hi'n ceisio eich rhwystro'. Roedd gynno fo warant yn rhoid hawl iddyn nhw chwilio'n stafall i a mi obeithiodd y baswn i'n ddigon call i gydweithredu, hynny yw, gadal iddyn nhw 'ngwthio i mewn i'r stafall a gneud fel mynnon nhw yno.

'Dacw nhw,' medda Greene a phwyntio ar y bocsys oedd yn sefyll yn dwt ar benna'i gilydd ar y stand dal cesys.

'Mrs Parry ofynnodd imi fynd â nhw ac edrach drost y cynnwys, Inspector,' medda fi. ''Nes i mo'i bygwth hi.'

'Medda chdi, Dei,' medda Lloyd-Williams wrtha i a *Take them to the car,'* wrth y ddau Sais. 'Rhosodd iddyn nhw fynd cyn deud ei fod o'n yn restio i ac am fynd â fi i'r stesion i ga'l yn holi ymhellach. Roddodd ganiatâd imi fynd i'r *en suite* heb gau'r drws ac i wisgo amdana. Chawn i fynd â dim ond hancas hefo fi'n 'y mhocedi. Holis gawn i ffonio 'nhwrna. 'O'r stesion,' medda'r Arolygydd.

Sgyrnigis i ar Greene pan nath o orchast o bwyso 'mhen i i lawr wrth 'ngwthio i i gefn y car. Wenodd Lloyd-Williams ar Greene o'i sêt wrth ymyl y gyrrwr. Winciodd hwnnw'n ôl.

'Anodd tynnu cast o hen gi, Dei,' medda'r Inspector wrth inni droi oddar cylchdro Safeways a thros y *flyover* am Maes Clinca, a throi ata'i â gwên sbeitlyd yn cyrlio'i geg.

'Am ba gast a pha gi w't ti'n sôn rŵan, John?' medda fi dan syllu'n syth i'w llgada fo.

'Chdi'n dychryn hen wragadd,' medda fynta'n flin am 'mod i'n alw fo'n chdi. 'Laddist ti mo hon, o leia. Fydd hynny o dy blaid di.'

'Laddis i neb rioed, John,' medda fi. 'A rhywun arall ddychrynodd Mrs Parry ddoe. Dwi'n meddwl 'mod i'n gwbod pwy.'

Dduodd gwynab Lloyd-Williams ac mi drodd i edrach drw'r winsgrin. Roedd llgada Greene ar wegil ei fòs ond bod o'n edrach yn hapusach.

Aethon ni drw'r rigmamrôl arferol yn y slobfa. Ca'l 'y ngadal am hydoedd mewn stafall foel ar 'y mhen yn hun heblaw pan ddath 'na *wpc* bach ddel, bryd gola â phanad o de a dau ddarn o dôst imi. Ella ma honno roedd Barry'n ei thrin.

Bob hyn a hyn fydda slobs diarth yn rhoid eu penna drw'r drws a stagio'n hyll arna'i, gystal â deud 'Chdi ydi'r boi sy'n mynd i ga'l deg mlynadd?' Heliodd criw ohonyn nhw'n yn y coridor tu allan i'r drws agorad i siarad amdana'i; weithia'n mwmial yn gyfrinachol, weithia'n uchal eu cloch wrth drafod yn *c.v.* i er pan es i 'ar gyfeiliorn' gynta.

O'r diwadd ddoth Greene i ddeud baswn i'n ca'l ffonio a mynd â fi i i'w swyddfa fo. Sefodd o wrth y drws i wrando arna'i. Wrth i'r ffôn ganu mi sylwis ar dri ffoto wedi'u fframio ar y ddesg: gwraig Greene, y ddwy hogan bach a'r pedwar ohonyn nhw mewn dillad *karate*. Ddalis Luned fel roedd hi a'r plant ar adal y tŷ. Pan egluris i be oedd y sefyllfa gynigiodd hi ddŵad draw i Maes Clinca ar ôl taro Iolo a Manon yn eu hysgolion.

'Ddim raid ichdi,' medda fi. 'Fydda i'n iawn. Ond fydd arna'i isio sgwrs hefo chdi wedyn. Disgwl alwad gin i ganol bora.'

Teimlad braf ydy bod yn gwbwl ddieuog. Yn enwedig pan ma'r plisman sy'n dy gyhuddo di'n gwbod bo chdi'n ca'l cam. Fasa hynny ddim wedi poeni'r Prif Arolygydd/Pen Blaenor/Pen Bandit John Lloyd-Williams tasa fo'n holi rhywun medra fo fwlio. Problam John oedd na dim ond hefo *class* israddol iawn o griminal fydda fo'n cymdeithasu; gwehilion y gymuned droseddol. Toedd celwydd gola, castia plentynnaidd a bygythion chwerthinllyd yn tycio dim hefo drwgweithredwr profiadol a phroffesiynol.

Mi ddisgrifis be fu rhwng Mrs Mary Parry a fi ac ailadrodd air am air rhei o'n sgwrsys ni nes bod Lloyd-Williams yn dyfaru ei fod o wedi gofyn. Dim ond un anwiradd ddeudis i, ar lafar ac wedyn yn y prawf ysgrifenedig, sef, 'mod i, ar ôl edrach dros y papura, fel roedd yr hen wraig wedi gofyn imi, yn bwriadu mynd â nhw i swyddfa *Owain T. Thomas a'i Gwmni, Cyfreithwyr* 'i ofyn am ei farn a'i gyngor o gan fy mod yn gwybod mai fy nghyfaill, Mr Thomas, yw twrna Mrs Parry'. Toeddwn i ddim wedi sôn wrth Mr Thomas am y papura pan alwis i'n ei swyddfa fo y pnawn cynt am 'mod i'n meddwl basa fo'n mynnu eu cael nhw cyn i mi allu bwrw golwg drostyn nhw. Medda fi.

'Pam basa Mrs Parry wedi'ch cyhuddo chi o'i bygwth hi tasa hynny ddim yn wir?' oedd *killer question* yr Inspector.

'Bob tro galwis i yn 22 Bryn Gwyn roedd Mrs Parry'n yfad yn drwm. Yn drwm iawn,' medda fi. 'Mi oedd hi'n reit chwil pan adewis i hefo'r bocsys. Beryg bod hi wedi anghofio iddi ofyn imi fynd â nhw hefo fi, a meddwl 'mod i wedi'u dwyn nhw. Ella'i bod hi wedi deud 'mod i wedi'i bygwth hi rhag ymddangos braidd yn wirion. Ma hi'n bosib hefyd bod rhywun wedi troi Mrs Parry yn f'erbyn i. Wedi galw yn ei chartra hi a'i dychryn hi wrth ddeud clwydda amdana i a'i pherswadio hi i fynd at y polîs a 'nghyhuddo i o fynd â'r papura yn groes i'w hewyllys hi. Os bydd raid imi fynd o flaen llys i atab y cyhuddiad hwnnw mi fydd fy nhwrna i'n gofyn i Mrs Parry pwy arall alwodd yn ei chartra neithiwr.'

Gadwon fi'n garcharor yn y stafall holi am hannar awr ar ôl imi roid 'y mhapur arholiad i mewn. Ddath Lloyd-Williams a Greene wrth ei gynffon i'n rhyddhau i ar fechnïaeth ar yr amod 'mod i'n 'ymddangos o flaen fy ngwell' ymhen mis. Ddiflannodd yr Inspector wedi cyflawni'r seremoni honno a gadal Greene i 'nhywys i o'r slobfa.

Roedd hi'n hannar awr wedi deg erbyn hyn. Ofynnis i Greene gawn i neud galwad ffôn arall a mi gynigiodd ei symudol imi. Ffonis swyddfa Luned a gofyn i'r ysgrifenyddas roid gwbod i Ms. Tomos bo fi wedi ca'l yn rhyddhau ac yn cychwyn cerddad o Faes Clinca am ei chartra hi. Gynigiodd Greene roid pas imi. Ddiolchis a deud to'n i ddim isio cyrradd yn rhy gynnar a bod angan awyr iach arna'i hefyd. Toeddwn i ddim isio inni fod yn ormod o lawia. Fel deudodd rhyw hen ffarmwr o Sir Fôn wrtha'i: 'Ma plisman fel tarw. Wyddost ti byth ffor troith o'.

Roeddwn i wedi bod yn ista ar stepan y drws am sbel a 'mol yn rwmblan pan gyrhaeddodd Luned yn y car-cario-telyn a'i thempar yn ei dwrn.

'Toes 'na fyd hefo chdi!' oedd ei geiria cynta dros fonat y Volvo.

'Be dwi wedi neud rŵan?' medda fi wrth godi oddar yn ista.

''Mrawd mawr sy wedi bod fel dyn lloerig ar y ffôn, yn ramtamio am bo chdi wedi 'lladrata' papura Anti Meri', 'nghyhuddo i o d'annog di ac yn bygwth yn riportio i i

Gymdeithas y Gyfraith am drio dwyn ei gleient o.'

'Be ddeudist di wrtho fo?'

'Bo fi wedi gofyn ichdi ffitio bolltia ar ei drysa hi,' medda Luned a thrywanu ei goriad i'r clo ac agor y drws. 'Ac na wyddwn i ddim am y papura "honedig".'

'Mi fyddi di os edrychi di drw be sy'n yr amlen adewis i yma neithiwr. Ga'i neud brecwast i mi'n hun tra byddi di wrthi?'

Gymris i'n amsar, hannar awr o leia, dros 'y mrecwast, gan edrach drw'r *Guardian* a'r *Daily Post* oedd wedi'u gadal ar fwr y gegin wrth gnoi 'nhost a sipian 'y ngoffi go iawn, a golchi'r llestri ar ôl imi orffan. Synnis i na fasa Luned wedi dŵad ata'i, wedi'i chynhyrfu gin be oedd hi newydd ddarllan. Os buo hi'n fflamio roedd o wedi diffodd erbyn es i ati. Dyna be feddylis i a hitha'n ista fel delw ar y gadar wrth y ffenast a phelydra gwan haul bora gaeafol arni.

Ond mi gododd ei phen pan welodd hi fi a blagardio: 'Damia chdi, Dei!'

'Be dwi 'di neud rŵan?'

'Yn rhoid i mewn sefyllfa lle dylwn i riportio 'mrawd yn hun i Gymdeithas y Gyfraith. Dim nad ydy o'n haeddu hynny. Wyddwn i na rwbath fel hyn fydda'i diwadd hi i Owain. Ond dim byd mor ddifrifol. Am smonach! Ffŵl. Idiot!'

'Fasa well gin ti taswn i wedi mynd at dwrna arall?'

'Na fasa siŵr iawn.'

'Wyddat ti ei fod o'n rogio'i gleients?'

'Wyddwn i bydda fo'n 'menthyg' pres cleients i hybu ei fentra masnachol. Mi hwyliodd yn agos iawn at y gwynt fwy nag unwaith a llwyddo i dalu'r pres yn ôl jest mewn pryd pan fydda'r cleient yn gofyn amdano fo, neu ar gyfar archwiliad blynyddol y cwmni. Dyna pam ro'n i mor anhapus yn gweithio iddo fo, pan ddes i'n ôl i'r Dre wedi i 'mhriodas gynta i fethu. Dyna un rheswm priodis i'r eildro. Sy'n dangos gymaint o het ydw i. O'n i wedi ca'l llond bol ohono fo a'r gyfraith a phenna bach a phwysigion y Dre 'ma a meddwl basa bod yn wraig ffarm ym mhen draw Llŷn yn therapi ac yn Ynys Afallon am weddill yn oes. Pan ath y briodas honno'n ffliwt, Dre oedd unig le medrwn i ddŵad yn ôl iddo fo. Fuo Dad a Mam yn wych. A Hywel a Bet. Ac Owain a Margaret, yn diwadd. Yr unig beth fedrwn i neud i gynnal yn hun oedd cyfreitha. Ond to'n i ddim am fynd yn f'ôl at Owain. Fuo hi'n reit gas rhyngddan ni am gyfnod ond mi lwyddodd Dad i'n cymodi ni ac unwaith derbyniodd Owain y sefyllfa, mi nath bob dim fedra fo i'n helpu i sefydlu'n ffyrm yn hun. A ma gin i lot o le i ddiolch iddo fo. Dwi'n meddwl ei fod o wedi gweld na fasan ni'n sathru ar draed yn gilydd fel twrneiod gan fod yn diddordeba ni mor wahanol. Byddigions, pobol gefnog, busnes a menter iddo fo, merchaid a'u teuluoedd o giaridyms Maes Gwyrfai yn benna i mi. Diolch i Dduw bod 'nhad a Mam wedi'n gadal ni bellach. Fasan nhw'n torri'u clonna. Be dwi'n mynd i neud, Dei?'

Adewis i Luned grio am sbel a ffrwyno'r reddf i fynd draw ati i'w chysuro. Wedyn, dyma fi'n gofyn:

'Fasach chdi'n lecio i mi fynd am sgwrs hefo Owain? I weld fedrwn ni siortio rwbath?'

'Fasach chdi, Dei? Fasach chdi wir?' medda Luned a gobaith a diolch yn sgleinio'n ei llgada.

'Ffonia fo rŵan,' medda fi 'a gneud *appointment* imi. Ddeudith ynta "dim ffiars o beryg". Deud titha'r ei di at Gymdeithas y Gyfraith os na welith o fi.'

Ath Luned i ryw stafall arall i ffonio. Orweddis inna ar y soffa hefo'r cyfars *burnt orange* a rhoid dau glustog du o dan 'y mhen. Ro'n i wedi blino'n ofnadwy. Effaith codi mor fora a'r digwyddiada dramatig wedyn. Roeddwn i'n edrych mlaen at drio sortio 'mhroblema i'n hun heb orfod poeni am rei neb arall. Fydda Barbara adra yn Muswell Hill pen deuddydd a fyddwn inna yno i roid croeso iddi a deud wrthi na hi oedd yn iawn a basan ni'll dau'n lot hapusach yn

Ffrainc nag yn North Wêls. Ond fasa raid i'n plant fod yn Ffrancwyr. Ro'n i wedi gweld a chlŵad heidia o *English expats* yn ddiweddar. Ma'r Seuson yn bobol iawn yn eu gwlad eu hun ond y mwya annymunol dan haul, neu yn y niwl a'r glaw, yng ngwledydd pobol erill.

Gysgis nes i Luned 'neffro i. Roedd hi'n edrach fel tasa hi newydd godi o farw'n fyw wrth ddeud wrtha'i bod Owain isio imi fynd draw i'r Plas tuag wyth.

Noson Ddrycinog

Hen noson fudur. Gwynt o gopa'r Wyddfa'n chwthu glaw drw ganga noeth coedlan y Plas i gyfeiriad Werddon gan fynd â dail ola'r flwyddyn hefo fo. Toedd y lamp uwchben y drws ffrynt ddim wedi'i gleuo na'r un llygedyn yn dŵad o un o'r ffenestri chwaith. 'Blaw am y Merc mawr du, *OTT 100*, wedi'i barcio ar gerrig mân y dreif faswn i wedi meddwl toedd neb adra. Es o 'nghar mwy diymhongar i at ddrws sleidio'r *porch* gwydyr. Roedd drws ffrynt y tŷ gymaint â phorth capal mawr neu gastall bach.

Wasgis i'r botwm pres oedd ar y ffram faen am y drws a chlŵad cloch yn tincial ym mherfeddion y tŷ. Aros munud go lew. Gwasgu eto. Sŵn drws yn agor a chau. Bydded goleuni: pelydra llachar y lamp uwchben y *porch* a rhei egwan drw'r hannar cylch o ffenast liw uwchben y drws.

Fel y trodd y goriad yn y clo mi gamis yn ôl yn reddfol. Toeddwn i ddim yn disgwl wab yn 'y ngwynab ond fydda gŵr y tŷ ddim yn falch o 'ngweld i.

Ges i'n siomi ar yr ochor ora.

'Rhen Dei! Diolch ichdi am alw. Tydy hi'n noson felltigedig? Tyd heibio.'

Gamis drosd yr hiniog i'r cyntedd. Tasa 'na barti'n y Plas fan'no basa Owain a Margaret a'u plant yn croesawu eu ffrindia, y gwres yn clecian o'r tanllwyth dan y simna fawr, gola cynnil o'r candelabra uwchben ac o gilfacha yn y parwydydd yn cynyddu'r clydwch a lysh yn llifo o'r *cloakroom* oedd wedi ei throi yn *Bar y Bobol*. (Ar gau heno, fel y bydda fo yn ystod ymweliadau swyddogol y Parch. D.T. Thomas a Mrs Thomas). Roedd hi fymryn cnesach nag yn y *porch* ond jest cyn dwllad am na dim ond lamp dal, *art deco*, 40 watt wrth ymyl y lle tân gwag oedd yn gleuo'r cyntedd.

'Fasa'r ots gin ti tasan ni'n mynd i'r stydi?' medda Owain wrth gau'r drws ar f'ôl i a chychwyn heb ddisgwl am atab. 'Honno 'di'r stafall fwya cysurus yn y tŷ 'ma. Ma 'ngwraig wedi 'ngadal i sdi. Wedi mynd i Wrecsam at ei chwaer. Ma'r plant i gyd o adra, wrth gwrs. Dw inna ar 'y mhen yn hun bach yn yr hen dŷ mawr 'ma.'

'Ddeudodd Margaret ei bod hi wedi ca'l llond bol yn "yr academi",' medda fi.

'Ma addysg, fel bob un dim yn y wlad 'ma, ar y goriwaerad. Dwi'n crefu ar Mags i ymddeol yn gynnar. Mi gâi delera go lew, dwi'n siŵr,' medda Owain wrth 'nhywys i o wyll rhynllyd y coridor i lewych cynnas y stydi lle ces i ail sioc y noson: crys-chwys coch, *jeans* di-raen, a *deck-shoes* blêr dyn fydda'n gwisgo siwt hyd yn oed mewn parti. Am ei fod o mor bryd tywyll roedd angan sief arall arno fo erbyn wyth. Mr Parchus wedi'i weddnewid yn ryffian.

'Dwi'n ama na mai hynny neith hi ar ôl y pwl yma,' medda Owain.

Ddarllenis i'r sgrid Geltaidd ar y crys-chwys: 'Seintwar . . . Mae'n wlad i mi . . . ' tra oedd Owain yn pregethu: 'Toes gin blant, rhieni, gwleidyddion, na phrifathrawon, hyd yn oed, ronyn o barch at athrawon heddiw. Pawb yn eu trin nhw fel baw isa'r doman. Dwi wedi deud wrth Margaret: "Rho di'r gora iddi pryd bynnag leci di, cyw. Well gin i wraig hefo hannar ei phensiwn nag un wedi ca'l *nervous break-down*". Stedda, Dei.'

Wrth imi ista ar un o'r ddwy gadar ledar o boptu'r lle tân, ofynnodd Owain gymrwn i rwbath i 'nghnesu i 'ar noson mor ffiadd'. Ar y ddesg, wrth ymyl sgrin oleuedig y cyfrifiadur roedd potal Car Dhu, jwg ddŵr a gwydryn hannar llawn.

'Un bach,' medda fi.

'Dim ond rhei mawr gei di yn y tŷ yma,' medda *mine host* a nôl gwydryn imi o'r *cocktail cabinet*. Rhan oedd honno o'r cwpwr llyfra a'i drws yn edrach fel silffiad o gyfrola dysgedig hefo'u teitla aur ar eu cefna duon. 'Helpa dy hun i ddŵr,' medda Owain ar ôl llenwi'r ddau wydryn at y tri-chwarter. 'Fydda i'n meddwl bod *malt* da yn well hefo diferyn o *H20* am ei ben o.'

Ddilynon ni'n dau ei gyngor o, gododd Owain ei wydryn i ddymuno 'Hir oes i'r Achos Dirwestol' ac ista gwerbyn â fi.

'Iechyd da, Owain,' medda finna, lawn cyn gleniad, codi 'ngwydryn a sipian.

Yrrodd Owain hannar ei wisgi o i lawr y lôn goch yn un joch, cau ei llgada wrth i'r gwirod lifo drwy'i wythienna a gosod y gwydryn ar deils yr aelwyd, wrth ei droed dde.

'Deud wrtha'i, Dei,' medda fo wrth sythu, 'Pam na fasat ti wedi deud wrtha'i pan alwist ti i 'ngweld i ddoe bod dogfenna Mary Parry gin ti?'

'Pam dylwn i?'

'Cwrteisi. Dyletswydd, gan mai fi ydy'i thwrna hi. Cyfeillgarwch hyd yn oed? Dwi wedi edrach arnat ti fel ffrind i'r teulu er na fuon ni rioed mor agos ag y buost ti a Hywal. A Luned, wrth gwrs.'

'Dyna pam berswadist ti Anti Meri i fynd at y polîs?'

'Dim ond deud rhywfaint o dy hanas di wrthi 'nes i. Deimlis i, fel twrna'r hen wraig, fod dyletswydd broffesiynol arna'i i roid gwbod iddi bod plismyn Llundan o'r farn dy fod ti'n gyfrifol am farwolaeth ryw hen wraig gefnog ddath adra a thitha ar fadal hefo'i thrysora hi. Faswn i byth wedi madda i mi'n hun tasa'r un peth yn digwydd i Anti Meri, o bawb.'

'Gin Lloyd-Williams cest ti'r stori yna?'

'A chofio rwbath glywis i gin 'y nhad, rhyw chydig flynyddoedd yn ôl.'

Roddodd yn stumog i dro. Snwyrodd y twrna hynny a manteisio.

'Soniodd rhen ddyn amdanat ti'n gyrru'r holl ffor o Lundan yn unswydd i siarad hefo fo am "ryw fatar go ddifrifol oedd ar gydwybod yr hogyn", chwadal 'nhad. Newidiodd y digwyddiad hwnnw, a'r sgwrs honno, gwrs dy fywyd di, medda fo. Dyna pam bydda fo'n sôn amdanat ti weithia fel y 'Lleidr Da'. Deud ti wrtha'i, Dei, o ran diddordab, oedd 'na gysylltiad rhwng y dynladdiad honedig a'r seiat gest ti hefo 'nhad?'

Gymris gegiad o wisgi i guddiad yn chwithdod a thanio'n ôl.

'Oedd 'na gysylltiad rhwng Lloyd-Williams a'i hogia yn dwyn y papura roedd Mary Parry wedi gofyn imi roid trefn arnyn nhw iddi, a'r ffaith bo chdi a Lona Harries wedi bod yn ei blingo hi?'

'Dau gyhuddiad hollo ddi-sail, Dei,' medda Owain Thomas a gwên ei dad yn gloywi'i wynab ac yn goleuo'i llgada brown. Naethpwyd dim yn groes i ddymuniad Mrs Parry. Roedd Anti Meri'n gweld Lona druan fel merch iddi. Dyna pam newidiodd hi ei hewyllys a gadal cyfran helaeth o'i harian a'i heiddo i Lona a'i phlant. A dallta di hyn: mi oedd rhen wraig yn gwerthfawrogi be rydw i wedi bod yn neud dros y Dre 'ma. Yn gefnogol iawn i f'ymdrechion i a 'nghyfeillion i gadw hynny fedrwn ni ohoni yn nwylo Cymry. Thwyllodd Lona na fi mo Anti Meri. Mi ddeudith hitha hynny wrth yn chwaer bach, hunan-gyfiawn i ac mewn llys barn os bydd galw arni.'

'A dwyn camdystiolaeth yn f'erbyn i?'

'Synnwn i ddim tasa hi'n gwllwng y cyhuddiad.'

'Ama dim,' medda fi. 'Tydy hi ddim yn ddynas i 'dyngu anudon' fel basa dy dad yn deud.'

'Beryg 'mod i wedi gor-ymatab,' medda Owain. 'Chlywi di ddim rhagor am y busnas. Fedra'i addo hynny ichdi.'

'Diolch yn fawr, Owain,' medda fi.

173

'Raid iti ddim. Un bach arall?'

Roedd gwydryn Owain yn wag a f'un i'n dal reit lawn.

'Dwi'n iawn, diolch, Owain,' medda fi a dangos faint oedd gin i ar ôl.

Roedd o wrth y ddesg erbyn hyn yn tollti gwydriad arall o 'ddŵr y bywyd' iddo fo'i hun.

'Clec iddo fo!'

'Well imi beidio a finna'n dreifio.'

'Tasat ti'n digwydd cael dy stopio gin y constabiwlari, jest deuda lle w't ti wedi bod,' medda Owain dan chwerthin a disgwl imi glecio.

'Well gin i beidio, os nad ydy'r ots gin ti, Owain,' medda fi. 'Ma 'na rwbath arall dwi isio sôn amdano fo wrthach chdi a dwi isio cadw'n meddwl yn reit glir wrth imi'i ddeud o.'

'W't ti'n dal isio dŵad yn d'ôl?' medda Owain. 'Dal dy ddŵr am ryw chwe mis ydy 'nghyngor i. Wela'i be fedra'i neud radag hynny.'

Roedd o'n ôl yn ei sêt, gwerbyn â fi rŵan.

'Tydy hi ddim o bwys gin i bod chdi a Lona wedi rogio Mary Parry,' medda fi. 'Toes arni ddim angan y ganfad rhan o'i phres. Yr unig beth fedar hi neud hefo fo ydy ei adal o'n y banc i ddodwy mwy. Dwi'n siŵr dy fod di a Lona wedi gneud gwell iws ohono fo.'

'Tw't ti'n ddiawl sinicaidd!' medda Owain a gwên sinicaidd yn lledu dros ei wynab golygus.

'Matar arall ydy gadal i Glyndwr Harries fynd i lawr am ddeg mlynadd am fod yn lembo.'

'Be 'nei di? Mynd at y polîs a chyffesu?'

Toeddwn i ddim yn disgwl i Owain syrthio ar ei linia o 'mlaen i a chyfadda ond mi feddylis bydda rhyw arwydd corfforol yn ei fradychu o. Dim ffasiwn beth.

Dyma fi'n amlinellu'r achos yn ei erbyn o:

'Ar ôl mynd drw bapura Mary Parry rydw i wedi dŵad i'r casgliad bo chdi a Lona wedi ffraeo dros ffortiwn rhen wraig y noson honno. Tydw i ddim yn meddwl bo chdi wedi bwriadu'i lladd hi. Ond mi ath petha'n flêr. Roedd hi wedi bod yn yfad. A chditha, debyg. Yn ôl Anti Meri, fu'st ti a Lona'n fwy na phartneriad busnas ar un adag. Ma'n siŵr bod ca'l *chuck* am dwlal fel Rod Stanley a meddwl am Lona'n mynd i jolihoitio rownd y byd hefo fo yn dân ar dy groen di. A mi ath petha'n flêr. Dros ben llestri.'

Chynhyrfodd Owain fawr ddim.'Theori ddiddorol, Dei,' medda fo fel taswn i wedi cynnig esboniad newydd, gwreiddiol pam bod eira'n wyn. 'Ma'r polîs yn rhoid mwy o goel ar y ddamcaniath mai chdi laddodd Lona.'

Ddeudis i 'mod i a'r polîs yn gwbod buo 'na ddyn arall yn y fflat hefo Lona ar ôl i'w gŵr hi madal. 'Tasa Lloyd-Williams yn medru profi na fi oedd o,' medda fi, 'faswn i yn lle ma Glyn Harries heno. Ges i braw *DNA* a phasio. Be amdanach chdi?'

'Blacmel ydy hyn?' medda Owain.

'Pam lai?' medda fi er nad oeddwn i wedi meddwl am hynny.

'Tydw i ddim yn cydnabod bod sail i dy gyhuddiad di,' medda'r twrna, 'ond mi alla achosi diflastod mawr i mi a 'nheulu. Fedra'i roid 'run ffadan benni o arian sychion iti. Ond sut basat ti'n lecio siop yn Lôn Bangor? A thŷ pedair llofft hefo hannar acar o dir yng Nghaeathro?'

'Ma'n ddrwg gin i ddeud na ddes i ddim yma i dy flacmelio di Owain,' medda fi. 'Tydw i ddim isio pres, siop na thŷ gin ti, dim ond chwara teg i Glyndwr Harries. Ro'i ddeuddydd ichdi. Wyth awr a deugian. I roid trefn ar dy betha a gneud dîl hefo'r Glas a'r *CPS*. Rw't ti'n dallt y system. Yn rhan ohoni. Chwaraea di dy gardia'n iawn a mi fyddi â dy draed yn rhydd o fewn tair blynadd.'

Roeddwn i wedi clŵad bod gin Owain dempar ond heb ei weld o o'r blaen. Wylltiodd yn gacwn a hisian i 'ngwynab i: 'Pwy ffwc wyt ti i 'mygwth a 'mlacmelio i? Dos o nhŷ i, y bastad rhagrithiol!'

Darodd y gair 'rhagrithiol' yn hoelan i ar ei phen a pheri

bod raid imi ddeud stori Mrs Henley a'r Lleidr Da wrth Owain Thomas. Ddeudis nad awn i o'r tŷ heb iddo fo glŵad yr hanas. Toedd o ddim ormod o'i go' nac o dan ddylanwad y wisgsi i beidio â sylweddoli y bydda'n llusgo i at y drws ffrynt a'i lluchio i allan yn ormod o gontract, a mi wrandawodd. Yn anewyllysgar i ddechra ond yn astud erbyn y diwadd.

Wedyn mi glywodd hanas yn ymweliad i â fflat Lona Harries y noson buo hi farw.

Tu allan roedd y gwynt yn camdrin y coed ac yn lluchio glaw yn erbyn ffenestri'r Plas ond mi fu fel y bedd yn stydi Owain Thomas am hydoedd ar ôl imi orffan siarad. Yn rhyfadd iawn, toedd y distawrwydd ddim yn peri imi deimlo'n chwithig. Nac Owain chwaith, hyd y gwelwn i. Wn i ddim amdano fo ond mi deimlis i ryddhad fel taswn i wedi ca'l gwarad o faich fuo'n yn llethu i. Mi lithris i synfyfyrdod wrth gofio gymaint roedd 'mywyd i a theulu'r Parch. Deiniol Thomas wedi'u gweu i'w gilydd.

Ffarweliodd Owain mor foneddigaidd ag y croesawodd o fi.

'Wel. Dyna ni 'ta'r hen Dei,' medda fo o'r diwadd a rhwbio'i llgada a'i focha hefo'i ddwy law fel tasa fo newydd ddeffro o drwmgwsg. Ddown ni â'r seiat i ben yn fan'na, dwi'n meddwl. Mi fydda i wedi rhoid trefn ar 'y mhetha o fewn deuddydd. Deud wrth Luned gna i ddim i ddwyn gwarth arnan ni fel teulu.'

'Iawn,' medda fi, yn gyndyn o fentro allan i'r gwynt a'r glaw o glydwch y stydi.

'Cofia fi at Barbara,' medda Owain wrth inni'n dau godi ar yn traed.

'Siŵr o neud, Owain.'

'Un dda ydy hon'na. Dal d'afal yn'i a dos hefo hi i le bynnag bydd hi isio mynd.'

'Mi 'na i.'

'Ma'n debyg yr ei di i weld Luned rŵan?' medda Owain

a chychwyn am y drws ffrynt.

'Dyna'r bwriad,' medda finna wrth ei ddilyn o.

Ddeudodd o ddim arall nes cyrhaeddon ni'r *porch* pan ofynnodd o imi 'gofio rhoi'r neges i Luned ond iddi beidio â chysylltu efo fi nes y bydd hi wedi clŵad gen i.'

Sgwydodd Owain yn llaw i a diolch imi am alw.

'Diolch i chdi, Owain' medda finna, dwn i ddim pam. 'Nos dawch.' Ac allan â fi drw'r ddrycin at 'y nghar.

Roedd Owain yn dal yn y drws pan danis i'r injan a gyrru i lawr y dreif coediog ond chododd o mo'i law. O'n i isio mynd adra. Ar f'union. Syth bin. Adra i Lundan. Ond roedd raid imi riportio i Luned gynta. A disgwl i Owain neud ei fwf.

Iolo agorodd y drws a mi ges wên fawr pan welodd o pwy oedd 'no.

'Dei! Tyd i mewn!' medda fo a'n llusgo i dros yr hiniog. 'Ma Mam wedi bod yn ista fel sowldiwr fan hyn drw nos. Fydd hi'n falch o dy weld di.'

Gaeodd Iolo'r drws a 'ngwadd i i'r stafall fyw lle'r oedd Luned yn rhythu ar *News at Ten* fel tasa hanas ei hangladd hi'i hun ar y sgrin.

'Sut ath hi?' medda hi mewn llais blinedig.

Mi 'nes siap 'dwn-i-ddim' hefo'n sgwydda a 'be-am-Iolo?' hefo'n llgada a mi awgrymodd Luned wrtho fo ei bod hi'n bryd iddo fo 'fynd am y lle sgwâr'.

'O'n i'n sbio ar y niws, Mam.'

'Sbio ar un o'r hen bapura ffwtbol 'na,' medda'r fam. 'Fedri di neud hynny'n dy lofft. Dos cariad. Gin ti ysgol fory a ma gin Dei a fi betha pwysig i'w trafod.'

'OK 'ta,' medda Iolo'n ewyllysgar. 'Ddo'i ddim ar ych traws chi'. Mi ath draw at Luned a gwyro'i ben iddi roid ei breichia am ei sgwydda fo a sws ar ei foch. Ges inna wên arall a 'Nos dawch, Dei. Grêt dy weld di eto,' wrth iddo fo'n gadal ni.

'Wel?' medda Luned dan dwllu'r teli wrth i mi ollwng yn hun ar y soffa.

'Ddeudis i wrth Owain be o'n i'n wbod,' medda fi, 'a rhoid deuddydd iddo fo roid trefn ar ei betha. Mae o wedi gaddo gneud hynny heb ddwyn gwarth arnach chi fel teulu, a defnyddio'i eiria fo'i hun.'

'Mi drosglwyddith Mrs Parry i ofal rhyw dwrna arall,' medda Luned.' Ffrind ac aelod o'r un loj neith ddim holi gormod.'

'Debyg iawn,' medda fi.

'Ddylwn i gasáu Owain,' medda Luned, 'ond fedra'i ddim. Fedra'i ddim anghofio mor annwyl fydda fo hefo fi ers talwm, pan oeddan ni'n blant. Gymaint o fyd fydda gynno fo hefo'i chwaer bach. Gneud siŵr na chawn i fyth gam. Roeddan ni i gyd mor hapus radag hynny, Dei. Be ddigwyddodd inni? Be ath o chwith?'

'Fedra'i ddim atab y cwestiwn yna, Lún,' medda fi a chodi ar 'y nhraed. 'Ath 'y mywyd i o chwith pan ges i 'ngeni.'

'Twyt ti ddim yn mynd?'

'Esgusoda fi. Dwi'n teimlo fel bechdan.'

'Ma 'na wely iti'n llofft sbâr. Dim traffath.'

'Well imi'i throi hi, Lún. Neu fydd Barry'r Barman yn hel straeon amdana'i hyd Dre. A i ddim yn ôl i Lundan nes byddan ni wedi clŵad gin Owain'.

'Diolch ichdi, Dei, am bob dim.'

'Raid ichdi ddim. Nos dawch, Lún.'

'Nos dawch, Dei. Madda imi am beidio codi.'

Ro'n i'n teimlo'n gachwr wrth fynd at 'y nghar am beidio ag aros yn gwmpeini i Luned. Ond roedd 'mywyd i'n ddigon cymhlath yn barod. Ac mi fasa Barbara'n flin tasa hi ddim yn ca'l yn e-bost i.

Cyffes

Gysgis i'n wael eto y noson honno. Cwsg trwm, tywyll anniddig a deffro bora wedyn dan deimlo bod rwbath diflas uffernol wedi digwydd a rwbath gwaeth yn mynd i ddigwydd. Ddes ata'n hun fymryn ar ôl ca'l cawod a phenderfynu bod raid imi ddengid o'r Dre. Dim rhy bell. Jest digon i roid brêc o chydig oria imi. Ro'n i wedi laru ar fod yn dwrist yn 'y ngwlad yn hun, yn enwedig a hitha'n fis Tachwedd, felly mi 'nelis i am Lerpwl. Epic o siwrna ers talwm. Llai na dwyawr heb sbidio rŵan. Fiw ichdi beth bynnag; ma 'na gamrâu bob cam o'r ffor . . .

Deimlis ysfa, fel bydda'i bob tro pan fydda'i yn y pen yna, i bicio i Ellesmere Port i weld yn rhieni. Fel pob tro arall mi mygis hi. Tydw i ddim yn meddwl amdanyn nhw a'r Seuson, plant erill 'nhad, fel 'y nheulu i erbyn hyn. Os oes gin i deulu o gwbwl, un y Parch. Deiniol Tomos ydy o. Doniol. 'Cyflawni uchelgais bore oes' ond ddim fel o'n i wedi gobeithio.

Es yn 'y mlaen am Lerpwl a drw'r twnal, a chofio gymaint o anturiath fydda hynny ers talwm. Stwnan yng nghyffinia Pierhead am ryw awr. Cinio da mewn lle byta Ffrengig a meddwl am Barbara. Mynd o gwmpas y Tate lle'r oedd 'na arddangosfa fawr o *psychadelic art*. Ddath y chwiw honno i ben, yn ôl rhyw feirniad oedd yn ca'l ei ddyfynnu'n y rhaglan, pan gyhoeddodd Coca-Cola hysbysebion *psychadelic*.

Nôl 'adra' i'r Brython wedyn am noson o sbio ar teli a swpar brechdana cyw iâr o'r gegin a dŵr potal o'r mini-bar.

Dwrnod wedyn mi rois drefn ar bentwr o waith papur ro'n i wedi dŵad hefo fi – bilia, *invoices*, ordors aballu – a chysylltu hefo cwsmeriaid a *dealers* erill hefo'r ffôn a'r e-bost. Cinio yn y Bar a cha'l gwaith i beidio bod yn gas hefo Barry'n holi ac yn stilio pam 'mod i'n dal hyd lle. Swpar yn *chinks* Maes.

Nôl i'r Brython a methu cysgu eto. Fel taswn i mewn hotel yn ne Ffrainc neu Sbaen ar noson drymaidd o ha crasboeth pan w't ti'n disgwl i'r storm dorri ond neith hi ddim. Ma hi'n cau gneud a chau gneud nes w't ti'n mynd yn wirion bost.

Bora'r trydydd dydd torrodd hi. Chwartar wedi deg a finna'n mystyn y *Continental Brecwast Cyfandirol* wrth ddarllan eitema di-ddim yn y *Daily Post* rhwng cegeidia o *croissant* a llymeidia o goffi.

Neidis i pan ganodd y Motorola ar lian gwyn y bwr. Ro'n i'n disgwl galwad ond ddim mor gynnar . . .

Llais Luned.

'Dei?'

'Ia.'

'Ma Owain wedi marw.'

Ro'n i wedi disgwl iddi ddeud '. . . wedi'i 'restio', neu '. . . wedi mynd at y polîs a chyfadda . . . '

'Be ddeudist ti, Lún?'

'Ma Owain wedi marw, Dei. Ffendiodd Lorraine o wedi marw yn ei wely, hannar awr wedi saith, bora'ma.'

'Pwy ydy Lorraine?'

'Dynas fydd yn dŵad i gwcio a llnau iddyn nhw.'

'Wn i ddim be i ddeud, Luned. Fuo fo'n cwyno ?'

'Trawiad gafodd o. Ma'i ddoctor o'n deud bod Owain wedi bod yn diodda o anhwylder ar y galon ers blynyddoedd, heb ddeud wrth neb o'i deulu, ddim wrth Margaret, hyd yn oed, rhag inni boeni. Mi fydd 'na bostmortem, wrth gwrs, ond ma Doctor Geraint yn disgwl i hwnnw gadarnhau ei ddeiagnosis o.'

'Ma'n ddrwg gin i, Luned,' medda fi.

Be arall fedrwn i ddeud?

'Sut gwelist ti o pan alwist ti yno echnos?'

'Reit iach. Am wn i.'

'Beryg bod be ddeudist ti wrth Owain wedi effeithio arno fo?'

'Beryg iawn. Ond oedd raid imi, 'toedd?'

'Oedd, Dei. Tydw i ddim yn dy feio di.'

'Mynd drostach chdi 'nes i 'te?'

'Ia, Dei. Rydw i'n teimlo mor euog. Tro dwytha siaradis i hefo Owain, ffraeo naethon ni.'

'Tro dwytha clywis i chdi'n siarad am Owain,' medda fi, 'roeddat ti'n siarad yn annwyl iawn amdano fo.'

'Oeddwn. Diolch ichdi am yn atgoffa i. Ac am . . . Mi ddoi di i'r angladd?'

'Dof, Luned. Ma raid imi.'

Roedd Barbara wedi cyrradd adra o 'mlaen i ac wedi bod wrthi'n twtio'r tŷ a'i neud o cyn lanad a mor gysurus ag oedd o pan adawodd hi. Fu's i rioed yn falchach o'i gweld hi nac o fod yn 'y nghartra'n hun. Fel dŵad adra o garchar ond i le brafiach ac at rywun anwylach na'r un o'r troeon hynny.

Toedd gynni hi ddim llawar i'w ddeud am y gwylia 'blaw bod y lle a'r bwyd yn fendigedig a'i ffrindia hi a'u ffrinda nhw'n glên ofnadwy. Ges i'r argraff ei bod hi wedi 'ngholli i fwy nag oedd hi'n barod i gyfadda.

Fel arfar, fydda enw rhyw aelod o deulu Deiniol Tomos yn ddigon i brocio sylwada pigog o ena B. ond tro 'ma mi fynnodd glŵad pob manylyn lleia fedrwn i gofio am y datblygiada diweddara yn 'y mherthynas i â nhw. *Schadenfreude* ydy'r gair Almaeneg am hynny? Roedd 'na rwbath arall yno hefyd, fel ffendis i wedyn.

Godon ni'n dau am saith, drannoeth: Barbara i fynd i ar y

Tiwb i Shepherd's Bush, lle'r oedd swyddfa'r cylchrawn roedd hi'n gweithio iddo fo ar y pryd; finna i'n stydi i fynd drw'r post oedd wedi hel tra bu's i i ffwr a hitha wedi'i osod yn bentwr taclus ar 'y nesg i.

Ro'n i gymaint ar ei hôl hi hefo bob dim nes agoris i mo'r amlen frown a marc post gogledd Cymru a Chaer arni tan ganol y bora. Dyma'r cynnwys:

Annwyl Dei

Diolch yn fawr am y sgwrs neithiwr. Rydw i'n gweld fy ffordd ymlaen yn glir rŵan, diolch i ti ac i'r addysg glasurol ges i yng Ngholeg Glantywi 'slawer dydd. Mae llenorion Groeg a Rhufain yn rhoi arweiniad i ddyn yn y cyfwng rydw i ynddo fo. Yn dangos sut y gall o weithredu mewn modd fydd yn arbed ei enw da fo'i hun, ac yn bwysicach fyth, enw da ei deulu. Ac yn diogelu amgylchiadau materol ei anwyliaid. Rydw i wedi bod yn byw ar ymyl y dibyn ers rhai blynyddoedd ac wedi meddwl erioed y byddai'n well gen i neidio na chael fy ngwthio.

Mae dau o'r brodyr sydd hefyd yn aelodau o Seintwar, y naill yn heddwas a'r llall yn feddyg, wedi cytuno i'm helpu. O frawdgarwch a chyfeillgarwch ac o sylweddoli hefyd y buasan nhw a chylch eang o gyfeillion a chydnabod ar eu colled petai'r hwch sy'n fy nhwlc i yn mynd drwy'r siop.

Mae Hywel yn mynnu mai Coleg Glantywi rwystrodd fi rhag cael gyrfa wleidyddol lwyddiannus. 'Yn dy neud di ormod i'r chwith pan oeddat ti'n hogyn ifanc ac ormod i'r dde yn ganol oed'. Dichon ei fod o'n iawn. Ond dydw i ddim yn dyfaru i fy rhieni fy ngyrru i i Lantywi. Mi ddysgais chwarae rygbi yno a gwerthfawrogi'n gêm genedlaethol a dod yn ffrindiau efo bechgyn o bob cwr o Gymru ac o wledydd eraill. Rydw i'n medru cymdeithasu'n hyderus efo 'gwreng a bonedd', Cymry a

Saeson a does arna'i ddim ofn yr un Sais, yn wahanol iawn i gynifer o 'nghydwladwyr, gwaetha'r modd. Ond y peth pwysicaf ydy bod gen i amgenach adnabyddiaeth o'r byd ac o gymdeithas na phetaswn i wedi aros yn 'Ysgol Dre'.

Tori Cymraeg ydw i yn ôl fy mrawd a'i ffrindiau. Rydw i'n galw fy hun yn genedlaetholwr sy fymryn i'r dde o'r canol yn y sbectrwm gwleidyddol; tebyg i'r rhai sy'n llywodraethu Gwlad y Basg a Chatalwnia mor llwyddiannus. Mae'n bosib y byddwn i'n A.S. neu'n A.C. heddiw taswn i heb ddatgan fy marn ar y Blaid a'i pholisïau a'r ffordd mae hi'n mynd yn onest ac yn ddiflewyn-ar-dafod bob amser, a chymryd arnaf arddel y potsh o ddelfrydau naïf a sentimental a llwfrdra sy'n cymryd lle ideoleg ym mhennau bach yr arweinwyr a thrwch yr aelodau. Wna'i ddim gwadu 'mod i wedi chwerwi oherwydd na ches gyfle i chwarae rhan amlycach yng ngwleidyddiaeth fy ngwlad, ond wnes i ddim pwdu. Penderfynais, ynghyd â chyfeillion o gyffelyb feddylfryd, weithredu ar ei rhan ym myd masnach a busnes. Yn aml iawn mae grym economaidd yn fwy effeithiol ac yn fwy parhaol na gweithredu gwleidyddol.

'Ac er mwyn Cymru buost ti yn ffŵl . . . ' Dydw i ddim yn gweld fy hun yn sant nac yn ferthyr nac yn meiddio cymharu fy hun â rhai o arwyr mawr y genedl yn y gorffennol. Ond os bûm i'n ffŵl ac yn waeth na ffŵl, er mwyn Cymru y bu hynny yn flaenaf. Dydy hynny ddim yn gyfiawnhad dros weithredoedd mae gen i gywilydd mawr ohonyn nhw, ac un weithred yn arbennig, ond roedd fy nghymhellion bob amsar yn anrhydeddus. Mae Cymru'n gwneud ffyliaid o bawb sy'n ei charu. Digon o genedl i'n hudo ni a'n dal ni yn ei chrafangau ar hyd ein hoes ond ddim digon inni fedru byw bywydau 'normal', gwaraidd aelodau o genedl go iawn.

Bu'r daliadau a'r syniadau rwystrodd fi rhag llwyddo yn wleidyddol yn fanteisiol i ymdrechion Seintwar i weithredu dros Gymru a'r iaith Gymraeg. Rydw i'n falch o'r modd y llwyddasom i gadw'r moch rhag maeddu'r cwr yma o'r winllan yn llwyr. Rydw i wedi sicrhau yr â Seintwar o nerth i nerth ar ôl fy ymadawiad.

Un o ganlyniadau anffodus fy sêl a'm diwydrwydd fel *entrepreneur* oedd esgeuluso fy nheulu. Nid yn faterol, wrth gwrs ond doedd y plant ddim yn gweld cymaint ar eu tad ag y dylian nhw ac mi agorodd hynny agendor gynyddol rhyngddaf i a nhw a rhwng Margaret a fi. Dipyn o *Guardian woman* fu Margaret erioed. Byddai wedi bod wrth ei bodd yn wraig i *M.P.*, beth bynnag oedd lliw ei bolitics ond doedd ganddi fawr o ddiddordeb yn fy *wheeling and dealing* i, fel bydda hi'n ei alw fo, er ei bod hi wrth ei bodd efo'r cartref, y dodrefn, y gerddi a'r dillad roedd gweithgareddau mor ddiraddiol o philistaidd yn eu rhoi iddi.

Ffrindiau efo'r un diddordebau ac yn gweithio efo'i gilydd gyda'r un ymroddiad dros yr un achos oedd Lona Harries a fi am y misoedd cyntaf wedi iddi ymuno efo Seintwar. Dyna sut fyddai'r berthynas wedi para petai ei gŵr wedi ei thrin hi'n iawn. Torrodd Glyndwr Harries galon ei wraig wrth ei thwyllo hi mor aml a thorri addewidon, dro ar ôl tro. A chan nad oedd pethau wedi bod yn dda rhyngdda i a Margaret ers blynyddoedd, roedd yr hyn ddigwyddodd rhwng Lona a fi bron yn anorfod.

Mi ddylwn i fod wedi gadael Margaret gynted ag y sylweddolais i gymaint o feddwl oedd gen i o Lona. Mi fedra'i weld hynny rŵan. Ystyriodd Lona a fi hynny sawl gwaith a gohirio'r penderfyniad bob tro. Fi am 'mod i'n llwfr ac ofn sgandal. Lona am ei bod hi am wneud i'w gŵr dalu'n ddrud iawn, iawn am ei anffyddlondeb.

Fel roeddat ti'n amau, Dei, ewyllys newydd Mary

Parry oedd y trobwynt yn fy mherthynas i â Lona. Er mai fi ddrafftiodd yr ewyllys sy'n gadael y rhan helaethaf o arian ac eiddo'r hen wraig i Lona a'i phlant, mi aeth hi'n fwyfwy cyndyn o helpu Seintwar a hynny ar adeg anodd iawn inni oherwydd amgylchiadau y tu hwnt i'm rheolaeth i a'r Cyfarwyddwyr eraill.

Aeth pethau'n flêr tuag Estonia.

Gwrthododd cyngor dinas Tartu roi dŵr, trydan, nwy na charthffosiaeth mewn stad ddiwydiannol roeddan ni wedi buddsoddi'n drwm ynddi oni bai eu bod yn derbyn $500,000 yn fwy na'r gofyn gwreiddiol. Cododd y polîs $100,000 arnom am ollwng y cyhuddiadau yn erbyn un o'n rheolwyr ni: Sais, canol-oed o Surrey oedd wedi ymosod ar ei ddyweddi, 'Miss Estonia 2000', ar ôl darganfod ei bod hi'n butain ac yn briod yn barod â'i phimp. Wedyn dyma'r Comisiwn Ewropeaidd yn cau ein 'Nant Gwyrtheyrn' Estonaidd ni ar ôl darganfod nad 'codi'r hen iaith yn ei hôl' oedd prif weithgarwch y sefydliad hwnnw ond dysgu digon o Estoneg i Rwsiaid o Rwsia i'r rheini gael dinasyddiaeth Estonaidd a thrwydded i weithio yn y Gymuned Ewropeaidd, a bod y rhan fwyaf o'r elw'n mynd i bocedi'r maffia lleol.

Gosodwyd baich ariannol aruthrol arnom ni'r Cyfarwyddwyr. Yr unig fodd y llwyddais i ysgwyddo fy siâr oedd trwy fenthyca o gyfrifon clientiaid fy mhractis cyfreithiol ar adeg pan oedd yr archwiliad blynyddol yn nesu. Roedd Lona wedi gadael Seintwar erbyn hyn, yn dilyn ffrae gas rhyngddi hi a fi ynglŷn â'r hyn a welwn i fel anniolchgarwch digywilydd. Ateb negyddol a dilornus ges i pan ofynnais iddi am fenthyciad. Pan glywais i gan swyddog yn ei banc hi, y nos Wener honno, am y £60, 000 yr oedd Lona newydd ei godi i dalu am ei thrip rownd y byd hefo'i ffansi-man diweddaraf, swm fuasai'n fy arbed i rhag suddo dan y don, mi benderfynais alw i'w gweld hi. Camgymeriad dybryd oedd gwneud hynny ar ôl cael llond cratsh yn y Clwb Hwylio a chlywed awgrymiadau crafog rhai cyd-aelodau pam bod Lona wedi 'ngadael i am Rod Stanley. Sylweddolais hynny pan ges i fy hun yn rhynnu yn nhywyllwch y lôn gefn y tu ôl i'r fflat. Roeddwn i ar fin callio a mynd adref pan agorwyd drws cefn yr adeilad. Gwelais Lona yng ngolau'r lobi yn ffarwelio'n serchus iawn â'i chyn-ŵr. Fo o bawb! Mi drois fy ngwyneb at y wal rhag iddyn nhw fy adnabod. Clywais y drws yn cau yn glep a chael cip o gil llygad arno fo'n trotian heibio, o fewn troedfeddi imi, am Stryd y Bont.

Roeddwn i'n wyllt gacwn unwaith eto ac mi es at y drws yr oedd Harries newydd ddŵad drwyddo fo a chnocio. Ddaeth Lona i'r drws bron ar unwaith gan feddwl mai fo oedd yno, wedi anghofio rhywbeth. Roeddwn i yn y lobi ac wedi cau'r drws y tu ôl imi cyn iddi feddwl am fy hel i allan.

Rydw i eisoes wedi cau o fy meddwl, am yr eildro, beth ddigwyddodd wedyn. Eto heb drio esgusodi fy hun, mae'n rhaid imi ddeud wrthyt ti, Dei, mai'r hyn a yrrodd Lona o'i cho a pheri iddi ymosod arna'i hefo'i dyrna, ei gwinadd, ei phenliniau a'i thraed oedd meddwl 'mod i wedi cymryd o'r seff y gemau yr oeddat ti wedi eu 'hadfeddiannu' ar ran ei chyn-ŵr hi ychydig cynt, yn ogystal â'r trigain mil yr oeddwn i'n 'deimlo bod gen i hawl arnyn nhw.

Pan gyrhaeddais adref, yn fy ngwaed, roedd Margaret yn dal ar ei thraed. Mi ddwedais mai criw o lanciau oedd wedi ymosod arna'i ac mi gredodd hynny ar y pryd. Dywedais hefyd fod raid imi 'madael am Estonia ben bore drannoeth a hynny wnes i er imi orfod aros dau ddiwrnod ym Manceinion am awyren. Pan ffoniais adref o Tallin, dywedodd Margaret wrthyf fod Glyndwr Harries dan glo ar gyhuddiad o ladd ei wraig. Roedd tinc cyhuddgar yn ei llais. Gwyddai Margaret am fy mherthynas i â Lona. Dyna pam mae hi mewn cyflwr mor fregus ar hyn o bryd. Fy ngobaith ydy y bydd effaith yr hyn rydw i'n mynd i'w wneud yn iechyd iddi ac nid fel arall. Paid â dangos hyn o lith iddi hi nac i'r plant, os gweli di'n dda. Mi gei ei ddangos i Luned, pan fydd pethau wedi setlo'n weddol, gan fod ganddi rywfaint o grap ar yr hanes trychinebus yn barod, ac i Hywel gan fod ganddo fo gymaint o hawl arna'i â'i chwaer.

Mi wn i, Dei, fod gen ti dipyn o feddwl o'n teulu ni a dyna pam rydw i'n gofyn iti wneud unrhyw beth sy'n dy allu i'w helpu nhw pan fydda i wedi mynd.

Yr eiddot yn ddiffuant

Owain

Ddarllenis i lythyr Owain sawl gwaith, yn enwedig y frawddeg ola.

A chofio, rhwng darlleniada, 'nghyffes inna iddo fo, yn stydi Plas-y-Coed:

'Dynas gefnog, dros ei phedwar ugian o Finchley oedd Mrs Vera Henley. Hen etholaeth Mrs Thatcher ydy Finchley, fel gwyddost ti, a mi oedd y ddwy o'r un anian ond bod Mrs H yn fwy eithafol. Peth arall oedd yn gyffredin i'r ddwy oedd bod eu gwŷr nhw'n ddynion uchal yn y diwydiant olew ond tra dringodd Mrs T ar gefn ei gŵr i ddŵad yn ei blaen mi oedd Mrs H yn ddigon bodlon i fod yn wraig i ddyn hefo digon o fodd.

'Er bod Mrs H wedi treulio rhan helath o'i hoes mewn gwledydd pell – Saudi, Iraq, *USA*, Venezuela – roedd gas gynni hi dramorwyr: *Arabs, Indians,* pobol dduon, Gwyddelod et *al.* ond chlywis i moni'n deud gair cas am y Cymry. *"I always found them very polite and respectful and the Welsh chaps who brought the milk when I was a girl were all scrupulously honest and reliable. Like yourself, David."*

'Fydda hi'n galw'n y siop yn Muswell Hill yn weddol amal. Rhyw unwaith y mis. I weld be oedd gin i neu, rŵan ac yn y man, i gynnig gwerthu rhwbath 'ffasiynol', roedd pobol yn barod i dalu prisia da amdanyn nhw. Er ei bod hi mor gefnog roedd hi'n llygad y geiniog yn mynnu bargan os oedd hi'n prynu neu werthu.

'Mi oedd mynd mawr ar *snuff-boxes* ar y pryd, tuag wyth mlynadd yn ôl. Dal felly, a deud y gwir. Wel, mi ddeudodd un o 'nghwsmeriad mwya ffyddlon i ei fod o'n barod i dalu hyd at bymthag cant yr un am rei safonol mewn cyflwr da. Mi wydda 'mod i'n medru dŵad o hyd i betha roedd galw amdanyn a toedd o ddim yn byticlar ynglŷn â *provenence*, fel byddwn ni'n ddeud yn y.busnas.

'Ro'n i wedi galw ym mhlasdy *bijou* Mrs Henley fwy nag unwaith, i brisio gwahanol betha neu i ddilifro dodrefnyn, llun neu *objet d'art* roedd hi wedi'i brynu. Fasat ti'n meddwl na cangan o'r Gulbenkian Foundation oedd o, yn llawn joc o betha tlws o'r gwledydd buo Mrs H a Gordon, ei diweddar ŵr, yn byw yn'yn nhw, ac o rei erill fuon nhw rioed ar eu cyfyl. Yno ro'n i wedi gweld ac edmygu be fasa'n ca'l eu disgrifio mewn catalog fel *a matching pair of continental champleve enamel snuff boxes, symetrically decorated, gilded interiors, 6.5 cm.*

'Wyddwn i dipyn am fywyd bob dydd Mrs H a'i harferion hi. Fel llawar o bobol unig sgin bres roedd hi'n iwsio fo i brynu mynadd pobol a gneud iddyn nhw wrando arni'n brolio ei phetha, ei phlant oedd yn gneud mor dda nes eu bod nhw'n rhy brysur i ddŵad i'w gweld hi er bod nhw'n meddwl y byd ohoni, ei ffrindia dylanwadol, a manylion ffantastig o ddiddorol ei bywyd breintiedig hi. Dyna sut gwyddwn i bydda 'na dacsi'n galw yn 33 Wentworth Avenue bob nos Ferchar am saith i fynd â hi i Golders Green i chwara *bridge* hefo Maude Johnson a thair o wragadd gweddwon erill ac y bydda'r un tacsi a'r un dreifar yn dŵad â hi'n ôl adra erbyn hannar awr wedi deg, fan bella.

'Watshis i'r fflatia ar dair nos Ferchar ar ôl ei gilydd a gweld Mrs H yn cadw at y rwtîn honno i'r funud bob tro. Alwodd Tony a'i dacsi eto ar y bedwaradd nos Ferchar am ddau funud i saith a gadal am bedwar munud wedi. Es inna i mewn i 33 Wentworth Avenue heb lawar o draffarth am ugian munud wedi saith. Ffendis be o'n i isio mewn dau funud a'u rhoid nhw'n ddiogal ym mhocedi 'nhopcot. 'Nghamgymeriad i oedd ca'l yn hudo gin y trysora o 'nghwmpas i. Faswn i wedi lecio mynd â lori Porth yr Aur yno a chlirio'r lle i gyd. Ar ôl cerddad o gwmpas am dipyn fel Ali Baba mi ddisgyblis i'n hun i ddewis chydig betha hawdd eu cuddiad a'u cario e.e., breichled, broitsh, mwclis a modrwy aur, *art nouveau*, cyllall bapur 'Eifftaidd', c. 1860 o'r Eidal â charn wedi'i addurno hefo enamel glas a gwyrdd, pendant bach wedi'i neud o gorn rhinoseros a symbola *chinese* wedi'u carfio arno fo.

'Dyna lle'r o'n i, y cythral barus, yn pocedu'r rhein pan ddath Mrs Henley i mewn i'r llofft. O'n i wedi gwirioni gymaint chlywis i moni'n dŵad i mewn i'r tŷ. Wn i ddim pwy gath y sioc fwya, hi 'ta fi. Cyfartal 'swn i'n feddwl ond bod hi'n hŷn ac wedi ca'l dwy strôc yn barod. Ddeudodd hi *'David! What are you doing here?'* a cholapsio.

'Syrthiodd hi'n flêr a'i choesa wedi plygu odani. Es inna ati, ei chodi a'i gosod hi ar y gwely. Agorodd hi ei llgada. Toedd 'na ddim ofn yn'yn nhw. Fwy bod hi'n falch 'mod i yno. *'Don't leave me,'* medda Mrs Henley a dyna'r geiria ola ynganodd hi wrth neb.

'OK, Mrs H,' medda fi. *'But I'll have to phone for an ambulance. I'll wait until they come.'*

'Nodiodd hi a chau ei llgada. Roddis inna be o'n i wedi'i gopio yn ôl lle ces i nhw cyn ffonio. Pan steddis i ar erchwyn y gwely, snwyrodd rhen wraig 'mod i yno a gafal yn dynn yn yn llaw i. Wrthododd hi wllwng hyd yn oed pan roddodd hogia'r ambiwlans hi ar *stretcher* a mi es hefo nhw i'r hosbitol. Ar y ffor yno mi ddalltis pam bod rhen wraig wedi dŵad yn ei hôl adra a 'nal i'n mynd drwy'i phetha hi: artic wedi troi drosodd ar yr A1 ac achosi tagfa hir rhwng Finchley a Golders Green ac ar y ffyrdd yn ei bwydo hi.

'Erbyn inni gyrradd roedd gin i stori i'w deud wrth y paramedics, staff yr hosbitol, teulu Mrs Henley, y polîs a'r crwnar. Mrs H oedd wedi 'ngwadd i draw i brisio'r *snuff boxes*. Neb yno pan gyrhaeddis i. 'Rhen wraig wedi anghofio'r trefniant, ma'n amlwg. Finna am ei throi hi pan gyrhaeddodd Mrs H yn chwys ac yn laddar ac yn flin fel cacwn am 'bod hi wedi colli ei *bridge*. Fel roedd hi ar fin ffonio'i ffrindia i egluro be oedd wedi digwydd mi gafodd ffatan a syrthio ar ei hyd.

'Goeliodd pawb ond y slobs yn stori i . Roeddan nhw'n ei hama hi'n gry am 'bod nhw'n gybyddus hefo'n record i. Bo fi wedi bod am ddwy flynadd o holide yn yr *Isle of Wight* am joban debyg yn o fuan ar ôl cyrradd Llundan. Mi wyddan hefyd 'mod i'n uchal 'y mharch ymhlith yr *élite* troseddol.

'Faswn i wedi treulio blynyddoedd dan glo tasan nhw wedi medru profi 'mod i wedi torri i mewn i gartra Mrs Henley. Fedron nhw ddim a toeddwn i ddim am roid tsians arall iddyn nhw.

'Hen ddynas gas, ragfarnllyd a hunanol oedd Mrs Henley ond fedrwn i ddim madda i mi'n hun am be 'nes i nac am ewyllysio, am weddïo iddi beidio â dŵad ati hi ei hun i ddeud yr hanas. Llwfr a diraddiol. Roedd gin i gwilydd o'n llawenydd i pan fuo hi farw dair wsnos yn ddiweddarach a mynd â'r gyfrinach hefo hi i bopty cyrff Golders Green.

'Mi es i'r angladd. Oedd raid imi. Deg ohonon ni oedd yno. Naw aelod calon galad, di-ddagra o'r teulu a fi.

'Fu's i'n isal iawn yn ysbryd am wsnosa ar ôl angladd Mrs Henley. Dyna pryd ddechreuis i feddwl am dy dad, Owain. Be fasa fo a dy fam yn 'feddwl ohona'i? O'n i wedi hurtio gymaint, roddis i'r bai arno fo. Pan o'n i'n hogyn ifanc, yn dwyn o dai pobol Dre a'r cyffinia, ofynnodd dy dad imi 'toedd gin i ddim cwilydd lladrata oddar 'y nghyd-Gymry, rhan fwya'n bobol oedd ddim yn dda eu byd. Rhei yn dlawd. Roedd raid imi gytuno hefo fo. Dyna un rheswm pam es i i Lundan. Ges i'n hun yn gwyrdroi geiria dy dad a chogio ei fod o wedi deud bod hi'n iawn imi ddwyn oddar Seuson cefnog.

'O'n i'n mynd yn dwlali. Toedd 'na ddim pwynt mynd at seiciatrydd am 'mod i'n gwbod yn barod be oedd wrth wraidd y broblam. A toeddwn i ddim am fynd at y polîs a chyfadda. Ond oedd raid imi neud rwbath a dyna pam ddes i i weld dy dad. Wrandawodd o arna'i heb ddeud gair a meddwl am sbel cyn atab. Y cwbwl ddeudodd o oedd bod raid imi roi'r gora i ladrata ar unwaith ac am byth neu mi fyddwn i'n andwyo'n enaid i'n hun a bywyda pobol o 'nghwmpas i. Yr unig gyngor arall ges i gynno fo oedd y deuddegfed adnod o'r seithfed bennod o Efengyl Mathew: ". . . pa bethau oll a ewyllysioch eu gwneuthur o ddynion i chwi, felly gwnewch chwithau iddynt hwy . . . "

'Gadwis at gyngor dy dad yn weddol, Owain, tan ges i gynnig fedrwn i mo'i wrthod gin Glyndwr Harries.'

Epilog

Hywel Tomos ffoniodd i roid gwbod imi bydda cnebrwng ei frawd pen tridia.

'Ddeudodd Luned basach chdi isio bod yno,' medda fo. 'Fyddwn ni'n falch iawn o dy weld di, Dei. Rydan ni'n dau'n meddwl amdanach chdi fel brawd. Yr unig frawd sy gynnon ni rŵan.'

Roedd Hywel dan deimlad. Finna hefyd a mi adewis iddo fo fynd yn ei flaen:

'Mi fu'st ti'n gefn mawr i Luned tro dwytha bu'st di yma, medda hi. Diolch yn fawr ichdi, Dei.'

'Dim ond gneud be fedrwn i.'

Feddylis i fod Hywel wedi rhoid y ffôn i lawr ond dwi'n meddwl na crio oedd o. Roedd ei lais o'n grynedig pan ath o'n ei flaen:

'Gawn ni sgwrs hir ar ôl yr angladd, Dei'.

'Tydw i ddim yn meddwl bydd hynny'n bosib, Hyw,' medda fi ar unwaith. 'Dwi gymaint ar ei hôl hi hefo'r busnas fydd raid imi fynd a dŵad 'run dwrnod. Ddo'i fyny eto cyn bo hir. Dwi'n gaddo.'

Meddwl am lythyr Owain. Pen rhyw fis mi faswn i'n postio copïa iddo fo a Luned a mynd i'w gweld nhw wedyn. Roedd hi'n bwysig, ar hyn o bryd, eu bod nhw'n medru credu'r stori swyddogol.

Gymris ddeg munud i neud 'y mhlania cyn ffonio Luned

i holi sut oedd hi ac i gadarnhau baswn i yn yr angladd. Ro'n i isio gwbod hefyd be oedd hanas ei chleient pwysica hi.

'Newydd da, Dei. Yn ystod y dyddia nesa mi fydd John Lloyd-Williams, sy wedi bod tu hwnt o gymwynasgar, yn cyhoeddi bod gynnyn nhw dystiolaeth sy'n profi na rhywun arall laddodd Lona Harries ac y bydd o a'i dîm yn dilyn y trywydd hwnnw nes dalian nhw'r troseddwr. Ma olwynion y *CPS* a sefydliada erill wedi ddechra troi i sicrhau ceith Glyn ei ryddhau yn syth wedi'r datganiad. Mae o'n gwbod hynny ac ar i fyny, fel gelli di feddwl. Geith corff Lona ei drosglwyddo i ofal ei theulu rwsnos nesa hefyd ond dwn i ddim pryd bydd yr angladd.'

'Gin inna newydd da i Glyn,' medda fi. 'Fydd o'n falch o glŵad bod ei geriach o'n saff. Rheini oedd yn y seff. Paid â holi rŵan, Luned. Ddo'i i fyny i dy weld di a Hywel cyn bo hir ar ôl angladd Owain. Gei di'r hanas radag hynny a geith Glyn ei nicnacs. Atgoffa fo y bydda i'n cadw gwerth dwy fil a hannar fel comisiwn, fel cytunon ni.'

'Tydw i ddim yn meddwl cwynith o, Dei.'

'Eith y rhan fwya at dalu i ddentist arall orffan y job ddechreuodd o. Go brin bydd o isio 'ngweld i'n ei ddeintyddfa fo eto.'

'Symud dy din di, Deio!'
Fu ond y dim imi holi 'Be ddiawl w't ti'n neud yma?' ond gofis i lle o'n i a sut helpodd Owain Thomas Barry'r Barman pan oedd hwnnw'n llys am leinio'r boi roddodd glec i'w chwaer o.

Lle o'n i oedd rhes flaen seti ochor chwith capal Horeb, gwerbyn â'r sêt fawr a thair rhes gynta'r seti canol, oedd wedi'u cadw'n wag ar gyfar y teulu. Roedd Barbara yn f'ymyl i a'r ochor arall iddi hi dynas yn ei chwedega oedd yn pwyso gymaint â Barry er bod hi mond hannar gyn dalad, a'i gŵr, oedd yn stwcyn tew â botyma gwasgod ei siwt *serge* nefiblw'n barod i bingian ar draws y capal. O'n i fel taswn i'n 'nabod o. Dwi'n siŵr ei fod o wedi bod yn ddreifar neu'n gondyctor y bysys gwyn fydda ar Maes ers talwm. Edrychodd ei fusus o'n sdowt ar Barry wrth i hwnnw sdwffio i mewn atan ni.

Roddodd y barman ei dâp mesur blysiog dros Barbara wrth imi'u cyflwyno nhw i'w gilydd a sibrwd yn 'y nghlust inna wedyn: 'Tw't ti'n gont lwcus!'

Drychis i ar B. a deud wrtha fi'n hun 'mod i. Gwallt du fel y frân, cnawd cyn wynnad â'r eira, a gwefusa'n goch fel gwaed. O le dath hynny? Fedra'i gofio geiria 'Dwy foch goch a dau lygad du' i gyd.

Roedd y capal gyn lawnad â phan ffarwelion ni â thad Owain lai na mis yn ôl a mi gofis rei gwyneba o'r adag hynny. Ges wbod pwy oedd pwy gin Barry. Dan ei anal wrth i'r organ chwara medli o emyndona ac alawon traddodiadol.

Maeres y Dre a'i gŵr, cynghorwyr Dre a Gwynedd, twrneiod erill, slobs, a dynion busnas ('mesyns, rhan fwya ohonyn nhw'), 'bigwigs Blaid Bach' yn lleol a rhei o Gaerdydd a llefydd erill, (roedd Barry'n nabod rheini oedd wedi aros yn y Brython) 'cyfryngis', cleients OTT a'r trosedda roedd o wedi perswadio'r llys naethon nhw monyn nhw neu o leia gadw'r gosb o fewn rheswm: twyllo'r *VAT*, yfad a gyrru, *GBH*, cwffio hefo cymydog, a chleients erill roedd o wedi'u helpu i ga'l difôrs neu hawl cynllunio ar dir neu adeilad. Toedd 'na ddim golwg o Anti Meri'n nunlla.

Y chwech gariodd yr arch ar eu sgwydda (ddim ei phowlio hi ar droli bach *chrome*) oedd Iolo, mab Luned, Gwion, mab Hywel, yr Arolygydd John Lloyd-Williams, y Dr Geraint Wilkinson a dau o gyfarwyddwyr Seintwar, un yn bartnar yn ffyrm Owain a'r llall yn 'ymgynghorydd ariannol'.

'Mesyns i gyd ond y ddau hogyn,' medda Barry o gongol ei geg. 'Fyddan nhwtha cyn bo hir. Dwn 'im chwaith. Geith Blacs joinio?'

Hywel a Margaret yn pwyso'n drwm ar ei fraich o

arweiniodd y teulu at eu seti. Plant Owain a Margaret wedyn, Gwenno'r *social worker*, Rhys y cyw twrna a Geraint, y brawd canol. Toeddwn i rioed wedi gweld hwnnw o'r blaen. Pan oedd o'n hogyn bach ella. Gwallt 'dat ei sgwydda a *designer stubble* (os mai dyna oedd o), tena fel styllan ac yn edrach fel tasa fo'n byw ar wellt ei wely.

'Jynci,' medda Barry wrth 'ngweld i'n sbio. 'O'dd o a'i hen go fel dau *pit-bull*. . . Dim ond i ga'l ei facha ar ei siâr o o'r mags dath o yma ichdi.'

'O Ostrelia?' medda fi, a chofio be ddeudwyd wrtha'i adeg angladd Mr Thomas.

'O sgwat neu hipi comiwn yn *Wiltshire* glywis i.'

Wedyn ddath Luned yn gafal yn dynn yn llaw ei hogan bach, Manon, ei gwynab hi'n dangos i rywun oedd yn ei nabod hi ei bod hi'n ewyllysio'i hun drw un o brofiada gwaetha'i bywyd. A mi oedd hi wedi ca'l mwy nag un o'r rheini'n barod.

Ac wedyn Beti, gwraig Hywel a'u merch, Eurgain a rhyw ugian o gefndryd a chyneitherod, yncls ac antis, gan gynnwys yr hen bobol welis i'n angladd Mr Tomos.

Ella na fi oedd yn meddwl ond toeddwn i ddim yn gweld yr un hwyl – os na dyna'r gair iawn – yn angladd Owain ag yn un ei dad. Dim o'r tristwch a'r teimlad o gollad gewch chi, fel arfar, pan fydd rhywun wedi mynd cyn ei amsar, chwaith. Fel tasa'r gynulleidfa'n snwyro be o'n i'n wbod. Ac amball un yn gwbod mwy na fi. Ella bod y lleill ddim yn lecio gweld gweinidog Horeb, boi ifanc heb fod llawar dros ei ddeg ar hugian, yn gwisgo siwt lwyd ola a cholar a thei yn lle'r iwnifform draddodiadol. Groesawodd o ni i gyd i Horeb, mi soniodd am gollad Margaret a'r plant, 'y teulu estynedig, y gymuned leol ac, yn wir, Cymru fel gwlad a chenedl'. Ddeudodd o'r un peth ar ei weddi wedyn – sgwn i be oedd Duw'n feddwl? – a gofyn i un o ddau bregethwr arall oedd bob ochor iddo fo yn y pulpud (ac yn gwisgo coleri crwn a chrysa duon tu'n-ôl-ymlaen, diolch byth) i ddarllan o'r Beibil.

Ddarllenodd hwnnw 'adnodau o'r bumed bennod ar hugain o Efengyl Mathew ple ceir "Dameg y Talentau", fel y byddem ni'n arfer ei hadnabod hi a "Dameg y Codau o Arian" fel y'i disgrifir yn y cyfieithiad diweddaraf o'r Testament Newydd. Sôn y mae ein Harglwydd yma am deyrnas nefoedd'.

Gliriodd y pregethwr ei lwnc yn broffesiynol a darllan:

'Y mae fel dyn a oedd yn mynd oddi cartref ac a alwodd ei weision a rhoi ei eiddo yn eu gofal. I un fe roddodd bum cod o arian, i un arall ddwy, i un arall un, i bob un yn ôl ei allu, ac fe aeth oddi cartref . . .

'Ymhen cryn dipyn o amser daeth meistr y gweision hynny yn ôl ac fe adolygodd eu cyfrifon hwy. Daeth yr un a dderbyniodd bum cod a chyflwyno iddo bump arall. "Meistr", meddai, "rhoddaist bum cod o arian yn fy ngofal; dyma bum cod arall a enillais i atynt. "Ardderchog, fy ngwas da a ffyddlon", meddai ei feistr wrtho, "buost yn ffyddlon wrth ofalu am ychydig, fe osodaf lawer yn dy ofal; tyrd i ymuno â llawenydd dy feistr."'

Ar ôl i'r ail bregethwr orffan darllan geuthon ni bregath gin y trydydd yn cymharu Owain Thomas hefo 'gwas da a ffyddlon' y ddameg 'oherwydd ei lafur anhunanol a diflino dros ei dref enedigol a'i thrigolion. Os ufuddhaodd unrhyw Gymro o'r ardal hon i'r gorchymyn "Câr dy gymydog fel ti dy hun", Owain T. Thomas oedd hwnnw'.

Ganon ni dri emyn yn ystod y gwasanaeth: *Calon Lân, I Bob Un sy'n Ffyddlon,* a *Dros Gymru'n Gwlad* (Finlandia). Toedd o ddim yn ganu gwych ond ei lond o ddesibels. Fel tasa pawb yn bloeddio nerth eu penna i ga'l gwarad o rwbath. Ella eto na fi oedd yn meddwl.

Er bod hi'n ddiwadd mis Tachwedd roedd hi'n gynnas braf, a'r gynulleidfa'n loetran tu allan i Horeb ar ôl y gwasanaeth, rhei cyn mynd yn ôl i'r offis neu am adra, a rhyw ddau gant ohonan ni cyn dreifio i Amlosgfa Bangor.

'Be oeddach chdi'n feddwl o hyn'na?' medda fi wrth Barbara yn Gymraeg.

'Difyr iawn,' medda hi.

'Wir yr?'

'Ie,' medda hi. 'Wir yr. Pobol ddiddorol dros ben. Doeddwn i ddim wedi sylweddoli pa mor ddiddorol o'r blaen. Rwy'n meddwl licen i ddod i fyw yma, Dai.'

'Be?' medda fi, yn methu coelio 'nghlustia. 'Be am Ffrainc?'

'Ma *Brit ex-pats* yn bobol *boring* iawn ble bynnag ma'n nhw. Ac allen ni byth ddysgu Ffrangeg yn ddigon da i ga'l ein derbyn gan y brodorion. Ond rwy'n meddwl y caen ni'n derbyn yma. Ac y gallen i ddod o hyd i rywbeth gwerth sgrifennu amdano fe. Falle bo fi wedi.'

Cyn medris i holi Barbara oedd hi'n teimlo'n iawn pwy ddath atan ni ond y ditectif-gwnstabl Jason Greene.

'Mae'n ddrwg gen i nad oeddwn i gartref pan alwoch chi,' medda Barbara wedi imi'u cyflwyno nhw i'w gilydd.

'Lle neis iawn gynnoch chi,' medda Greene. 'Gobeithio nath yn ffrindia i ddim gadal gormod o waith clirio ar eu hôl.'

Ddeudis i wrtho fo 'mod i wedi methu gweld 'rhen wraig, Mary Parry, yn y Capal a holi be oedd ei hanas hi.

'Chlywist ti ddim?' medda'r plisman. 'Na. Sut basach chdi? Ma hi'n Adran Seiciatryddol Ysbyty Gwynedd, lle ma'n nhw'n trin pobol hefo problem . . . ' a mi nath arwydd clecio lysh hefo'i law.

'Fedra'i'm deud 'mod i'n synnu,' medda fi.

Edrychodd Jason Greene i fyw'n llgada fel tasa fo isio imi ddallt bod ei eiria nesa fo'n bwysig. 'Roedd Mrs Parry wedi dechra siarad yn rhyfadd iawn. Deud petha mawr am bobol. Benderfynodd ei doctor hi, Dr Wilkinson – roedd o'n un o'r rhei gariodd yr arch, gynna – basa'n well iddi fynd i mewn am driniaeth, er ei lles ei hun.'

'Druan ohoni,' medda fi.

'Ia,' medda fynta.'Beryg na yno bydd hi.'

'Well i chdi a Mr Lloyd-Williams frysio, Jason, os ydach chi am ffendio *DNA* y boi laddodd Lona Harries . . . ' Edrychis i ar yn watsh. 'Gynnoch chi ryw awr.'

'Rho ring imi tro nesa byddi di'n pen yma,' medda'r plisman heb gymryd arno. 'Awn ni am beint.'

'Tydw i ddim yn yfad.'

'Panad o goffi?'

'Gawn ni weld.'

Byr iawn fu'r gwasanaeth yng nghapal yr amlosgfa. Soniodd Hywel yn deimladwy am ei frawd a'u collad nhw fel teulu, yn enwedig a nhwtha heb ddŵad dros yr ergyd o golli tad a thaid annwyl chydig cynt. Roedd gin i biti drosto fo. Debyg ei fod o'n teimlo'n euog am ei fod o ac Owain wedi ffraeo cymaint tra oedd ei frawd mawr o'n fyw.

Ddeudodd Hywel fod ei dad a'i frawd wedi gwasanaethu'r un achos mewn ffyrdd gwahanol a'i fod o wedi penderfynu ei bod hi'n bryd iddo fo, 'fel penteulu o'm hanfodd', roid ei ysgwydd dan y baich . . . Roedd o am neud hynny yn y ffor fwya ymarferol bosib trwy dderbyn gwhahoddiad cyfarwyddwyr Seintwar i gymryd lle Owain ar y Bwrdd.

Ganon ni *Hen Wlad fy Nhadau* a mi ddiflannodd yr arch drw'r cyrtans coch ar ei ffor i'r fflama.

Ar ôl i Barbara a fi ysgwyd llaw hefo aeloda'r teulu oedd yn sefyll yn rhes ddigalon y tu allan i'r capal, mi aethon am yn car.

'Dwi'n falch bod hyn'na drosodd,' medda fi wrth Barbara.

'Rwy'n siŵr bod ti, cariad,' medda hi.

'Mwya'n byd dwi'n feddwl,' medda fi, 'mwya'n byd dwi'n gweld bod 'na fwy i ddeud dros Ffrainc na'r rhan yma o'r byd.'

''Na od,' medda hi. 'Rwy'n teimlo'n hollol fel arall.'